妖精王のもとでおとぎ話のヒロインにされそうです2

かいとーこ

Kaitoko Presents

fairy kiss

この作品はフィクションです。
実際の人物・団体・事件などに一切関係ありません。

妖精王のもとでおとぎ話のヒロインにされそうです2

fairy kiss

一章　森のおうちにお客様

空はよく晴れていた。夏らしい太陽が空で輝き、それを遮る雲はない。

だがここは森である。その厳しい日差しのほとんどは森の木々が遮って、そよ風が暑さから守ってくれる。小鳥のさえずりは涼やかで、イーズの心を穏やかにさせる。

彼女の同居人はその反応を大げさだと言い、さらには「ここは冬はさして寒くないのに、夏は涼しいから過ごしやすい」とまで言っていた。

冬の寒さが厳しく夏は涼しい国に生まれたイーズには、理解できない感覚だ。もしできるとしたら、ここよりも暑いらしい帝都で夏を過ごした後ぐらいだろう。しかしそれは勘弁願いたかった。

そんなことを考えながら進むと、目的地に近づくにつれ生き物の気配が減っていくのを感じた。

ここに来て三ヶ月、毎日欠かさず通るこの小道でそういった変化を感じると、気が引き締まるようになった。

そして小道の終わり、目的地に到着する。

そこは広場だった。その中心には小さな林檎の木があり、周りには草すら生えていなかった。

普通の木とただの広場に見える。しかしよほど鈍くなければ、空気が違うのに気づくだろう。

「あ、見て、イーズ」

イーズの鞄の中に隠れていた小妖精が顔を出した。草を編んだ服を着た、二対の小さな羽が特徴的な手の平に乗れるほどの小さな小さな妖精達だ。絵本に出てきそうな妖精達は、古くからこの黄金の森に住む、神霊に近いとされる生き物だ。

「ほら、林檎の根元に鳥のミイラがあるわ。うっかり近づいたのね」

「また生き物を食ったのか。恐ろしい林檎だぜ」

「かわいそう。イーズがいない時は近づいちゃ危ないのに」

「野生動物のくせに、本能で危険が分からないのが可哀想だな」

小妖精達はイーズから離れて、近くの木に隠れて囁き合う。

「もう、隠れるならここまでついてこなくてもいいのに」

「そうしたら、誰がイーズを守るんだよ」

「レムったら、そこに隠れてしまうのに、私を守っているつもりだったの?」

イーズはくすくすと笑いながら林檎の木に近づいた。ぽつんと立つ、イーズの肩までもない若い林檎の木だ。

大きさは昨日と同じぐらい、幹の太さも相変わらず。小さくて可愛い林檎の木。この小さな木を妖精達は不気味だと言い、恐れている。普通の林檎ではないのだから、それも仕方ない。

だけどイーズは最近少し、これに愛着が湧いている気がした。この林檎の木こそが、イーズがこの妖精の森で楽しく暮らせる理由だからだろう。

「残念だけど、今日も変わりないわ」

イーズは確認を終えると、林檎の木の根元にある小さな木陰に座り、鞄《かばん》から日記を取り出した。

『お母様、黄金の林檎の木は今日も元気です。残念ながら今日もあまり大きくなっていませんが、それでも順調だと妖精王が言っていました。生き物が相手だから、まだまだ先は長いのだそうです。私が老衰で死ぬまでには安定してくれるといいのですが。

今夜はタリス様が初めて手作りなさった雉《きじ》の燻製をいただくことになっているので楽しみです。昔はごちそうだなどとは思わなかった料理でも、全て自分達で用意するようになってから、とても贅沢なごちそうと思うようになりました。

以前の私は美味しい食事のありがたみを、本当の意味では知らなかったのです。

森での生活は、思った以上に大変だけど新鮮で、退屈がありません』

天に召された母に宛てて書く癖が付いているので、日記なのに手紙のような文体になっている。だが書きやすいし、こうすると続けやすいのだ。

イーズはこうして、週に一度ぐらい林檎の成長記録を日記に書いているのだが、最近は代わり映えしないので、本来の日記としての内容の割合が大きくなっている。

「今日も変わらずかぁ……」

早く大きくなってほしい。そうすればイーズは仕事をしたと思えるし、皆も安心する。

イーズにとってこの木の世話こそが、自らに課せられた唯一かつ絶対の使命である。とはいえ世話というほど何かしているわけではないから、こんなに幸せでいいのかとたまに罪悪感を覚える。美しい自然に囲まれ、可愛らしい妖精と遊び、そばには大切な友人までいてくれる。

この生活が大切で、失いたくはなかった。

「ねぇ、こんなに小さいと、ちょっとの風で枝が折れて、暴れたりしないかしら？　この木がないと、この森も暴れるのよね？」

イーズは後ろの方で木に隠れている小妖精達に問いかけた。

「その程度では暴れないから安心するといい」

背後から小妖精とは違う大人の男の低い声がかかり、イーズは振り向いた。そこには三対の虹色の羽根を持つ、美しい青年が立っていた。

「妖精王、こんなところにどうしたの？」

イーズが問いかけると、彼は美しい顔を崩し、『にたにた』という表現がぴったりの意地の悪い笑みを浮かべた。

「ん、そなたに頼まれていた蜂蜜を届けに来てやった」

イーズは蜂蜜を小妖精に頼んでいたのを思い出した。

「妖精王自ら？　何を企んでいるの？」

「ひどい言い様《よう》だ。いい茶葉をもらったからそっちも一緒にどうかと思っていただけなのに」

妖精王は拗《す》ねたふりをして背を向けた。ふりだ。彼の心はそんなことで傷つくほど脆《もろ》くはない。

そして先ほどの意味ありげな雰囲気の悪い笑い方も、深い意味がないことが多い。彼は見た目こそ妖精王らしくて立派だが、中身は他の妖精と同じで悪戯好きなので、楽しい時にこう笑うだけだ。

「世間では身も心も美しいと評判の林檎姫が、親切まで疑うようになるとは。ああ、これだから物語など信用できないのだ」

おいおいと泣くふりをする妖精王。からかっているつもりらしく、実に楽しそうだった。

「その物語はあなたが無理矢理作り上げたくせに、無茶を言わないでちょうだい。だいたい妖精王は日頃の行いが悪いのよ」

彼の楽しい時というのは、だいたい人間に悪戯を仕掛ける時なので、ただの親切にまで警戒してしまうのはイーズの責任ではないだろう。

「役になり切ろうとは思わないのか？　そなたも林檎が大きくなってくれなければ困るだろう？　この物語の主人公としては」

彼は泣き真似をやめて、にたにた笑った。

イーズは『黄金の森の林檎姫』とか『林檎守の姫』などと呼ばれている、とある物語の主人公だ。比喩ではなく、実際にそういった物語が吟遊詩人達によって世に広められている。

昔々『林檎姫』と呼ばれた、大地の妖精達に愛され、王子様が一目で恋に落ちて幸せな結婚をしたという心優しく美しいお姫様がいて、イーズはその姫の子孫なのだが、物語はそれだけではない。

――つい三ヶ月ほど前、老いたイシェンド帝国皇帝が悪魔に憑《つ》かれ、妖精達の宝である林檎の木を切った。

帝国の属国ガローニの王女イーズはその皇帝の皇子の一人に嫁《とつ》ぐはずだったのに、その美しさから皇帝に無理矢理嫁がされることになり、それを哀れに思った妖精王は切られた林檎の木の対価としてイーズを連れ去り、新たな林檎を育てさせることにした。

悪魔に操られた皇帝は、美しい姫を取り戻そうと騎士を引き連れ、黄金の森と呼ばれる妖精の森に攻め込んだ。

父が悪魔に憑かれたのに気づいたもう一人の皇子は、賢者の力を借りて皇帝よりも先に姫がさらわれた森へとやってきた。

それをきっかけに森の外での出来事を知った林檎姫が争いの収束を願うと、天使が降臨して皇帝に憑いた悪魔が祓《はら》われた。

騎士でもあった皇子は美しく心優しい姫に剣を捧げ、共に林檎の守り人となった――

だいたいこのような内容で物語は作られている。

だが事実はもっと複雑だ。

切り倒された林檎は黄金の林檎の成る木だった。この黄金の林檎は、伝承にあるような不老不死の薬などではなく、肉体のない神霊達を生け贄《にえ》なしで受肉《じゅにく》させる――肉体のない者に肉体を与える――ことのできる果実である。

そんな恐ろしいほどの力を秘めているがゆえに、育つ過程ではそれ相応の力を必要とする植物だ。

そしてこの黄金の森は、放置すると際限なく拡大し続け、大地を呑み込み、いつかは大陸を呑み込むという、恐ろしい魔の森なのだ。

そこへ黄金の林檎の木を植えることにより、その力を相殺したのだ。黄金の林檎の木は魔の森から栄養を得て育ち、その拡大を防ぐ。そうして森の力との均衡を保っていた。

つまり皇帝に林檎の木が切り倒されたせいで、森の封印がなくなってしまい、近い将来、大変なことになるところだったのだ。

だから黄金の林檎の木が切り倒された当時は、管理をしていた森の妖精達は大騒ぎだったそうだ。

急ぎ黄金の林檎を育て直さなければならなかった妖精王は、そこでたまたま有名なおとぎ話の主人公の子孫であるイーズが諸悪の根源である皇帝のもとへ不幸な嫁入りをしようとしていたのを見つけ、彼女の存在を利用して黄金の林檎の木を育てることを思いつき、これ幸いと林檎の木の対価という名目で誘拐したのだ。

林檎の木は人々の感情を糧《かて》として成長し、安定する。

妖精王は林檎をここまで育てるために、『少し美人』程度のイーズについて『妖精王を魅了するほどの美女』『天使を呼び出すほどの敬虔《けいけん》な乙女』などとないことないこと吹聴し、天使まで駆り出して人々の関心や同情、羨望などの人の意識に宿る霊的な力を集めた。その後、皇帝は悪魔が憑いたことが明るみになって退位すべく隠居、イーズも無事林檎の守り人となり、林檎の木もなんとか森の力に負けないほどの大きさに成長してくれた。

だが林檎を最低限安定させた今ですら、イーズがいない時に下手に近づけば、そばに落ちている小鳥のように霊的な力を根こそぎ取られ殺されてしまう可能性がある。

これは森ではなく、森を封じる林檎の木の力だ。野蛮な皇帝によって前の林檎の木を切り倒された時は、その復活のために帝都に住む全ての人々の命を捧げなければならないところだったというのだから、それに比べれば被害はないに等しいと言っていい。死んだ小鳥には申し訳ないけれど。

「さあ、こんな場所は早く離れよう」

「妖精王でも林檎のそばは嫌なの？」

「まあ、いい気分はしない。それは成長しても同じだ。人間だって、檻の中の人食い虎をどう思うかは、人によって違うだろう？　何かきっかけがあれば被害をこうむる可能性があるからな」

「そういう認識なのね。だから小妖精達が度胸試しなんてしているわけね」

彼らはたまにこうしてイーズの後をついてきては、彼女の背後で度胸試しとして、どこまで林檎の木に接近できるかを競っている。

「その通り。林檎を管理しているイーズがいないとこちらの方面には絶対に来ない。イーズが林檎のそばにいる時だけの遊びだ」

妖精王は隠れている小妖精達に歩み寄る。

「おまえ達、タリスが遊具を作っているとはしゃいでいたくせに、あちらはもう飽きたのか？」

「順番待ちでつまんない。だからイーズと肝試しに来たんだ！」

「こらえ性がないな」

小妖精達は妖精王の肩や頭に止まる。その姿は一枚の絵のようだ。

家族と離れ、見知らぬ土地で恐ろしい林檎の木の世話をするなどという役目が平気なのも、賑やかな彼らと、もう一人の同居人のおかげだろう。彼もそろそろ——

「ああ、イーズ、そなたの騎士のお出ましだ」

イーズが思わず顔を上げて目をこらすと、彼は森の奥から姿を見せた。

「イーズ。観察は終わったのか？　それとも妖精王が邪魔しに来てまだ終わっていない？」

「失礼な。終わってから声をかけたぞ」

姿を見せるなりうさんくさげに妖精王を見たのは、背負った籠《かご》があまり似合っていない、金髪の美青年だった。こんな森の中にいるのは場違いに思えるほど高貴な彼は、イシェンド帝国の皇子であり、イーズに剣を捧げてくれた騎士、タリスだ。

だが恋人とかそういう関係ではなく、友人だ。少なくとも、今はまだ。

「蜂蜜を持ってきてくれたそうです」

するとタリスは納得して笑みを浮かべた。

「ああ、この前、レムが一瓶兄上のところに持っていってしまったからちょうどいい」

「何をしているんだこいつは？」

妖精王も男の小妖精――レムを見て不審げな顔をした。

「兄上も弟達も甘い物が好きだから」

「弟達？　ああ、子供達と遊んでもらっているのか。なるほどな。ずるい奴め」

妖精王はそのレムを摑んでにぎにぎした。イーズもよくやるが、小妖精に対する由緒正しいお仕置き方法らしい。

「こらー、タリス！　よくもばらしたな！　笑ってないで助けろよ！」

レムは妖精王の手の中で、手足をくねくねと奇妙に動かしながら抗議の声を上げた。

「勝手に持っていく方が悪いんだろう」

以前は小さくて可愛い小妖精に対しては激甘だったタリスも、彼らに慣れてきたため、このように厳しく対応できるようになった。

「持っていくのは構わないが、これからはちゃんと事前に言うんだぞ」

「うん、わかった」

レムがその場限りとしか思えない返事をするも、タリスは笑みを浮かべて頷いた。

「そなたは相変わらず、小妖精達に甘すぎる」

妖精王すら呆れ顔になるが、これでもかなり厳しくなっているのだ。

「やっぱりタリスは小妖精に優しい、いい奴だ！」

「レム、少しは反省しないか？」

タリスは困り顔でレムに言う。だがそれでも強く出られないのが優しい彼らしい。彼は先の戦《いくさ》の際、小妖精のように小さくか弱い存在と敵対するのに心を痛めて、最終的に父皇帝のもとを離れて妖精側につくことになったのだから。

「なに言ってんだい、約束は守るぞ！　覚えてたらな！」

妖精というのは約束は必ず守る種族なのだが、レムの言う通り約束そのものをすっかり忘れてしまうことがある。刹那主義的なところのある彼らは単に先のことをあまり考えないだけで、悪気はないのだ。

「まあ、その時はその時か」

タリスは腰に手を当てて苦笑し、そしてイーズに視線を向けた。

爽やかな澄み渡る青空の瞳に見つめられると、イーズの胸は跳ね上がる。

「仕事が終わったのなら、行こうか」

彼はイーズに手を差し出した。イーズは日記を鞄にしまい、その手にそっと自分の手を重ねる。

狩りや庭仕事をしていても、手入れされた滑らかなこの手がタリスらしくて、イーズは好きだった。

「イーズは相変わらず、慣れてくれないな」

タリスはイーズがまごつく様子を見て笑う。妖精王と違って、意地悪な笑い方ではなく、どこまでも爽やかだ。

「ご、ごめんなさい。これでも、ずいぶん慣れたつもりなのですが」

それほど簡単に慣れるはずがない。

イーズの生まれた国には身内以外の異性と気安く触れ合うような習慣がなかったため、タリスのような美男子に恭《うやうや》しく触れられることにはなかなか慣れない。自分から手を差し出すことができるようになっただけで、成長していると思えるぐらいなのだから。

「台所で隣に立つのは平気なのに、これで緊張するのは不思議だな」

「ごめんなさい。台所だと、不思議と平気で」

「では、後で菓子を焼こう。近くの集落の様子を見に行ったら、美味しい干し林檎をもらったんだ。

林檎のケーキは久しぶりだろう」

彼は目を輝かせてイーズの手を引いた。落ち着いた好青年が、一瞬で子供のような目をする。それがタリスらしさで、これがなければイーズはもっと彼に対して緊張していただろう。

彼は月に何度か、近隣の村が黄金の林檎の木の悪い影響を受けていないか確認しに行っている。黄金の林檎は生物の営み——つまり感情などを肥料とするため、林檎姫への世の関心が薄まれば、その分を補おうとして作物を枯らしたり、力不足で森が広がったりなど、何か悪影響があるかもしれないのだ。その確認をするには森の外を見て、異変がないか人々に話を聞くのが一番早い。村人達も長年この森のそばに住み、森の恐ろしさを伝え聞いているため、真剣に話を聞きに来るタリスには協力的だ。

そのついでに彼は村で物資を調達し、たまにお裾分けをもらうのだ。

「やたー、林檎のケーキだ！」

小妖精達が大喜びで飛び回り、タリスはでれっと鼻の下を伸ばしてその愛くるしい姿を見上げる。世間には言えないが、彼は立派な騎士でありながら可愛らしい物が好きだ。周りには知られたくないと思っているのに、我を忘れて没頭するほど、女性が好むような愛らしい物が大好きなのだ。小妖精達に甘いのもそれが理由だ。

もちろん可愛らしい菓子作りや、可愛らしい小物作りも好きだ。だから彼はいつも小妖精達に『乙女趣味』だのとからかわれている。騎士なのに、イーズよりも女らしいぐらいなのだから当然だ。

タリスのこういう性格にもイーズは最初戸惑ったが、今はとても好ましく思っている。普通の騎士よりも安心できるし、話が合わないという不安もない。

帝国の騎士には女子供もためらいなく殺すとか恐ろしい噂がつきまとっていたが、その一人である彼を信頼し一緒に暮らすなど、皇帝への嫁入りが決まった当初は想像もしなかった。

「どなたにいただいたんですか?」

「ここから北にある村のご婦人だ。林檎姫なら、林檎が好きなのだろうからと」

「確かに好きですけど、私って世間にそんな風に思われているのでしょうか?」

「そうだろうな、きっと。こればかりは仕方がないさ」

林檎のケーキで妖精達を魅了したと言われる林檎姫の子孫で、イーズ自身も林檎のケーキ作りが得意なのだから、そう思われるのも無理はない。

その林檎のケーキというのも、実は様々な香辛料を使った霊薬の一種で、魔術師としての適性が高いイーズが作ることによって生まれる魔除け効果が、妖精達を魅了しているだけなのだが。

「イーズの作る林檎のケーキは本当に美味しいし、今では俺の一番の好物でもあるからな」

「お菓子としてはタリス様の方が美味しく作るのに、何をおっしゃるんですか」

彼はイーズと暮らし始めてから、イーズよりも菓子作りにのめり込み、誰に出しても恥ずかしくないものを作るほどに上達していた。

「だが妖精達は君の作るお菓子が好きだろう。俺もだけどな」

彼はイーズを見て、青空を思わせる笑みを浮かべる。

「剣を捧げた美女が作る料理を食べられるなんて、俺は本当に幸せ者だよ」

「そ、そうですか」

つい素っ気ない返事をしてしまった。

この美青年の笑顔とこういう言葉には、まだまだ耐性がついていないのだ。

出会ってまだ三ヶ月。だが、もう三ヶ月でもある。どうしたら平然とできるのだろうかと考えるも、すぐに自分が慣れるしかないという結論が出てしまう。

だがイーズに非はないはずだ。相手は好色で有名な皇帝をも魅了し続けた美女を母に持つという、美しい皇子様なのだから。

「妖精王がいい茶葉をもらったそうですから、まずは一息入れてからにしましょう」

「それもそうだな」

タリスが頷くと、小妖精達が「わーい」と言って、彼にまとわりついた。タリスが空いた手で食材の袋の口をしっかり握り中身をくすねられないようにすると、ごく一部の小妖精が舌打ちするのが聞こえた。

すっかり見慣れた些細なやりとりに、イーズは言いようのない幸せを感じた。

◆◇◆◇◆

「タリスはいつも女に土産を持たされて、モテモテだな！」

菓子作りを終えて、タリスは庭の片隅で薪割りをしていた。庭と玄関が見えるこの位置からの光景をとても気に入っている彼は、この場所でまったりと趣味の大工仕事をすることも多い。

そんな最中に、小妖精達が耳元にやってきておかしなことを話しかけてきたのだ。

「はは、母よりも年上のご婦人だぞ。ちゃんとお礼に狩りの獲物を渡した」

善意でくれたのだから、現金よりも物で返す方が喜ばれるのだ。

「タリスは年上にモテるのか」

「たまに若い娘もいるぞ」

「知ってるぜ。五歳児とかだろ。ついていったメノと一緒に遊んでやったぜ」

「ああ、レムとあそんでやったんだぜ」

胸を張るレムとメノの姿にタリスの頬が緩む。

彼らは、臆病な小妖精の中では勇敢かつ無鉄砲で、いわゆるガキ大将のような性格をしている。そのせいでイーズによくお仕置きされているのに、まったく懲りないところがとても可愛らしい。

「大丈夫だって。年の近い女にもモテてるのはイーズには内緒にしてやってるから」

レムが頭の上に乗って、ぽんぽんと叩いてきた。

物をくれるのはだいたい年上の女性だが、話を聞きたがったり友人になろうとするのは、さすがに同年代が多い。何度か顔を見せたので、身分差による過度な遠慮がなくなってきたのだろう。

イーズの人間離れした噂のせいで友人以上の関係を求めて言い寄ってくる女は滅多にいないが、それでも遅い時間に行くと、たまにあけすけに誘ってくる女がいる。そのため、朝早く出て、早めの時間に接触することにしている。妖精から借りた馬は、森を走らせればどんな馬よりも速く駆けるため、すぐに戻ってこられるのがいい。

「なあレム。そういうの……イーズは気にするんだろうか？」

彼女のタリスに対する評価からすると、女性に誘われるのは当然だと思ってそうな気もした。それがイーズ自身が一番大切にされているからだと自覚してのことならいいが、そうでないなら問題だ。タリスにさほど関心を持っていないということなのだから。

「さすがに気にするだろ。森の中にはそういう女がいないからのほほんとしてるけど。なんだよ、タリス、ひょっとして悩んでるのか？」

「悩んでいるって言うか……おまえ達に言ってもどうしようもないからなぁ」

「なんでうなだれるんだよ。あ、妖精王。おーい、妖精王！」

レムは頭の上で誰もいない方へと手を振った。だが、その直後に妖精王がいきなり玄関の前に現れた。

妖精と人間では見えている物が違うので、たまにこういった現象が起こる。イーズには妖精達と同じように見えていたりするので、それに比べてタリスは鈍感らしい。

「妖精王、さっき帰ったばかりなのに、どうしたの？」

メノも妖精王に話しかける。

「ふむ。そろそろケーキが焼ける頃かと思って」

「妖精王も好きだなぁ。焼けたら呼んでくれるって。だからタリスと薪割りしてんだよ」

「頭の上でしゃべっているのは、薪割りとはいわないぞ」

妖精王はタリスの前までやってくると、メノを指先でつついた。

悩みのなさそうな――悩みすら娯楽として楽しんでしまうだろう美しい虹色の羽根を持つ妖精王の姿を見上げて、タリスはため息をついた。

「ん？　人の顔を見てため息をつくとは、失礼だぞ」

「いや、悪気はないんだ。ただ、妖精王は何でも楽しそうでいいなと」

「なんだ、悩みか？」

タリスの様子を見て、彼は新しい娯楽を見つけたとばかりに笑った。

「悩みと言えば、燻製用に林檎の木の枝を分けてもらったんだがな。ふと、黄金の林檎の木って、燻製材になるのかなと」

悩みを相談するのは馬鹿らしく思えて、些細な疑問を投げかけた。もちろんそんな恐ろしいことを実行するつもりはない。ただの好奇心だ。

「馬鹿な考えはやめろ。枝をそれらしく整えただけで、魔術の杖になってしまうような恐ろしい木だぞ。下手に有用な薬にでもなったら、また人間達が森に侵入するだろう」

「そ、そうだな」

冗談でも考えるべきことではないようだ。神霊の宝である林檎の木だ。

「だが、一度気にしてしまうと気になるな。どんな燻製が出来上がるのだろう」

妖精王にも想像がつかないらしく、突然真剣に考え込んだ。

まさか食いついてくるとは思わず、タリスは戸惑った。

「切り倒された方の枝ならまだたくさんあるから、食べ物ではないものを燻《いぶ》してみたりしたら面白い道具が出来上がるかも」

「妖精王、洒落になんねぇ冗談はやめろって」

メノに止められて、妖精王は肩をすくめた。

「まあ冗談はさておき、イーズのことで悩みか？」

急に話が戻って、タリスは鼻白む。

小妖精と大差ない性格だが、それでも王を名乗るだけあって観察力だけはあるらしい。

「参考までに聞くが、どうして分かるんだ？」

「そりゃあ、おまえに悩みがあるとすればイーズのことか実家のことぐらいしかない。だが父親のことはそなたの母が面倒を見ているから悩むようなことではないし、次期皇帝にさせられ……いや皇帝になるそなたの兄には天使が憑いている。そなたは林檎姫の騎士皇子として有名になってしまったが、むしろそのおかげで、自分の趣味満載の可愛らしくも実用性のない品をイーズのためにという名目で堂々と買えるようになった。つまり実家のことでは大した悩みはない。残るはイーズだ」

なるほど、と頷いた。確かに、かつて妖精の森に攻め入った父皇帝が強制的に療養させられている今、他に悩むようなことはないのだ。

タリスは、妖精王が描き、天使が荷担した林檎姫の物語の『王子様』に仕立て上げられた。そして父である皇帝は、悪魔に憑かれ成敗された『悪役』だ。

その『悪役』となった皇帝は、断罪の天使に裁かれて、悪魔に取り憑かれていたとして隠居を余儀なくされた。実際には悪魔は憑いていなかったが、悪魔に関わる者にそそのかされていたのは事実だったからだ。だから今、あの騒動を起こした罰を受けるように、天主教会の施設に療養という名目で監禁されている。

実の父親の名が悪役として後世に残ってしまうのは、今までそれだけのことをしてきたのだから仕方がない。彼は殺しすぎた。自分の妻ですら殺すほどだ。

皇帝には実の息子のタリスでも把握し切れないほどに多くの妃がいたが、その中で養生する皇帝に付き従った妃の数はたった五人と少ない。その一人がタリスの母である。

どうしてタリスの母がついていったのか、イーズはよく分からないと言っていた。

皇帝は老いているが、タリスの母はまだ若く美しい。田舎の隠居生活に付き合うことはないように思えるだろう。だが、母は母なりに自分にとっては唯一の夫である皇帝を敬っていた。だから夫についていくのは当然なのだ。そして母は、タリスが父の蛮行を止めたのは息子として当然であり、他の誰もしなかったのがおかしかったのだとも言っていた。また、皇帝に女を奪われた男はいても、女を奪った男は初めてだと、小気味よさそうに笑っていた。

イーズには彼女のことは一生理解できないだろう。イーズは純粋だ。汚い世界を見る前に、妖精王に救い出された。彼女の口から出てくる男の話題は、自身の父か兄のことばかりだ。自国の国民の暮らしは遠くから眺めていたらしいが、男同士が殴り合う姿は見ていても、どうして殴り合っていたのかは知らないだろう。

「正直なところ、何を悩むことがあるのか分からないが」

妖精王は肩をすくめた。

「な、なぜだ？　悩むことはたくさんあるだろう。例えば、彼女は肩の荷が下りたからか、最近とても綺麗になったのに、ちっともそれを自覚してくれない」

綺麗になったというより、元に戻ったという方が正しいだろう。噂のような絶世の美女でないのは確かだが、異母兄のグレイルが一目惚れして妻にと望んだほどの女性なのだ。なのに彼女は自分のことを過小評価する。

「こちらは彼女がそばにいると落ち着かないというのに」

ただでさえ、魅力的な年頃の女性と一つ屋根の下で暮らしているのだ。その上それが剣を捧げた女性であれば、気にならない男の方がおかしい。グレイルも当然そのことに気づいて、イーズに悪さをしでかさないようにとタリスに念を押してきたこともある。

妖精王も納得したように頷く。

「自覚がないから、必要がなければ一生この森から出ないつもりだな」

林檎の木が安定すれば数日離れることは可能なのに、そのつもりはなさそうだ。彼女は自分には魅力がなく、林檎姫の名にふさわしくないと思い込んでいるので、外に出て人目に触れれば人々を失望させてしまうと考えているのだ。

「そう、しかも現実的な割に、筋金入りの箱入りなんだ」

身内以外の男とろくに手を繋いだこともなかったほど、周りの者によって異性と距離を置かされていたらしい。だからタリスとの関係にもまだ慣れていない。恥ずかしそうにするだけで、嫌がられなくなった——それだけでも喜ぶべき成長なのだ。

「タリスはあれを連れ歩きたいのか？」

「そりゃあ。森の中では着飾らないけど、外に出れば着飾ってくれるだろう」

剣を捧げた女性を連れ歩きたくない騎士はいない。きっと羨ましがられるはずだ。しかし彼女は蔑《さげす》まれると思い込んでいる。だが彼女が堂々と胸を張っていれば、蔑む人間などいないはずだ。

うんと着飾らせて、自分の隣で微笑んでいてくれたら、どれだけ幸せだろうか。

「森の中でも着飾らせればいいじゃないか」

「本人が動きやすい方がいいと言うんだ。見るのはおまえ達と俺ぐらいだし。俺もよく袖を枝に引っかけるから気持ちは分からないでもない」

獣道を歩くのに絹の服など着ていたら、タリスはその人物を馬鹿だと思うだろう。倹約家の多い国《ガローニ》で育ったイーズがそう思わないはずがない。そして彼女は日課の林檎観察や料理をするためにいちいち着替えるほどまめな性格ではない。手を抜けるところは徹底的に手を抜く。以前はタリスの目は気にしていたが、今は気にしているのかいないのか分からないぐらい手を抜く。

タリスが贈った物で一番よく身につけてくれているのが、最初に贈った、簡単につけられて仕事の邪魔にならない白い花の髪飾りという具合だ。

「問題はイーズが自分についてては諦めて、他人に会うのを怖がってることだろぉ」

と、メノが言った。

「そう、それが問題なんだ。どんなに褒めても信じてもらえないし、正直、反応が鈍くてどうしたらいいのか分からない」

今まで女性を褒めて、あんな「あ、はい」みたいな引いた反応をされたことはなかった。タリスの姉のように「あーはいはい」と軽く受け流すならまだしも、イーズの反応はとても困る。

「妖精王が嫌われていないぐらいだから、俺も嫌われてはいないと思うんだが……」

彼女は人がいいから、よほどのことがなければ嫌わないはずだ。美貌が陰るほどの胃痛の原因であった妖精王には生意気な口をきいていたが、最初から嫌っている様子はなかった。

「失礼な──と言いたいところだが、そなたが嫌われているはずがない。遠慮はされているが」

妖精王は珍しくふざけた顔をせず、普通に答えてくれた。だからタリスも続ける。

「その……どうしたら、遠慮がなくなるだろう？　彼女とは、もっとこう、遠慮のない、近しい存在になりたいと思うのだが。仮にも王であるおまえには友人のように話すのに、俺にはいつまで経っても他人行儀で、小妖精達にするように怒鳴りつけたりもしない」

「それは小妖精だから怒鳴りつけられているだけで、大の男が怒鳴りつけられたらおしまいだぞ」

「そうなんだが……こう、なんというかな」

タリスは言葉を探して悩む。

「つまり、まずはお友達から、というやつか？」

「そんな感じだ」

出会って間もないのだから、信頼し合う関係になるのが大切だ。

「イーズのあれは他人に対する遠慮もあるだろうが、敬意もあるだろう。そなたが実の父に刃《やいば》を向けて守った時から、信頼は得ている」

「そうだろうか」

そうだといいな、とは思っている。しかし剣を捧げた時は、ほとんど強引だった。周りに多くの人間がいて、断れない状況だった。それが、心のどこかに引っかかっている。

「信頼はされているぞ。そなたは妖精達と違って悪戯《いたずら》をしないから無遠慮な態度を取らないだけだ」

それは確かにそうだろう。だが──

「だが、そこで止まっているな」

妖精王の指摘に、タリスはうなった。

「人間なら人間らしく愛をはぐくめばいいのに、タリスはそれをしないのがよくない」

「あ……愛をはぐくむ？」

タリスは思わず妖精王を凝視した。いつもふざけている妖精王の言葉とは思えなかった。

愛は説いているつもりだ。しかしそれと、妖精王の言う『はぐくむ』とは違うようだ。

「愛は生き物の基本だろう？　魅力的な雌《めす》がいて、求愛しない雄《おす》の方がおかしいんだ」

「それはそうだが……」

からかっているのでもなく、本当に普通に悩みを聞いてくれていることに驚きながら、タリスは考える。

「人間は野生動物とは違うだろう」

「つまり野生動物のように本能が先走ってしまいそうだと。だから人間であるお前は胸やら尻やらに視線がいかないようにしているのか」

「っ⁉」

隠していたつもりのタリスは、驚愕して妖精王を見た。

「バレていないと思ったか。気づいていないのは無意味に爽やかな作り笑いを向けられるイーズだけだ」

無意味に爽やか。

安心させるためにできるだけ優しい表情を浮かべていたつもりが、そのように言われて傷ついた。

「まさか、リリ達も気づいて」

「いるに決まってるだろう」

タリスは手で顔を覆った。

女の子の小妖精達にも気づかれていたなど、穴があったら入りたい。

「なんだよ。タリスも女を差別するのかよ」

「さ、差別？」

「そうだ。おれらはよくて、どうして女達に気づかれるのはだめなんだよ」

「は、はずかしいだろ」

「そっか」

腕を組んでレムはふむふむと頷く。理解してくれたと判断していいのか悩むところだが、理解されていなくても何の問題もない。

「ぷっ……くはははっ」

レムとのやり取りを見て、妖精王が笑い出した。

「何がおかしい」

笑いすぎて腹を抱える妖精王を睨み付ける。

「いや、そんなことを気にしていたのかと」

「そんなことではないだろう。イーズに嫌われたり、気持ち悪がられたりしたら……」

「その割には、子供が喜びそうな遊具ばかり作っているのに？」

タリスは花壇の隣の、趣味で作った遊具を見た。小妖精達には大きすぎるが、人間の子供にはちょうどいい大きさだ。

妖精王の言いたいことを察して、タリスは顔が赤くなるのを感じた。

まったく考えていなかった、と言えば嘘になる。

「イーズにそんなこと言ったら、絶対に引かれるからやめてくれ」

彼女は純粋に、小妖精達が遊ぶため、可愛い庭にするためにタリスが遊具を作っていると思っているのだ。まさか、将来子供の住人が増えることになった時のためにと小妖精にそそのかされ、つい作ってしまったなどとは言えない。絶対に言えない。気持ちも通じ合ってないのにそこまで先走っていたなどと知られたら、死んでしまう。

「そうか？　イーズもそこまで子供ではないだろう」

「だって、小妖精達が目の前で子供が増えてほしいとか言ってるのに、どういう意味か気づかないんだぞ、彼女は。捨て子がいたら保護するという意味だと思ってるんだ」

「まあ、妖精は捨て子を拾うのが好きだからな。とはいっても、まともに育てられないから、結局育てられる者を探して託し、後で大泣きするんだが」

どうやら妖精の郷に人間の子供がいないのはそういう理由のようだ。

「イーズなら育てられるから、妖精達は楽しみに待っているな。それを本人に言ったら投げられるのは目に見えているから、誰も言わないのだが。だからタリスが自ら動くしかない」

それは当然だろう。手を差し出しても、腰に触れても戸惑われなくなったし、そろそろ次の段階に進んでもいい頃だ。

だが、とタリスはため息をつく。

「俺はどうも気に入った女性には、嫌われてしまうことをしているらしくて」

「そなたが?」

「ああ。心当たりはないんだが……女々しさがにじみ出ているとかか?」

自分が普通の女性から引かれる趣味をしているというのは理解している。

だがそれならイーズはもう知っているから、問題ないはずだ。

「さあな。そればかりは私にはなぁ。そもそも森の妖精には生物的な繁殖能力はないから、タリスの悩みは根本的なところで理解できないのだ」

人に近く、浮き名を流していそうな容姿をしているので忘れていたが、彼らは木のうろから生まれるのだった。

「内容によって、相談する相手が適切か否かよく考えろ」

「自分から話しかけておいてそれか」

彼が言い出さなければ、こんな悩みは打ち明けなかったのに、勝手な話だ。

「では、彼女の国では、どのようにするのが一般的なのか知らないか？　兄上に聞いたら分かるかもしれないが、さすがに聞きにくいし。ああ、もちろん変な意味ではなく、家族以外の異性とはどのように接するべきかとか、そういう一般的な習慣というか。知らないか？」

妖精王なら長生きしているので知っているかもしれない。そう思って問いかけたが、彼は首を横に振った。

「そういうことは、大地の連中に聞いた方がいいだろうな」

大地の連中とは、イーズの故郷であるガローニに住み着く大地の妖精で、最初の林檎姫のお話に出てくる妖精というのが、その大地の妖精達である。

「奴らが見ているのは庶民だろうが、王族とも付き合いがあるのだから、最低限のことは知っているだろう。何よりも彼らは私達よりも人間に近い」

なるほど、と頷いた。

彼らは『大地の民』とも呼ばれ、純粋な妖精の他に人間との混血もいる。良質な武具を作り出す優秀な鍛冶師達で、ずっと昔に最初の林檎姫のケーキに惚れて、人間と共存するという契約を交わした。だから正統な林檎姫の後継者であるイーズのために、皆力を貸してくれている。二人の住むこの家も、彼らが建ててくれた物だ。

加えて今でもたまにイーズの様子を見に来る。その時にこっそり聞いてみればいいのだ。

イーズと出会った頃はタリスも不逞《ふてい》の輩《やから》扱いされていたが、最近はずいぶんと親しくなったので、認めてくれているような気がした。少なくとも、正しくない方の手順なら教えてくれるだろう。イーズが嫌がるようなことをさせないために。

そうしてイーズに分かるように求愛したら、彼女は喜んでくれるだろうか。

大地の妖精達に認められているかどうかよりも、そちらの方が読めなくて、手に汗をかいた。

「念のために言っておくが、ここで話したことは、イーズには話すなよ。他の妖精に話して間接的に言うのもな」

何をしでかすか分からない彼らに、タリスは念を押した。

「当たり前だろう。私達がそれほど無神経に見えるか？」

「見えるから言っている」

三人の妖精の顔がこわばった。

「まさか、そこまで信じてもらえないとは」

「おれら、言わないぞ。タリスの味方だぞ」

「そうだそうだ。言わないぞ！　みんなにも言わないように言っておく！　妖精は言わないぞ！」

三人は固く誓った。

妖精は人を騙すが、嘘は口にしない。神霊に近い存在の彼らにとって、口にした言葉は誓いとなるからだ。

だから心配はないはずだった。誓いを忘れさえしなければ。

◆◇◆◇◆

ケーキを入れたオーブンの様子を見ながら、イーズはため息をついた。

タリスは薪を割ってくると言って外に出て、こらえ性のない小妖精達はそれぞれ遊びに行ってしまったので一人だ。だから人目を気にせず、ぐだぐだと悩むことができる。

悩みとは、タリスとの関係についてだ。

彼が好いてくれているのは分かる。彼にとってイーズは特別だ。それは分かっている。

「はぁ……どうしたらいいんだろう」

「どうしたらとは？」

妙にいやらしい響きのある声がかけられて、イーズはびくりと震えた。

台所の入り口を見ると、にたりと笑う妖精王がいた。

「妖精王。ケーキはまだよ」

イーズは彼の目を見て念を押した。

見た目は妖精王としての威厳があるのに、口を開けば中に子供が入っているのかと思うようなことを言うのだ。

すると妖精王は肩をすくめた。

「私は別にそんなに食い意地は張っていないよ。ただそなたを預かる身として、思い悩むそなたの姿が気になって声をかけたのだ。何か悩み事があるなら、遠慮なく相談するといい」

彼は自信満々に胸を張る。その様子がレムと大差なく、中身が入れ替わっていても気づかないかもしれないと思いながら首を横に振った。

「妖精王に相談してもどうしようもないと思うわ」

「悲しいな。私がどれほど長く存在していると思っているんだ。最近まで千年以上寝ていたが」

大地の妖精とはまた違い、妖精王やレム達といった森妖精は生まれ変わる。死んだら赤ん坊として、記憶の一部を失って木のうろの中に生まれる。そういう生態のせいかは分からないが、妖精王は交代制らしく、彼は最近また妖精王の座についた——つまり以前も妖精王だったが、いったん眠りについてまた妖精王に戻ったそうなのだ。

「やっぱり無駄な気がするわ。自分の問題だし」

人間とかけ離れている存在に、人間らしさの塊《かたまり》のような相談をするのは躊躇《ためら》われた。

「失礼な。他人には言わないから、話してみたらどうだ？　どうせタリスのことだろう」

指摘を受けて、イーズは息を止め、少し考えた。

妖精は基本的に約束を守る。忘れてうっかり破ることはあっても、覚えていれば守るのだ。

「最近、彼の様子がおかしい気がするの」

「ふむ。確かに。あやつは無駄に拗《こじ》らせている。イーズに負けず劣らずだな」

気のせいではなかったと知って、イーズは眉間にしわを寄せた。

「妖精王、原因を知らない？」

「そうだな……そなたは何が原因だと思っている？」

問い返されて、イーズは閉口した。妖精王の意地悪な笑い方からして、自分から何か言うつもりはないのだろう。

「分からないけど、最近、たまにピリピリしている気がするわ」

「そうか。イーズはそう感じるのか」

妖精王はふむふむと頷いた。

「小妖精達にはそうではないのだけど……私に対して少し前はもっと気安かったのに、ここ最近は距離が遠くなった気がするの。爽やかすぎる笑顔とかが、かえって何か押し隠しているような気がして。それが、こう、壁のようにあるというか」

以前はもっと近かった。よき友人になれた気がした。だが最近は、少し遠い。

「そうか。そうか。そなたは意外に冷静に見ているのだな」

彼は察したように頷くと、少し困ったように目を伏せた。妖精王は最初タリスに邪険に扱われていたが、その時と比べたら随分彼との距離が近くなっている。逆に距離を置かれてしまっているイーズの気持ちなど分かるのだろうか。

「うぅむ。その原因は、何だと考えているんだ？」

「……都会が恋しいのかしら？　帝都に帰った後は機嫌がよさそうだし」

それは仕方のないことだ。彼は皇族とはいえ、イーズと違って自由に色んな場所に行けたらしい。

だから自由が制限されてしまうと、苛立つこともあるだろう。

「それは合っているようで少し違う。奴は今までできなかった自分の趣味の買い物を、イーズのためにと大手を振ってできるようになって嬉しかっただけだ。資金はグレイルがいくらでもくれるし、宮殿に妖精の小道を繋げたから、小妖精達に頼めばいつでも都に行って好きな物を買える。奴はしがらみから解放されて、幸せの絶頂だ」

「そ、そうね」

さすがに彼の趣味に関しては、自由ではなかったとイーズも思う。タリスは人よりも器用で、不器用な姉の命令で刺繍をしたり、化粧をしてあげたりしていたらしい。その延長で女の子が好むような趣味に走ったのだ。今はイーズと一緒に、冬に備えて編み物などを楽しんだりしている。

「じゃあ、何に悩んでいるの？」

それがさっぱり分からない。不満はないのに何かに悩んでいる。それが分からないのがイーズの悩みだ。

イーズはタリスに好かれているのは分かる。だが、それがどういう意味合いなのか読めない。

イーズがほのかに考えるような、甘い理由なのか。それともイーズが考えつかないような、全く関係のないことなのか。

「そもそも、イーズはタリスをどう思っているのだ？」

妖精王はイーズを試すように笑いながら首を傾げた。このふざけた雰囲気を見ていると、なぜか落ち着く。こんな態度でも彼は他人に言いふらしたりしないと知っているからだ。

「大切よ。とても大切な人」

出会った当初は遠い世界に住んでいる、偶然知り合った、だけどすぐにいなくなるだろう赤の他人だった。

今では離れがたい、大切な人だ。

「彼の好意も、信じているわ。趣味は変わっているけど、あんなに素敵な人が私なんかに剣を捧げて、一緒にいてくれる。それが今でも信じられないけど」

イーズは彼のことが気になって仕方がない。彼もそうではないかと思う時がある。だが、そうでもないように思える時がある。

「たまに、どうすればいいのか、分からなくなるのよ」

距離を置くのは、彼の優しさを勘違いしてしまいそうなイーズへの、タリスからの警告のように思えた。タリスはあまり裏表のない、清く正しく生きることを望む善人だから、実際ただの思い込みかもしれない。

不安が胸にしこりのように存在する。

もしものことを考えると、この想いをどうすればいいのか分からなくなる。

ここは男女のことに厳しいガローニではないから、素直に気持ちのままに振る舞えばいい気がした。だが、そのようなことができるなら、イーズは悩んだりしない。

「信じられないとは思うが、タリスは今の生活を喜んでいるぞ。そこをあまり疑っては、さすがの私も奴を哀れに思うよ。タリスはただ、理想の騎士と、人間の男としての気持ちの間で葛藤しているだけだ」

妖精王はタリスが買ってきた、キノコの上に妖精が座る可愛らしい蓋の砂糖瓶を手にした。セットのスプーンにも、妖精の形の柄が付いている。

これを見れば分かる。彼はこの生活を楽しんでいる。趣味人として、騎士として。

「葛藤って？」

砂糖瓶を見ると、人間の男らしくも騎士らしくもない、可愛い物にでれでれな、他人には知られてはいけない彼の姿を思い浮かべてしまう。

「そうだ。そなたが林檎姫の人間離れした噂に悩むのと同じように、奴にも人間の男としての悩みがあるのだ」

「やっぱり趣味のこと？」

「それは関係ない。奴はこの森の中では開き直っているからな」

彼の趣味を知らない住人はいないと言っていいほど、大っぴらにやっているのは間違いない。たまたま見つけた、図鑑でも見たことのない可愛らしい獣や鳥などの妖精以外の森の住人を、一日飽きずに見ていたこともある。

「もちろん騎士としての役目が嫌だなどとは思っていない。その逆だ」

「妖精王の言うことはよく分からないわ」

「つまりだな、タリスの騎士としての理想はそなたが思っているよりも高いのだ。この家から見える一つ頭の飛び出た大木がイーズの想像するタリスの理想で、私が家にしている大樹がタリスの理想。それぐらいの違いだな」

妖精王が住む大樹は、物語に出てきそうな、信じられないほどの巨木である。確かにタリスが自身に求める騎士としての高潔さは、夢物語の中にしかないような類《たぐ》いのものだ。そう認識しているイーズのさらに上を行く理想。

「でも、騎士としての高潔さを求めることでどうして私達の距離が離れてしまうのか――タリス様の悩みがますます分からなくなったのだけど」

「まあ、分からなくてもいい。私にも分からないし、他の妖精達も、奴の友人の騎士達にですら、あそこまで拗らせる理由は分からないだろうから」

タリスは人のいい常識人のようだが、たまにずれている。そのずれが原因なのだろう。

妖精王は考え込む。

「これを可能な範囲で表現するのは難しいな」

奇妙な表現だった。何か不可能な表現があるのか。しかし彼はそういう人間には分かりにくい表現をよくするので、イーズは分かる説明を待った。

「そうだな……イーズがタリスを大切にしたい以上に、タリスはイーズを大切にして拗らせているんだ。奴の悩みはけっして、そなたにとって悪い類いのものではない。そのようにそなたを悩ませていると知ったら、奴は落ち込んで霊薬に手を出すぞ？」

タリスと出会った当初、胃痛がひどくてイーズは霊薬に頼ったことがある。酔っ払って暴れてしまったのでイーズはもう飲まないが、酒に強い者にとってはよく効く薬だと、日々精神をすり減らしている人間達の間で評判になっている。

「じゃあ、タリス様は私との生活に飽きたわけではないのね？」

「飽きるも何も、まだ何もしていないだろう」

「毎日色々しているじゃない。私が教えられることはもうないし、何をしても私よりも上手くなってしまうのよ？　私って本当に役立たずで不器用だわ」

林檎の木の世話と、妖精に受けがいいお菓子を作ることだけがイーズの取り柄だ。それ以外は全てタリスの方が上手い。

「上手い下手が問題ではないよ。料理も、刺繍も、何もかも。趣味というのは楽しめるかどうかが大切だ。一人よりも誰かと一緒の方が楽しいだろう。黙々とやるような作業でもないしな」

「確かにそうね」

一人よりもたくさんいた方が楽しい。作った物を誰かに贈って使ってもらうことが楽しい。食べてもらって、美味しいと言ってもらえるのが嬉しい。

「何にしてもそなたが気にするような悩みではない。奴が自分で解決する日まで待つのもいいだろう。だがどうしても、どうしても奴が悩んでいるのが気になるならいっそのこと、悩みがあるなら相談しろと言ってみたらどうだ？　悩んでいるのが顔に出ていることにも気づいていなかったから、きっかけがあれば何か動くかもしれない」

なるほど、と頷いた。何の変化もない日々だから、悩みを内に抱え続けているのかもしれない。

「言っておくが、二人の仲を拗らせて遊んでやろうなどとは思っていないからな」

妖精王は真剣な目をして言った。そんなことは疑ってもいなかったイーズは、それがおかしくて笑った。

「言われなくても分かっているわよ。冗談と、そうでない時の違いぐらい分かるわ。私達を仲違いさせようとするはずもないし」

すると、彼も笑う。

「ああ、二人の仲がよければよいほど、私達は嬉しいからな。もちろんそれを無理強いはしないが。人間には適切な距離というものがある。まだ出会って間もないのだ。それを探ればいい」

珍しくまともな説教に、イーズは戸惑いを覚えた。

「妖精王、今日は少しおかしくない？」

「なぜだ？」

「ふざけないんだもの。調子が狂うわ」

「失礼だな。私とて大切な友人が悩んでいたら、真面目になるぞ？」

イーズは少し驚いたが、彼も友人の一人であるのは間違いない。

「そうね。ごめんなさい」

彼らは悪戯好きだが、根は優しいのだ。

「納得してくれたようで嬉しいよ。では、私はこれで失礼しよう」

「もう行くの？　お菓子は焼けていないわよ？」

「真面目な人間の悩み相談など、私には性に合わん。菓子はどうせ誰かがこっそり持ってきてくれるから大丈夫だ」

今までも誰かがこっそりくすねていっていたのだろう。いつものことだ。小妖精達はそうやって誰かに分け与える習慣があるらしいのだ。

「あ、そうだわ。今の話は、タリス様には内緒に。他の妖精達もよ」

イーズはどこかに隠れていそうな小妖精にも念を押した。

「ぷふっ、くふふふふふっ」

イーズがお願いすると、突然妖精王は笑い出した。

「ちょっと、なんでいきなり笑うのよ」

「いや、人間はすぐに内緒にしてくれと頼むなと思ったら、おかしくて」

「他にも頼まれたことがあるの?」

「ああ。長く存在しているから、とてもたくさん。だから少し思い出してしまった」

彼は腹を抱えて、おかしそうに言う。妖精の笑いのツボというのが、イーズにはよく分からなかった。

「で、では、これで」

そう言うと、彼は手を振って、いつもよりも慌ただしく光の粒子となって消えてしまった。

何を思い出してそれほど笑ったのか少し気になったが、そろそろオーブンの中を確認する頃合いなのを思い出し、妖精王のことは忘れることにした。

◆◇◆◇◆

イーズは朝食のパンに木イチゴのジャムを塗りながら、朝の心地よい空気を満喫した。

イーズ達の住む木の家は、大地の妖精達が建ててくれた温かみのある可愛らしい家だ。故郷の宮殿に比べれば不自由なことは多いが、それを感じないよう居心地のいい場所にするための努力を重ね、今では最高の我が家だ。

イーズ達がいるこのテラスも、最初はなかったものだ。タリスの強い要望により蔓棚《つるだな》で日陰を作り、イーズの持つ林檎の杖の力で蔓を伸ばした。子供の頃植えたばかりの苗に「おおきくなぁれおおきくなぁれ」と頑張って魔法をかけた時はぴくりともしなかったのに、大人になってからできてしまうとは思わなかった。足りなかったのは魔法の道具だったのだと、子供の頃の自分に教えてあげたい。

ともあれそのおかげで、風通しの良い、夏でも涼しい憩いの場所が出来上がった。

一緒に朝食を取るタリスは、花壇予定地をじっと見ていた。

花壇というより、イーズのためにと花言葉にまでこだわった小さな庭園を造ろうとしているらしい。小妖精達がこっそり教えてくれたのだが、イーズのためだからと、『愛』だの『永遠』だの『美しい』だの女性に贈るのにふさわしい花言葉をもとに図鑑で見た目を調べ、配置を考えて完成図を思い描いていたそうだ。しかしそれぞれの花の季節を考えていなかったらしく、計画は白紙から練り直しているのだとか。

タリスは木製のカップに唇をつけて、森で収穫した木イチゴの葉のお茶を堪能する。彼は新しい庭園完成図を思い浮かべているのか、とても充実した顔をしている。

この時間小妖精達は寝ているので、一日のうちで唯一の二人だけの時間だ。イーズはそのために早起きしている。タリスはどうだか分からないが、彼の悩みについて問いかけるなら今しかない。

いつ問いかけようか悩んでちらちらとタリスを見ていると、その視線が気になったのか彼もまたちらちらとイーズを見た。

「イーズ、俺の顔にジャムでも付いている？」

「いいえ。そうではなくて、タリス様は……」

イーズはほんの少し迷った。妖精王にそそのかされて、聞いてしまってもいいのだろうかと。

「なんだい？」

タリスは首を傾げた。

金髪で、碧い瞳の皇子様。何気ない仕草も様になる。そんな彼との二人きりの朝食は、とても幸せだ。父や兄とも、一緒にいてこんな安らかな気持ちになったことはない。

だがそんな気持ちと同時に、胃とは違う場所が痛いような、不思議な感覚に襲われる時がある。

イーズは自分の騎士であり、大切な友人であり、特別な男性である彼を見つめて、口を開いた。

「最近とても悩んでいませんか？」

壁があるなら乗り越えたい。そのためには行動しなければならない。悩み相談に乗るのは友人として間違っていない。少なくとも自分が彼の友人であることは疑わなくてもいいはずだ。だから聞いてほしくないことだったとしても、問いかけるぐらいなら許してくれるだろう。そう信じているが、一歩踏み込むのは、少し怖かった。彼がいい人だからこそ、心配をかけまいとして心の距離を置き、壁が高くなってしまう可能性もあるのだから。

「な、悩み……など」

彼の顔が急に赤くなり、目を逸らされた。

イーズは予想していなかった反応に驚いた。だがすぐに気づく。もしや異性が聞いてはいけないような悩みだったのではないかと。

(まさか、あんなに真剣に話していたのに、あれも妖精王の悪戯だったの⁉)

ここまでタリスが恥ずかしがるような悩みだとまでは思っていなかった可能性もあるが、恥ずかしがるのを分かっていて、あえてイーズに問い質させた可能性もある。それに気づいて、イーズは何を信じていいのか分からなくなった。

「あの、わ、私に話しにくいのでしたら、人間の、騎士の方に相談されてはいかがですか？　いつもお兄様と話をして、買い物だけしてすぐに戻ってきてしまいますし、一日ゆっくりなさってきてもいいんですよ。私は平気ですから。何かあったら妖精王がすぐに来てくれますし、妖精の戦士達もいますし」

イーズを一人で残しておくのが不安なのか、彼は帝都に行ってもその日のうちに戻ってきてしまう。日が暮れてから帰ることは一度もない。妖精王も呆れるほどだ。

「いや、その、だが」

タリスは唐突な申し出に戸惑っていたが、イーズはなおも続ける。

「連絡係の小妖精達なんて、あちらに泊まってきますよ」

この魔の森が林檎の力を押しのけて広がっていないか、逆に林檎は暴れていないかなどを小妖精達がグレイルら人間達に報告してくれているのだが、実質的には胃薬——霊薬の運び屋だ。

「それは、珍しがって皆が引き留めるからだ。お菓子をもらえるからだよ」

いかにも妖精らしい彼らが使いとして来たら、イーズも当然そのようにもてなしただろう。それに甘える小妖精達もちゃっかりしている。

「タリス様も気兼ねなく帰ってくださいね」

タリスはイーズと違って林檎の木から離れるなとは言われていない。

「イーズ、俺の帰るべき家はここだよ」

イーズは一瞬、思考が停止した。

「ああ、そうでした。そうですよね」

彼はそういうことにとてもこだわりがある。この見た目は小さいが中は広い、二人の木の家をとても気に入っているのだ。部屋を彼の可愛らしい宝物で飾って、イーズにもその宝物を分かち合ってくれる。居心地のいい場所にするのは、ここが我が家だからだ。

「イーズこそ、家族に会えなくて寂しくはないか？」

唐突に問われて、イーズは目を丸くした。

「いいえ。私は大丈夫です」

家族に会えたからといって、同居人が悩んでいるというイーズの悩みを相談できるわけがない。母は亡くなり、父や兄は頼りにできない話題だ。継母からは嫌われている。腹違いの妹は、皇子様が相手となれば自分こそがと奪い取ろうとするだろう。つまり気になる男性について話ができるような関係の家族は、悲しいことにいないのだ。

「悩みがあっても、まだ妖精王の方が話しやすいですし」

「……そ、そうか」

「タリス様は仲のよいご兄弟がいらっしゃるんですよね」

彼は姉や弟妹達と仲がいいらしい。兄であり、次期皇帝であるグレイルとの関係は、よく分からない。仲が悪くはなさそうだったが、よくもなかったように見えた。だが人数が把握し切れていないと言われるほど皇帝は子だくさんだったそうなので、もっと仲のいい兄弟もいるはずだ。

「だからタリス様は遠慮なさらないで、帝都に遊びに行ってください。私は妖精達がいるので大丈夫です。あ、いつもお土産に買ってきてくださる本や雑誌、楽しみなんです」

相談をするもよし、友人と遊ぶもよし、羽を伸ばすもよし。それで彼の悩みが解決するなら、イーズはいくらでも待つ。

しかしタリスは苦笑して首を横に振った。

「気を遣わせてしまって悪かったな。別に悩んでなんかいないさ」

「で、でも……」

明らかに悩んでいる。気のせいとは思えない。

しかし誤魔化そうとしているのにしつこく追及したら、へそを曲げてしまうかもしれない。そんな彼は今まで見たことはないが、人間なのでそういうことがあってもおかしくない。イーズの兄など簡単にへそを曲げてしまう人だった。

「一人で遊びになど行かないよ。遊びに行くならイーズと一緒がいいな」

「私と、ですか?」

「そうさ。君と並んで歩いて、君の荷物持ちをしたいんだ」

楽しく、胸の躍る光景が脳裏に浮かんだ。

タリスに手を引かれて、笑い合い、店先に並ぶ可愛らしい商品をあぁでもないこうでもないと吟味する。勝手についてきた小妖精達が、袖の下に隠れて指示を出す。

憧れがないわけではない、素敵な光景だ。

しかしそんな楽しい夢想も長くは続かない。タリスの連れである林檎姫であることが周りに知られ、「あの程度の顔か」と後ろ指を指されたところで冷や水を浴びせられるように終わってしまった。

「わ、私は、引きこもっていた方が林檎や世界平和のためになりますし」

想像するだけで落ち込んでしまう。実際に彼と並んで人前に出たら、また以前のように胃痛に悩まされるだろう。

「つれないな。一人の買い物も、男同士の買い物も空しいんだぞ?」

それはそうだと、納得してしまう。彼の目指す生き方は『高潔な騎士』だが、趣味は乙女的だ。

イーズのためにという大義名分があるから、可愛らしい小物もある程度は買ってこれるが、それにも限界はある。

「妹さんを連れていかれるとか」

「妹は勘弁してくれ。買い物に行くと奴らは悪魔になる」

タリスはうんざり気味に首を横に振った。

「今は難しいだろうが、林檎が安定したら一緒に行きたい。それができないのが、今の最大の悩みだな」

彼はカップを置いてため息をついた。

林檎が安定。つまりイーズの心配の種がなくなってから。

「買い物もいいが、遠乗りしたり、ガローニに遊びに行ったり。ああ、いつか山羊でも飼ってチーズとか作ってみたいから、牧場も行ってみたい。今まで縁がなかったからなぁ」

ガローニはともかく、それ以外は楽しそうだ。

「そ、それなら、喜んで。妖精達も喜びそう」

イーズ個人を誘ってくれている。一緒に暮らしているのだから当たり前のことだが、今まで断っていたにもかかわらず、改めて誘われると嬉しくて仕方がない。断っているのはイーズ自身なのに、身勝手なものだ。そういえば、身勝手になるのが女心というものらしいと、タリスが買ってきてくれた雑誌に書いてあった。

「ああ、本当はやっぱり外に行きたかったのか」

「え、私、変な顔をしてました?」

嬉しくてだらしなく頬が緩んでいたかもしれない。

「変な顔だなど。可愛らしい顔をしていたよ」

変な顔をしていたのだろう。

「イーズは本当に可愛ら……」

優しく笑っていたタリスは突然顔をこわばらせて口を閉ざし、机に立てかけていた剣に手を伸ばした。その行動を見て、イーズはぎょっとして振り返った。

「そんなに警戒すんなよ」

と、手を振ったのはレムだ。知らない人間の男性の肩の上で。

その男性は若く、洒落た――吟遊詩人のような派手な出で立ちだった。黄色い花の飾りを挿した帽子で顔はよく見えない。肩にかけた鞄は本でも入っているのか、ずっしりと重そうだった。

「サライ、ここがイーズとタリスの家だ」

「これはなかなか雰囲気のいい」

男は帽子のつばを持ち上げた。灰色の髪の、甘い顔立ちの美男子だった。派手な整った顔立ちと、垂れ目をした――

「レム、そんな軽そうな男をどこから拾ってきた⁉」

いわゆる軟派男のような見た目の男性だったのだ。

「タリス殿下、そこは〝怪しそうな〟男ではないのですか？」

軽そうと言われた当人は、気にしたそぶりも見せずに笑った。

「タリスは失礼な奴だな！　せっかくグレイルに頼まれて連れてきてやったのに！」

レムが男の肩の上で飛び跳ねた。

「兄上に？」

「そうだぞ」

楽器でも抱えているのが似合いそうな人物だと思ったが、帝国の宮廷に出入りしている人物だとしたら、それも納得のいく風貌だった。林檎姫の物語を作り上げたのは妖精王だが、吟遊詩人などを使って広めてくれているのはグレイルの配下なのだ。彼は人気吟遊詩人なのかもしれない。

彼は脱いだ帽子を被り直した。黄色い花を挿してあると思ったのだが、よく見れば黄みがかった双葉のような葉と黄色い実のついた宿り木の枝だった。

宿り木を帽子に挿すのは初めて見たが、魔除けなどにも使われる聖なる木だから、違和感はなかった。

「こいつはな、有名な林檎姫の絵本を出してる出版社の経営者だぞ！」

「え!?」

イーズとタリスは声を上げた。レムは胸を張っている。

「絵本は祖父が描いた物で、色々あって私が権利を引き継いだのです」

彼は穏やかな調子で、見たことのある絵本を見せた。イーズも知っている、一番有名な林檎姫の絵本だ。

その笑顔に軽薄そうな雰囲気を感じてしまうのは、顔つきのせいだろうか。タリスは信じられないとばかりに男を見ている。

だが、彼が怪しい怪しくないというのは、些末《さまつ》な問題だ。

「しゅ、出版……絵本……」

林檎姫はイーズの先祖。そしてイーズもそれにあやかって、林檎の姫と呼ばれ人々の注目を集めている。少なくとも、帝都ではかなりの知名度のはずだ。

「はい。お目にかかれて光栄です、イーズ姫」

彼はイーズの前で、貴公子然とした物腰で帽子を脱いで跪《ひざまず》いた。

林檎姫と同様、イーズの話もいつか本になるのは想定済みだ。つまり、彼は取材に来たのだ。

そして見られてしまった。イーズの真実の姿を。化粧もしていない、ありのままの姿を。人間離れしているという噂とはかけ離れた、平凡なこの姿を。

「突然の訪問にさぞ驚かれたことで」

「きゃぁぁぁぁぁぁぁぁあっ」

イーズは頭を抱えて叫ぶ。タリスは驚いた顔でイーズを見た。

「イーズっ⁉」

取材に来た。そんな人物にありのままの自分を見られた。化粧で誤魔化してもいない姿を、完全に真っ正面から見られた。

「どうした、イーズ」

レムがイーズの目の前に飛んできた。そんな彼を無意識に片手で捕まえて、立ち上がる。

「ぎゃあ、タリス、助けっ」

騒ぐレムを握って黙らせ、イーズはテラスから飛び出した。タリスが呼び止める声が聞こえたが、イーズは足を止められなかった。

そうしてイーズは気づいたら林檎の木の前に立っていた。

他に行く場所もない。同じ黄金の森にある妖精王の住む妖精の郷に行こうにも、歩いて行けるような距離ではない。平坦な道ならともかく、険しい森なのだ。

だから自然と足が向かうのはこの場所だった。直前に黄金の林檎の杖を引っ摑んできたので野生動物に襲われることもない。

「イーズ、落ち着いたか？」

手の中からレムが声を上げた。イーズはなぜ彼を握っているのかを考え、そして思い出した。

「レム、なんで先に人を連れてくるって教えてくれなかったの⁉　朝から来たってことは、昨日から決まってたんでしょ⁉」

「いやぁ、びっくりするかなって。だけどびっくりしすぎて、こっちがびっくりしたぜ」

レムはガハハと笑い、イーズは思わず彼を握りしめた。妖精の悪戯は普段なら笑って許すが、許せないこともあるのである。

「お客様が来る時は、ちゃんとおもてなしする準備がいるでしょう？　ねぇぇえ？」

「ぎゃあ、本気握りだっ！　しかも林檎の木の下なんかに連行して！　ひどいっ！」

レムはギャアギャア騒いでもがいた。その姿は楽しんでいるように見えて、とても腹立たしい。

「イーズ、イーズ、どうしたの？」

背後から、少女の声がかかった。振り返ると、小妖精が後ろの木立に隠れてイーズを見ていた。

「リリ？」

釣り鐘型のふんわりしたスカートをはいた可愛らしい小妖精は、鈴のように揺れながら、少しだけイーズに近づいた。それ以上近づかないのは、黄金の林檎の木が怖いからだ。

「イーズが悲鳴を上げて林檎の木に走っていくから心配したのよ」

だから、林檎が怖いのに近づこうとしてくれているのだ。レムと違って純粋で可愛らしい。

「ごめんなさい。何でもないの。取材の人が来て、びっくりしたの」

「しゅざい？　なんの？」

「林檎姫のに決まってんだろ！　何のためにみんなで頑張って噂広げたんだ！　たまに自力で見に来ようとする奴がいるんだから、正式な方法で取材に来ようとする奴がいても不思議じゃないだろ？」

「それもそうね」

リリは納得して再び木に隠れた。これまでも森に勝手に入ってこようとして、妖精達に追い返された人間達がいた。神秘の森に住む林檎姫のもとへ簡単に来られると思われると神秘性がなくなるので、入れるわけにはいかないのだ。

「決まりを守って来るなんて、ようやくいい人が来たのね。危ない人じゃないなら、安心ね」

「安心じゃないわ。どうするのよ。お化粧もしていないし、服だってこれから庭いじりをするから作業着よ！」

「大丈夫！　イーズは可愛いから！」

リリが本当にそう思って言ってくれているのが、イーズには逆に辛かった。リリはそう思っても世間の人は違うのだ。

イーズは林檎の木の根元に座り、ため息をついた。

「ええ、本当にお可愛らしい姫君ですね。まさかこんなに驚かれるなんて」

低く甘い声が聞こえ、イーズはびくりと震えた。どうやら追ってきたらしい。

「そちらが林檎の木ですか」

彼はつかつかと林檎の木、つまりその下にいるイーズに向かって歩いてくる。

「ちょ、だから、それ以上近づくなっ」

タリスが彼の肩を摑んで止め、イーズと彼の間に入った。その背中を見て、少しほっとした。

「いえ、姫君ではなく、林檎の木の様子を見たいのですが」

「危険だから近づくな。そんなことも聞いていないのにここに来たのか」

タリスは険しい声で追い払おうとしてくれた。

「危険は承知しております、殿下。ですがご安心を。私はこれでも魔術師の端くれ。イーズ姫ほどではなくとも、この手の魔樹の扱いは心得ております」

「魔術師？」

「はい。専門家として、グレイル殿下から相談を受けていたのです。取材の仲介をするから、林檎の木の様子を見てくるようにと」

彼はそう言うと、タリスの肩越しに林檎の木を見た。

「イーズ姫、木は成長していますか？」

「もちろんだ」

イーズの代わりにタリスが答えた。今まで聞いたこともないほど、声にトゲが含まれていた。イーズがほんの少し離れている間に、何かあったのかもしれない。

「イーズ姫、最初はどの程度の大きさでしたか？」

「この程度だ」

タリスは自分の腰辺りに手をやった。彼はイーズに会話させないつもりのようだ。

「そうではなく、植えた時です」

「それなら大きさ的にはこの程度の器に入れられていた」

タリスは両手を縦に広げた。彼も植える前、封印してある容器を見たのだ。

「そうですか。そしてここまで育ったと」

サライはそう言うと、イーズ達の横を回り込んで林檎の木に近づいた。

「小さくて可愛らしいですね。予想よりも……」

イーズはぎくりとした。

それはイーズも気にしていた。最初は目に見えて分かるほど育ったが、途中から急に成長が止まったのだ。おそらくイーズに対する世間の熱が落ち着いたということだろう。

イーズのせいではないが、イーズの力不足との指摘を受けたら否定できない。それをまともに説明できず、タリスに押しつけている。自分の唯一の仕事らしい仕事のはずなのに、だ。

「ご、ごめんなさいっ」

イーズは自分のふがいなさに耐え切れず、レムを摑んだまま、再び立ち上がって駆け出した。

◆◇◆◇◆

追うのを諦めたタリスは家に戻ると、苛立ちながらも客人に紅茶を出し、最低限のもてなしをした。

彼はにやついた笑い方をして、その香りを嗅ぐ。

「先ほど飲んでいらっしゃった物とは、違いますね」

「あれはそこらの野草を摘んだ物だ。それは帝都で買った高級茶葉だ。文句ないだろう」

「ええ。イーズ姫と、そのように穏やかに暮らしていらっしゃるのですね」

妖精王のにたっとした笑い方は、妖精だから気にならない。立場は妖精王でも、中身は悪戯好きな妖精そのものだからだ。たまに世界の存亡に関わることで真面目に活動することもあるが、そんな時でも悪戯心は忘れない。理解すると、憎めない男だ。

だが、この男の笑い方はどうにも癇《かん》に障《さわ》る。

イーズを傷つけたくせに反省している様子がないのが、またタリスの怒りを煽《あお》った。

「タリス殿下はずいぶんとイーズ姫を大切にされているようで」

「当然だ。剣を捧げた女性だぞ。だいたい彼女は、俺と妖精以外の男とはほとんど話したこともないんだ、ずかずか近づいて怖がらせるな」

「グレイル殿下から伺っておりましたが、イーズ姫は男性にほとんど免疫がないというのは本当だったのですね」

「そうだ。最初は手を差し出すだけで戸惑っていたほどだ」

周りに集まっていた小妖精達がうんうんと頷く。

「イーズは箱入りだぞ。帝都ではあり得ないほど箱入りだぞ」

「そうよそうよ。だけど顔のいい男に騙されたりもしないのよ」

それを聞くと、サライは笑った。

「私の顔を気に入ってくれたのですか。嬉しいですね」

サライはリリに笑みを向ける。リリはいい男に弱いので、恥ずかしそうに身をよじる。

タリスはほんの少し裏切られたような、切ない気持ちになった。

「とにかく、聞きたいことがあるならイーズ以外に聞け」

妖精達ならあることないことといくらでも話すだろう。余計なことまで言ってしまっても、こちらは妖精の冗談と否定すればいい。

「本人がいらっしゃるのに取材させていただけないとは、天使に満足していただけるほどの本に仕上げられるか不安になってきますね」

「天使のことまで知っているなら、あんたは本当に分かっててここに来てるんだね」

メノが言うと、彼は頷いた。

「もちろん。そうでなくては、賢明なグレイル殿下が私をよこしたりはしません」

彼を連れてきたレムがイーズに連れさらわれて行方不明なので詳しい話は聞けないが、嘘ではないだろう。

「見た目は怪しいのになぁ」

まったくもってその通りで、その上胡散臭い笑顔や仕草、持って回った話し方もあって、タリスは警戒心を解くことはできなかった。

「だが、私の身元は確かだよ。そうでなければ、グレイル殿下は信用なさらない」

妖精達はなるほどと頷く。グレイルは皇帝である実の父親が怪しい魔術師にそそのかされたため、得体の知れない魔術師を嫌っている。つまり彼はグレイルから見れば得体が知れているのだ。

「天使の思惑を理解しているなら、イーズ本人に話を聞く必要はない。とにかくそれらしく、人々に愛されるように脚色すればいいんだ」

そうたたみかけると、サライはため息をついた。

「こういったものは真実に近い方がいいのです。イーズ姫本人から話を聞いてこそ、より価値のある物が出来上がるというもの。恥ずかしがり屋で大変愛らしい姫君ですし、その方が絶対にいい本が出来上がります。もちろん悪いことは一切書きません」

「無理なものは無理だ」

それがイーズの願いだろう。グレイルが送り込んだことと、女たらしな雰囲気からも、イーズを傷つけるような表現はしないと分かってはいる。しかしイーズは実物を知らない方が美化してもらえると思い込んでいる。今日の様子を見る限り、彼女の意識を変えるのはしばらく無理そうだ。

「……仕方がないですね。悲鳴を上げて逃げられたのは確かですし。同性と話をする趣味はありませんが」

タリスはむっとして彼を睨み付ける。こういう女性にだけ愛想がいい男というのはよくいるが、それでもイーズをそういう目で見つつ話をしようというのは、許しがたかった。

「取材と言うが、何のために？　本人を見に来るなんて、どんな本を書くつもりなんだ？」

タリスが尋ねると、彼は頷いた。

「そうですね。まずは林檎姫の記事を書きます。女性の憧れになるような。イーズ姫の無垢な魅力を、世の少女達の見本となるように書くつもりです」

サライは楽しげに語る。本当にそうなるなら、悪い話ではない。

「可愛らしい小妖精のお嬢さんのことも書いていいかな？」

「どんな風に書くの？　可愛くなくちゃだめよ」

リリに問われると、サライはいかにも女たらしな笑顔で彼女の可愛い頬を指先で撫でた。

「最終的に絵本を作るんだ。尊敬する祖父のようにね。その時に、君のような妖精が姫の肩の上にいたらきっと可愛らしいだろう？」

「絵本？　子供が読むの？」

「もちろんさ。妖精は子供が好きな子が多いけど、君も好きなのかな？」

「ええ！　とっても好きよ！　子供が読む本なら大歓迎よ！」

他の小妖精達も妙に喜び、懐柔されつつある。

「本当に、子供向けに書くのか？」

少し意外でタリスは思わず問いかけた。

「当然です。天使が望んでいるのは、イーズ姫が特別であり続けること。そのためには、絵本はとても有効です。幼子の頃の特別で純粋な憧れは、大人になっても心に残り、そしてまた次代の子供へ受け継がれていきます。それこそが、天使の望むものでしょう。私はその意思に忠実に、かつ一番乗りすることにいたしました」

「わぁ、すごーい」

小妖精達は素直に手を叩いた。サライは彼らに笑顔を向け、そしてタリスに視線を移した。その視線が妙に嫌みたらしく感じた。

「大人向けにも別に何か書くつもりですが」

「大人向け？」

「はは、変な意味ではありませんよ。天使側に重点を置いた、子供には難しいという意味です。イーズ姫は私にとって大切な物語の主人公です。男性向けの大衆紙に載るようには書きませんよ」

変な勘ぐりをしたタリスを揶揄《やゆ》するようにサライは言った。

「どうだか」

「殿下、私は本当に子供達のための絵本を作りたいのです。イーズ姫の話の絵本作りはまだ誰もやっていないからこそ、作り込む価値があるのですよ。美しい姫とこのように愛らしい妖精達。そして立派な肩書きの騎士皇子。それを美しい挿絵で描けば大人も子供も魅了できる、という寸法です。なのに清らかな印象のある姫君の価値を下げてどうするのですか」

彼はタリスがイーズのために用意したカップで、優雅に紅茶を飲む。確かに彼の言う通り、イーズを悪く書く意味はない。

「それでわざわざレムに頼んでこんな何もないところまで？　ご苦労なことだな」

「何もないなどとんでもない。生まれたばかりのおとぎ話の発祥の地であり、かの有名な妖精の森ですよ？　そして生きたおとぎ話の世界の住民が住まう場所。興味が湧かないはずがありません」

「そ……そうか」

瞬きもせずに熱く語られ、タリスは戸惑った。

「私は祖父が見せてくれた幼い頃の感動を、私自身の手で作り、後世に残したいのです。尊敬する祖父のように」

理屈は通っている。通っているが、タリスは困惑した。

「その夢を叶える機会があるのだから、取材したいと願うのは、一人の作家として当然のことです」

「……作家なのか？　魔術師ではなく？」

「ええ、もちろん。今はこちらが本業です。元々魔術師には魔道書を作り出すという作家の一面もありますので、不思議ではないでしょう。だから林檎姫に関しては、私自身が手がけます」

彼は当然のように頷いた。見た目は吟遊詩人と言われた方がしっくりくるというのに。

「直接話を聞くことができれば、絵本だけではなく、歴史書も書くことができます。歴史書を書いた本人の手による絵本となれば付加価値が出ますから、天使も喜ぶことでしょう」

タリス達の守護天使であるクシェルなら喜ぶだろう。だから納得はできる。

「どうしてそんな男が、レムと……兄上と接触できたんだ？　いくら身元がはっきりしているからって、出版社の経営者に相談するなど……」

納得できるが、この人選はあまりグレイルらしくない。彼は若すぎて、相談相手としては経験が足りていないように思えた。

「先ほども申しましたが、私は魔術師で、出版社は身内に不幸があったがゆえに受け継いだのです。グレイル殿下が私を選ばれたのは、私が天使に詳しい魔術師だからです」

「そんな術者は教会にいくらでもいるだろう」

「聖職者では信仰心が強いため、解釈が天主様を賛美する方向に偏りすぎていて、グレイル殿下の望む客観的な答えを出せないからです。個人的に相談できる相手となると、私のようなどこにも属さない魔術師を選ぶお方は多いですよ。私の場合、身元は確かですし、危険思想もありません。先の皇帝陛下が選んだ怪しい輩《やから》とは違います。頼まれても政治への口出しは一切いたしません。何よりも有能さには自信があります」

そのあたりは、グレイルが一番警戒しているから、本当なのだろう。あの兄には天使も憑いているから、魔術で洗脳などもできないはずだ。

「魔術師に相談するなら、樫木《かしき》の賢者がいるのになぜおまえのような怪しい男に」

タリスの友人である樫木の賢者ウィドは、彼よりも若いが、賢者の杖と呼ばれるほどの杖を受け継いだ特別な魔術師だ。

「樫木の賢者殿は、妖精や自然を相手にする場合であれば私など足下にも及ばないのですが、天使や悪魔は専門外ですから」

つまり彼はそういうモノの専門家のようだ。

「よく兄上がよくそんな怪しい分野の専門家を信用したな。いかにも嫌いそうなのに」

天使に憑かれてから、ますます神霊というのは胡散臭い連中だと思うようになった節がある。そんなものを好きこのんで研究する者は、グレイルとは合わないように思えた。

「はは。身元と実力を知っていれば、私達を恐れる必要はありません。グレイル殿下は実力主義者のようですから、嫌いな者でも有用ならば使われます。私としても、天使の加護を受けた君主などそういるものではありませんから、話を聞いてみたかったのです。天使というのは皇帝や皇子などといった権力者よりも一人の高潔な英雄を好みますから。例えば、蒼穹騎士団《そうきゅうきしだん》の団長のような」

「普通の天使はな」

蒼穹騎士団は天主教会が誇る強者揃いの騎士団だ。聖職者である彼らはタリスが憧れる高潔な聖騎士達である。ちなみに以前タリスとともにこの黄金の森に来た騎士の何人かは、現在は蒼穹騎士団に入団している。本来は入団が難しいことで有名なのだが、クシェルの祝福を受けたこともあって簡単に受け入れられた。

あの天使を見た後で彼らもよく天主への信仰心を保てるなと思ったが、それとこれとは別だと言っていた。組織の末端が微妙なのは人間社会でもよくあることだ、と。

「クシェル様は確かに普通ではないようですね。そういった事情も面白い。私は神秘に憧れるからこそ魔術を学び、今は本を作っているのです。本という形にして後世に残すということが、私達にとってどれほど大切なことなのか、騎士であられる殿下にはお分かりいただけないかもしれませんが」

「クシェル様も自分のことが書物として残ることが大切だとおっしゃっていたが……」

神霊達は存在を認知され、敬われたり、恐れられたりすることで力を得るため、広く認知されることが出世への道らしい。

「ええ。その通りです。それをお助けするのが、私のような魔術師の仕事。せっかくグレイル殿下のお声がかかったのですから、クシェル様にも認められ、子供も読めて、専門家ならニヤリとして、後の人々が深みを感じる絵本を描こうと思ったのです。もちろん心が温まる、可愛らしい絵柄で」

彼は専門家だと言うだけあり、天使から求められていることを理解しているようだ。

「だが天使の専門家が、なぜ兄上から黄金の林檎のことまで頼まれたのだ？」

「殿下は面白い質問をなさいますね。それこそが、部外者である私が入ってきているにもかかわらず、いまだに妖精王がやってこない理由です」

タリスは思わず眉をひそめた。その真意は読めなかった。害があるならサライがどんな人物だろうと妖精王は来るだろう。

「妖精の郷も取材させていただくことになっているのです」

「……そういう意味か」

タリスはため息をついた。そこまで話が通っているなら今ここに来る必要もないだろう。

魔術師という人種は、こういう思わせぶりな態度を取ることが多くて好かない。そうしないのは、友人である樫木の賢者ウィドぐらいだ。

「そうだ。せっかくここまで来たのですから、本物の『水晶の鎧』を見せていただけませんか？やはり物語の『王子様』枠ですから、立派に書かなければ、話が終わりません」

「王子様枠……」

「お姫様が主人公なら、王子様は最も重要な脇役です。幼い子供達の憧れの的。しかも登場人物と違って、装備は後世に残りますからね。ちゃんと見て描かなければ」

それは間違いないとタリスも納得した。

武具は人間と違って数百年、数千年後まで残るのだ。でたらめな鎧を描いていたら、彼の望むような資料としての価値も低くなるし、自慢の鎧に子供達が憧れるというのは、自分自身が話題になるよりも不思議と嬉しいものだった。特にタリスの『水晶の鎧』というのは、大地の民という優秀な鍛冶師達が作る武具の中でも特別な、最上級の鎧だ。

それに噂が広まれば黄金の林檎が育って、イーズが林檎から多少離れられるようになる。そうすれば先ほど語ったような遠出ができる。森の中の生活でもまだまだやっていないことがあるのだが、並行して行《おこな》った方が長く楽しめる。

「まあ、それぐらいなら」

タリスが許可を出すと、サライは荷物の中から何か大きな本を取り出す。中身は白紙。写生帳だ。

「自分で絵を描くのか？」

「もちろんです。全て私が手がけます」

サライが答えると、小妖精達はざわめいた。

「サライがイーズを描くの？」

「そうだよ。意外かな？」

小妖精達は驚いて互いの顔を見合わせる。そしてリリがサライの肩にちょこんと乗った。

「イーズは世間の噂がすごいことになっているから、人の前に立つのがとっても怖くなっちゃっているの。だから、イーズのこともちゃんと可愛く描いてあげてね？」

「もちろんだよ。お姫様を可愛く描かなくてどうするんだい？　ああ、だけど、彼女の美貌を描き切れるか、私の絵を見て確認してくれるかい？」

彼は木炭を取り出すと、肩の上のリリをカップの横に置いて、さらさらと描き出した。妖精達が覗き込み、感嘆の声を上げる。向かい合うタリスとリリは覗きには行けない。

やがて出来上がったのか、妖精達が手を叩き、サライはそれをリリに見せた。当然、それはタリスにも見せる行為である。

「イーズ姫の美貌を描けそうか確認して」

簡単だがリリの特徴を捉えた、温かみのある小妖精の絵だ。よく描けているので貶《けな》すこともできず、タリスはリリに笑みを向けた。

「……リリ、可愛らしく描いてもらえてよかったな」

「ええ！　これならイーズも安心ね！　美人に描いてもらわないと！」

イーズなら『美化して』と言うところだろう。彼女はそのままでも愛らしい乙女なのに。

「認めていただけたと、思ってよろしいでしょうか」

「もちろん、本にする前に中身を確認させてもらうが」

「もちろん。ご確認いただければ幸いです」

言っていることは真っ当で、微笑みも浮かべているのだが、なぜか妖精王とは違った意地の悪そうな笑みに見える。

「サライは画家なの？」

リリに問われて、サライは首を横に振った。

「魔術師というのも、絵心が必要なのだよ。魔道書は字だけではなくて、絵とか図とかが書かれているだろう？　それで技術を磨いたのもあるけど、私はやはり絵本が好きなんだよ」

絵本が好き。

意外な言葉にタリスは驚いた。

「どうして男の人なのに絵本が好きなの？」

「母方の祖父の絵本を小さな頃から読んでいたからだよ。もちろん祖父の物だけではなく、色んな絵本を読んだ。魔術に興味を持ったのも、絵本のおかげさ。騎士にも憧れたけど、私はそんなに運動のできる子供ではなかったからね。魔法使いになれば、色んなことができるって絵本で学んだんだよ。父方に高名な魔術師がいたのも幸運だった」

「それで副業が魔術師なのね」

魔術師になるには才能を見込まれて誰かの弟子になるのが普通だ。なりたくてなれる職業ではない。だが身内にいるとすれば、一般の家庭よりはずっとなりやすい。

「ああ。私の師も祖父に勝る夢見《まさ》がちな人だったよ。だから私も夢見がちなのさ。絵本には夢と不思議が詰まっているんだよ。こうして君達に会えて、私はとても感動しているんだ。この森の妖精達は人間が訪れてもそうそう友好的には出迎えてくれないからね」

彼は楽しそうに語る。タリスも似たような経緯で騎士に憧れた。だから彼の気持ちが痛いほど理解できてしまった。

タリスは騎士になったきっかけである絵本が今でも好きで、たまに読んでいる。その主人公は自分の理想とする騎士で、イーズとの関係も彼を手本にしている。

見た目で判断していたが、この男が嫌みったらしく見えるのはただそういう顔つきなのかもしれない。

「そして絵本は、恋の素晴らしさを最初に学ぶ機会でもある」

「恋？」

確かに絵本の恋物語は、人間が一番最初に触れるそれだろう。お姫様が王子様に救われたり、見初められたりする話が多い。中にはお姫様が王子を救う話もある。どれもとても楽しく、憧れる内容だ。

「そういえば、タリス殿下はイーズ姫と恋仲なのかと思っていましたが、どうやらそうではないご様子ですね」

「なっ」

タリスはいきなりの指摘に絶句した。タリスはここにはいないレムを疑った。

「よくわかったなぁ。タリスってばシンシ的にイーズを見てるだけなんだぜ」

反論しようとすると、小妖精達が一斉に頷いて肯定した。その反応を見て、サライはため息をついた。

「その点はすっかり安心していたのに、まさかまだとは……」

「ぐっ」

「ひょっとして、姉君のような細身の女性が好みで、姫のような豊満な女性はお好みではないのですか？　もしそうなら、未練たらたらのグレイル殿下にお返ししてはいかがですか？　今なら話の修正は可能です」

「冗談じゃない！」

タリスは声を荒らげた。

姉とイーズなら間違いなくイーズの方が好みだ。優しいし、趣味も合うから楽しい時間を分かち合えるし、何より笑顔が可愛い。

「兄に返すなど、イーズは物ではない。それにイーズに興味がなくて何もしていないのではなく、信頼関係を築いている段階なだけだ」

「しかし黄金の林檎の未来を考えれば、姫には跡取りがいるのが望ましいのです。できれば、幸せな形で」

「それはそうだが、彼女とは出会ってまだそれほど月日が経っていない」

「…………」

サライは顔を歪めて小妖精達に視線を向けた。

「この皇子大丈夫なのか？　健全な青少年が、あんな巨乳美女と一緒にいたら、一週間も耐えただけで褒めてやりたいぐらいなのに、一つ屋根の下で数ヶ月お手付きなしだなんて信じられない」

サライは不味い物でも食べたような顔で首を横に振った。

先ほど一瞬でも彼のことをよく思おうとした自分が馬鹿だった。

「タリスはくそ真面目なんだよ。手を握るので精一杯なんだよ！　オヤジがひどかったから、反動で過剰なぐらい紳士なんだよ！　面倒臭いんだよ！」

「信じられない。一緒にいて愛の楽しみも与えない男なんて、イーズ姫も一緒にいて退屈じゃないんだろうか？」

タリスは言われて、不安になった。それは少し考えていたことだった。イーズは優しいから何も言わないが、本当は退屈しているのではないか。

「い、イーズは本当に箱入りで……」

「手を出さなくても愛は語り合えます」

「と、当然だ。そうしている」

「しているつもりですか」

「つもりじゃない。初対面で失礼な男だな！」

「私は魔術師ですからね。失礼ではない魔術師などそうおりません」

権力者に媚びない性格は魔術師にありがちだが、だんだんと失礼になっていくのは腹立たしい。

「殿下。大切に箱の中にしまわれている未使用の宝物を見ると先に使ってみたくなる人間というのは、案外多いので気をつけてくださいね」

サライはにやぁ、といった笑みを浮かべる。嫌味で性格が悪いのを隠そうともしていない。

「悪魔使いの私としても、そのようなことは嫌いではありません」

予想外の言葉に、タリスは悪魔的に笑う男を凝視した。

「悪魔使い……だと？」

「天使や精霊も使えますので、神霊使いというのが正しいでしょうが、善良な存在を使うのは色々と面倒なので主に悪魔を使役しています。天使や悪魔を崇拝するのではなく、使役するのです」

彼はにこりと笑い、机の上に置いていた帽子に触れた。

「つまり私は人外の存在を使役する専門家です。それが、妖精王がここに来ない理由の一つでもあるでしょう。契約を迫られたら面倒臭いとよく言われますから」

中立の専門家。研究者ではなく、神霊を身近な存在としている本当の意味での専門家。

「霊力の高い乙女はとても貴重です。天使のような存在に利用される分には問題ないでしょうが、悪魔のような邪悪な存在に目をつけられる前に、早く摘み取って差し上げた方が、彼女のためにもなります」

彼の言いたいことを理解して、タリスは思わず睨み付けた。

「異母兄弟揃って巨乳好きのむっつりスケベでどうしようもない」

タリスが否定する前に、小妖精達が頷いた。

「だよなぁ」

彼らにまでそのように見られていた——つまりイーズからもそのように見られている可能性を考えて、自己嫌悪のため息をついた。

「サライはどうなんだ？」

小妖精が問いかける。

「私は隠さないよ。大半の人間の男は巨乳美女が大好きで、私もその例に漏れないさ。まあ、気にしていたりすることが多いから、相手に巨乳が好きだと言ったら終わりだけどね」

「ああ。イーズも太った痩せなきゃって言ってる」

「無い者は欲し、有る者は捨てたいと思う。皮肉なものだ。私も溢れんばかりの才能はあるけど、もう少し運動する才能が欲しかったよ」

「わがままだなぁ」

妖精と笑い合う悪魔使いを見て、からかわれているのだと察し、タリスは頭をかきむしりたくなった。彼の言葉を本気で受け取ってはいけないと、自分に言い聞かせる。

「鎧を見たいんじゃなかったのか?」

「ああ、そうでした。妖精達とおしゃべりをするのが楽しくてついつい話し込んでしまいました」

サライはくすりと笑い、リリの頬を撫でた。

「どうして悪魔使いなんてしてるの?」

「そりゃあ、悪魔なら何をしても罪悪感を持たなくていいからだよ。君達にひどい命令なんてできないからね」

「そりゃそうだ!」

今までのふざけた態度を見る限り、納得できない胡散臭い理由だった。

しかし不思議と、本音の一つではあるような気がした。

◆◇◆◇◆

イーズはレムに説得されて、おやつの時間頃に我が家に戻った。サライは悪い男ではなく、本当に絵本を愛している男だから、わざとイーズを不細工に描いたりしないと言われたのだ。

できれば帰ってくれていたらと希望を抱いていたが、水晶の鎧を熱心に観察するサライの姿を見て、逃げるのは諦めた。彼は真面目に仕事をしているのに、肝心のイーズが逃げ回っていたら、林檎姫の絵本に悪い影響が出てしまう。既に出ているかもしれないが。

それでも、せめてと思いフードを被った。

化粧をすればいいのだが、イーズに化粧をしてくれるのがタリスだと知られることは、素顔を見られることよりもまずい。イーズは自分の顔をいじるのが苦手なのだ。

「練習しなきゃね……」

森の中でも素顔を見られる危険はあると知ったのだから、苦手とは言っていられない。

幸いなことに、取材に来た人物は妖精から見ても『いい人』であるらしい。フードをかぶっても許してくれるだろうと、レムも言っている。

そのいい人であるサライは、小妖精達に囲まれていた。肩や頭に乗る者もいる。小妖精達があんな風にするのは、信頼しているからだ。小妖精達はいい加減だが、肩に乗る相手の人柄は見る。少なくとも、自分達に危害を加える相手には懐かない。

「イーズ、見て見て。サライが描いてくれたの」

と、リリはイーズに絵を見せてくれた。タリスが飾りたがりそうな可愛らしいリリの木炭画だ。

「あら、可愛い。よかったわね」

サライの軽そうな見た目に反して、温かみのある絵柄だった。

「おれも描いてもらった！」

「メノも可愛いわね」

小妖精達が喜んで絵を見せてくれる。彼らがこれほど喜んでいるのは、イーズがそれぞれの要望に応えて工夫したベッドを作った時以来だ。

「怪しい奴だけど、腕は確かだって言ったろ！　イーズのこともいいように描いてくれるさ！　あいつは絵本が好きなんだって」

「そう……」

彼を連れてきたレムは、イーズの肩で首元を叩いた。

「いい人でよかったわね。どこかに飾らせてもらいましょうか」

「ああ、顔隠すの諦めて、おやつにしようぜ！　サライに林檎のケーキを食わせてやってくれよ。んで、ちゃんと取材を受けて、ちゃんとしたものを書いてもらうんだ！」

レムはイーズのフードを引っ張り、サライを呼ぶ。

「ええ。イーズ姫には、これからのことを詳しくご説明したいと存じております。イーズ姫の絵も描いたので、ぜひご確認ください」

サライは紙を差し出し、それを小妖精達が運んでくれた。イーズは恐る恐るそれを見た。小妖精達の絵と同じ、おとぎ話にふさわしい優しい絵だった。小妖精と語り合うイーズと、それをタリスが温かく見守っている光景だ。

「イーズ可愛いよ！　安心した？」

「ええ。そうね」

「っしゃ。じゃあ、おやつをはこべ！」

メノが台所に指示を出すと、今朝までいなかった男性がお茶と林檎のケーキを運んできた。人間よりも少し小柄で、耳が尖っていて、腕に瘤《こぶ》のようなものがある。

イーズの母国に住む、大地の妖精だ。

「あら、来ていたの？　ああ、お菓子を渡す日だものね」

「林檎のケーキで嬉しいですよ。姫のお菓子は何でも素晴らしいですが、やはり林檎が最高です。このチビどもと来たら、姫が戻らないのに先に食べてしまおうとか、勝手に持って帰れとか、ひどい奴らです」

彼はにこやかに言ってから、小妖精達を睨んだ。

「イーズ姫は大地の妖精に定期的に菓子を渡しているのですか？」

サライに問われ、大地の妖精が首を横に振った。

「それじゃあまるで俺達が姫にたかってるみたいだろ。対価としていただいてるんだよ」

「対価？」

「おまえんところの新しい皇帝とその部下に霊薬を卸《おろ》してるんだよ」

「霊薬？」

「胃薬だとよ。それを姫経由で渡して、姫は対価として現金を、俺達は対価として菓子を」

「ああ、なるほど。苦労されているようですからね。この武具といい、イーズ姫のために動くのは、いかにも大地の妖精らしい。お菓子好きなのも」

「姫の作る林檎のケーキは特別だ。人間には分からねぇだろうがな。林檎ってのは特に秘薬の原料にもなるんだ」

イーズも人間なので彼らの言う『特別』の感覚は分からないが、その林檎の仲間である木を育てているので、林檎自体のすごさは理解できる。

「なるほど。姫のケーキも霊薬の一種ですか。それは立派な対価ですね」

「妖精にとっては世界一美味い菓子だ」

胸を張る大地の妖精を見て、イーズは苦笑した。

「サライも取材なんだから、好きなだけ食べてけよ」

レムが勝手に勧める。好きなだけ食べられて困るのは自分の分がなくなるレムだというのに。

「こんな奴に本物の林檎のケーキを食べさせる必要はないだろう」

タリスは腕を組んでサライを睨み付けて言った。イーズが逃げてしまった原因だからか、タリスの態度がとてもとげとげしかった。

「食べてみないと表現が難しいので、いただけると幸いです」

「え、ええ。しっかりしたものを書いていただけるなら」

「もちろん。それに関しては、お茶でもしながら話をいたしましょう」

彼は楽しそうにタリスの鎧を描いた紙をしまった。


サライという若い男性は、自己紹介をしてくれた。

今は本業が作家。昔は魔術師というか神霊の専門家で、天使や悪魔も呼び出せる。天使も悪魔も適切な距離を置いて対話しないと、利用するだけして何かあれば切り捨ててくるような存在だとよく知っているから、天使に憑かれているグレイルにその適切な距離について相談を受けていた。

イーズは悪魔をどうやって使役するのか聞いたが、天使についてなら教えるが悪魔の知識は耳に入れない方がいいと断られた。もしもの時は妖精王が知っているから問題ないと。

「イーズ姫は本当に優れた霊薬をお作りになりますね。人間の私にも分かります。このケーキも身体の中が浄化されるようです。素晴らしい。悪魔憑きでも治せてしまうのではないでしょうか」

「私はご先祖様から受け継いだ通り作っているだけで。先祖の林檎姫が優れていたんです」

「もちろんそうでしょうが、受け継ぐ者の資質も必要です。姫が国外に来てしまい、ガローニでは問題にはならなかったのですか？」

サライは大地の妖精に問いかけた。大地の妖精がイーズの国にいるのは、王族が焼いた林檎のケーキを彼らに提供しているからだ。それがなくなれば契約は切れてしまい、大地の妖精が人間と交流する必要がなくなるのだ。

「姫の兄君が受け継いでるよ」

「え？　兄君って、世継ぎの王子の？」

「ああ。姫の妹君はダメだったが、兄君に作らせたら上手くいった。娘でなけりゃいかんなんてことはないんだ。いずれ娘が生まれて大きくなるまでは、王子でなんとかなるだろう。俺達も王子に作らせてまで食べたいわけじゃないんだが、これればかりは契約だからな」

その話はイーズも手紙をもらって知っている。父と兄からの、愚痴混じりの手紙だ。タリスと違い、ケーキなど作ったことすらなかったイーズの兄は、イーズが幻想的な妖精の森でタリスと優雅に過ごしていると思い込んで、気楽でいいなと書かれていた。

ただ不幸な嫁入りを望んでいたわけではないから、幸せになれとも書いてあった。

気持ちのすれ違いはあったが、家族として愛し合うことはできるのだと、安心させてくれた。

「王子が妖精達のためにケーキを。なんと美味しい題材。絵本にしたいぐらいだ」

「本人に許可を取るか、本人が亡くなるまで待てばいいんじゃないか」

直接許可を求めたら、絶対に却下するだろう。世間には知られたくないはずだから。

「まあ、それはおいおい考えるとして、姫、今日は突然押しかけてしまい申し訳ございませんでした」

「いいえ。林檎の成長を助けてくれるようなお申し出をいただいたのに、避けてしまい申し訳なく思います」

イーズは首を横に振って、サライを見た。彼は悪意からイーズの望まない本を出したりはしないだろう。妖精達の様子を見ていれば、よく分かる。

「ただし、もしも林檎の成長に悪影響を与えるようなことをすれば、相応の報いを受けることは覚悟してください」

「ええ、もちろん。よく存じております。おそらくイーズ姫よりも」

グレイルが送ってきた専門家の彼は、にこやかに笑いながら頷いた。

「イーズ姫、今日はお礼にこちらを」

彼はどこからともなく大量の本を取り出した。妖精王が似たようなことをするのでさして驚かなかったが、人間にもこんな芸当ができるのだと感心はした。

「女性が好みそうで、面白い本を揃えました。あとこちら」

立派な装丁の本だった。表紙には題名がなく、中には見たこともない文字で数ページしか書かれていない白紙の本。

「白紙の絵本と呼ばれる特別な本で、持ち主によって内容が変わります」

「内容が？」

「特に悩んでいる時に自分の心を映して、自動的に書いてくれる絵本のような物です。自分の悩みの本質を探ったり、打開のためのひらめきを生んでくれます。自分のための、ただ一つの絵本となっていく魔法の本ですね」

イーズは驚いてサライを見つめた。

「ただ一つの絵本……なんだか面白いですね」

「ええ。こういうものは、私のようなつまらない男よりも、イーズ姫のような特別な場所に住む、美しい女性が持った方がよいでしょう。きっと可愛らしい絵が現れます」

イーズは思わずくすりと笑った。妖精達が描かれたら、それは可愛い絵になる。

「そんなものをイーズに渡してどうするんだ」

タリスはイーズが気をよくしたのを見て、再びトゲのある言葉を吐いてサライを睨み付けた。

彼はイーズが戻ってきても、サライに敵意を向けたままだった。イーズが逃げた時はそれも仕方ないことだったが、しかし鎧を見せる程度には会話をしていたのに、なぜか関係は悪化しているように思えた。

サライはいい人そうだが、妖精王のような悪戯心の宿った目をしているので、何かあったに違いない。が、それを聞いてもタリスは答えてくれないだろう。

「姫は日記がお好きだと聞き、たまたまそのような本を所有していたのを思い出して引っ張り出してきたのです。楽しんでいただければ幸いです」

イーズはなるほど、と頷いてその本を手にする。

すると本には、座り込んで小妖精を両手で摑む女の姿が浮かび上がった。レムを締め上げるイーズの姿だ。なぜこんな絵なのか考えなければ、とても可愛い絵だった。

「わあ、本当だ。すごい！　おれのせいで一日大変だったたって気持ちがよく伝わってくる！」

イーズは反射的にレムをにぎにぎしたくなったが耐えた。

「レム、取材は終わったようだから送ってやれ」

「え、もう？　泊まってけよ」

「客室はない」

タリスはきっぱりと言い切った。部屋はあるが人間用のベッドはない。なぜか妖精達が玩具《おもちゃ》代わりに子供用のベッドを運び込んでいるが、眠れるのは幼児までだ。

「はは。どうやらタリス殿下は愛しの姫を独占したいようですね」

「おまえの視界にイーズが入っているのが不快で仕方がないだけだ」

イーズが想像していた以上に、溝は深そうだった。

「ではレム、妖精の郷を見に行きたいのだけど、送ってくれないか？」

「お礼はお菓子かおれの格好いい絵でいいぜ」

「お菓子を用意しているよ」

イーズは家を出ていくサライに手を振って見送りながら、ちらりとタリスを見た。

彼は相変わらず、不機嫌にさっさと帰れとばかりにサライを見送っていた。

後で妖精達に聞くと、サライに自身の姉のような女が好きなのかとか、兄弟揃ってむっつりだとか言われてから機嫌が悪くなったらしい。

なぜそんな会話になるのか、男性のことをよく知らないイーズには想像も付かず、ただ頭を抱える材料が増えただけだった。

二章　街に出るのは実験のためです

イーズはここ数日で急に大きくなった林檎の木を見上げた。

「絵本ってこんなに早く出来上がるのかしら？」

彼が来たのは夏だった。今はもう秋が深まる季節になっていた。彼の絵本の出版について何か動きがあってもおかしくないが、それにしても早く感じた。森のゆったりとした空気に慣れてしまい、変化があるのが当然なことを忘れていたからかもしれない。

「森の外では、季節以外も変わっているのよね」

イーズはそう口にしてから、変化のない自分が世界から置いていかれているような気がして、ふと鞄の中から日記を取り出した。

自分の字を書くための日記と、サライにもらった特別な絵本。

変化のない生活で、絵本に絵が現れる機会は少ない。その中で頭を悩ませた絵が、一枚。

タリスとイーズの絵だ。ただし一緒にいる場面ではない。垣根を隔てて、別々の場所にいる。その垣根は、まるでおとぎ話に出てくるお姫様を閉じ込める呪いの茨《いばら》のようであった。

隔たりがあるとは考えていたが、抽象的とはいえ見た目に怖い絵が出てきてしまい、自分が自覚

している以上にこの問題を深刻に考えていたことを知って、どうすればいいのか迷っていた。

タリスとの関係は今もまったく変わっていない。彼は相変わらず優しくて、甘やかしてくれる。

そしてそれ以上は何もない。

最初はそんなものかと納得しようとした。しかしサライがくれた他の本を読んで、やはりちょっとおかしいのではと思うようになった。

サライはイーズのために、年頃の女の子のための雑誌を紛れ込ませてくれていた。タリスが持ってきてくれない大衆的なものだ。

それはさすが大都会だと、思わず唸るような内容だった。いや、イーズが手にする機会がないだけで、ガローニにもあったのかもしれない。

本には意中の男性が何を考えているのか、どうすれば男性から魅力的に見えるか、その他、年頃の女性であれば共感するような内容が書かれていた。

それを読んで、やはり出会ってから半年以上経っているのに二人の関係が変わっていないのは、ちょっとおかしいのではないか、という気がしてきたのだ。どんな男も心の内には狼を飼っているという言葉を実感できない今の状況は、普通ではないような気がする。

イーズは文字を書くための日記に、今日の林檎の様子を書いた。

林檎の木はイーズの胸から肩辺りだったのに、今では頭の上まで伸びている。

タリスの兄グレイルも近々戴冠式を行う。林檎は順調。国も順調。

だからそろそろ、自分のためにも何かすべきだろうかとイーズは悩む。

変わらない生活を求めていたのに、変わらなさすぎる生活でも不安になってしまった。その不安が茨として表れている。

「何かすべきなのかもしれないけど、何ができるのかしら。サライさんに聞いたら、どういう意味か分かるのかしら……だけどタリス様がいたら聞けないわ」

タリスは今もサライを嫌っている。悪魔使いなど信じられるかと言っていたが、天使であるクシエルはサライに問題はないと考えている。

「魔術師などに聞かずとも、私に聞けばいい」

突然声をかけられて振り返ると、妖精王が立っていた。そしてゆったりとした足取りでイーズの隣まで来て、林檎の木を見上げた。彼は林檎の木を恐れない数少ない妖精だ。一緒にいた小妖精達は、イーズがいれば大丈夫だと知っていても、林檎の木を恐れて近くの別の木に隠れている。

「妖精王に聞いてどうするのよ。前の時は真に受けて損をしたわよ」

「何のことだ？　あの魔術師に何か……下品なことでも言われたのか？」

「下品？」

軽そうではあったが、サライは下品とはほど遠い知的な男性だった。

「みんなイーズには猫を被るからな！　妖精王ですらイーズには言葉を選んでる！」

隠れていたレムが出てきて、妖精王の頭に張り付いた。それが隠れる木の代わりらしい。

「イーズはタリスのことで悩んでるのだろう？」

「そうよ。サライさんにいただいた絵本を見ても、どうするのがいいのかまでは分からなかったから」

妖精王はイーズから絵本を取り上げて、中を見る。

「ふむ、悪化してるじゃないか。タリスは何をやっているんだ」

「サライに指摘されて、余計に悩んで膠着《こうちゃく》してるんだよ」

妖精王は小妖精に教えられ、絵本をイーズに返して腕を組んだ。

「タリス様、結局何に悩んでいるのかしら」

それが分かれば、イーズも動きやすくなる。しかし分からないし、相談もしてもらえない。だからできることは何もない。

「タリスは都でもモテてるし、イーズまで悩ませて、贅沢な奴だな！」

レムは妖精王の頭の上で跳ねて憤慨した。

「都で、モテているの？」

イーズが問いかけると、妖精王は肩をすくめた。

「まあ、あの顔で、天使の加護を受けているからな。イーズのために引きこもっているのをやめれば、他の騎士のように蒼穹騎士団に入団してもおかしくないし、グレイルを助けるなら近衛騎士というのもありだ。おとぎ話の世界にいさせるより、現実の世界に戻したいと思う者がいても不思議ではない。誘惑する女も多いぞ。もちろん、タリスはやんわり流しているが」

真面目なタリスが下心で近づく相手を気にかけるとは思えない。しかし帝都の女性はきらびやかで、自由で、魅力的なのだろう。

（まさか、その中に気になった女性でも？）

ふと、思いついた疑問だった。

すぐに否定したかったが、真面目なタリスのあの悩みようを考えると、それが真実であるように思えてならなかった。

だからこそ彼は、一人で帝都に遊びに行くことを拒否していたのではないか。真面目だからこそ、剣を捧げたイーズへの裏切りのようなことができなかった――そう考えると、ますます信憑性が出てきてしまった。

胃がズンと重くなり、喉の渇きを覚えた。

「イーズ、冗談だから、さっきの戯《ざ》れ言は気にするな」

妖精王が珍しく焦ったように声をかけた。

彼が焦るほどの顔をしているのだと自覚し、イーズは無理矢理唇の端を持ち上げて、笑みを浮かべた。

無性に霊薬が欲しくなった。久しぶりの感覚だ。

妖精王はイーズを見てため息をついた。

「まったく。人間というのはたまに面倒臭い」

妖精王がさらに林檎に近づいたので、レムが皆のもとへと逃げていく。

「今の林檎の木はずいぶん安定している。これなら一度、離れて様子を見てみるのもいいだろう」

イーズは妖精王を見上げた。彼はにたにた笑いながら、イーズの頭に触れた。

「何かを変えたいなら、行動するしかない。こういう時は男が男らしく動くのが正しいのだろうが、あの乙女心を持つ皇子を待っていたら年が明ける」

確かに、とイーズも納得しかけた。

「た、確かに何か行動するしかないと思うけど……なんで森の外に？」

「林檎がどれほど安定しているのか、実験的な意味で見てみたい。いい機会だろう」

どう転ぶにしても、このまま変化を恐れていては何も始まらない。悪い変化への恐怖は、足を重くする。だが、じっとしていてただ腐っていくだけのような恐怖は、喉を詰まらせる。

「タリスに話してみるといい。きっと喜んで連れていってくれる」

妖精王に頭を撫でられる。そしてふと、イーズはなぜ自分が森の外に出るのを嫌がっていたのか思い出した。

「で、でも……」

「いきなり二人きりが不安なら、妖精を連れていくといい。小妖精は役に立たないが、私達のような大妖精は人間に化けることもできるぞ」

妖精王は得意げな顔をしていた。それを見て、はっとひらめいた。

「あの……ア、アーヴィを連れていっていい？」

妖精王の護衛である、強く美しい妖精の名を出した。

「私ではなく、アーヴィを？」

彼としては、自分を頼ってほしかったようだ。

「自分よりも美しい男を連れていきたがる女というのも珍しいな。私の方がいいだろう」

「だって、私っぽい服を着せておけば、みんな一番の美女の方を私だと勘違いしてくれるでしょう。それに彼なら自衛できるし」

以前タリスに付いてきた騎士達が次々と一目惚れし、同性だと知って灰になったほど女性的な美貌を持つアーヴィだ。美しすぎる彼を林檎姫だと勘違いしてくれたら、林檎姫の評判は上がり、さらに林檎は育つだろう。

加えて、軽い気持ちでタリスにちょっかいをかける女性もいなくなるはずだ。女の戦いには、そういった牽制も必要だ。ひょっとしたら、それで二人の関係が好転することもあるかもしれない。イーズ本人を見られたら、女性達は逆に自信を持ってしまうかもしれないが。

「まあ、そなたがそれでよくて、タリスが認めたなら、連れていけばいい。とにかく、手はずを整えよう。グレイルに連絡して、日程を調整させないとな」

「そ、そこまでしなきゃいけないの？　仰々しく出迎えられるのは嫌よ」

わざわざ忙しいグレイルに連絡するほど、大げさな訪問になるのは勘弁してほしかった。

「グレイルに挨拶しないつもりならいいが。あいつは忙しいから、事前に言わないとイーズと話をする時間もない。林檎のことも気にしているし、たまには休憩がてら、ゆっくりさせるべきだ」

つまりイーズを迎えるのを口実に休ませたいようだ。

「妖精王、どうしてグレイル様をそんなに気遣ってるの？」

「クシェルを押しつけてしまったからな。かなり迷惑をかけてしまっているらしい。そなたもたまに話しかけられているようだが、比べ物にならない頻度だぞ」

「あぁ……」

クシェル――イーズ達の押しかけ守護天使。元は破壊と断罪の天使であるが、イーズ達を守護するにあたって、何か状況が変わるたびに恋人の守護天使だの愛だの何だのの守護天使と、微妙に違う肩書きが増えていく。要は彼の考える『人聞きのよいもの』を守護する、上級天使だ。破壊が得意な点以外はぶれまくっていい加減だが、破壊する力だけは保証付きである。

おまけに彼は出世欲の塊だ。天使の出世とは知名度が上がることである。

自分が加護を与え、最近では聖皇《せいおう》と呼ばれるようになったグレイルの守護もすることになったため、日々人々に広く知られるための指示をグレイルに出し、迷惑をかけているようだ。グレイルも天使の威光を利用しているからあまり文句を言えないはずだが、気の毒ではある。

「イーズのように裏のない人間と話をすると癒やされるらしいから、相談相手になってやれ」

確かにグレイルの周りに、利害関係のない人間はほとんどいないだろう。

「そう。妖精王がそう言うなら、タリス様に相談してみるわ」

それなら自然な流れで、タリスの帝都での様子を見ることができる。外に出るのは少し怖いが、今のままではいけないのは間違いないのだ。

本当に好きな人がいるかもしれないし、思い過ごしかもしれない。

行動しなければ何も生まれない。見せかけの平穏に甘んじていたら、取り返しが付かないことになるかもしれない。

だが一つだけはっきり言えることは、どんな形であれ、タリスには不幸になってほしくない。

彼に後悔させてしまうことが、怖いのだ。

どうしてあの時、剣を捧げてしまったのだろうと、取り返しがつかない状況になってから言わせてしまうことが、何よりも怖いのだ。

◆◇◆◇◆

妖精の小道と呼ばれる、人の目には見えない道がある。それは黄金の森の外から妖精の島の中央にある妖精の郷へ渡るための道であったり、イーズ達の家から妖精の郷に繋がる道だったり、だいたいは妖精の郷に繋がる道である。

そしてそれは、帝都の宮殿の中にも繋がっている。

初めて通る長い小道を抜けたイーズは、ゆっくりと目を開いた。

そこには小柄な男性――樫木の賢者ウィドがいた。妖精達の手引きで移動したその部屋は、中央には何も置かれていないが、隅には女性が好みそうな可愛らしい椅子や小さな机が置かれていた。飾られた絵画などは妖精だらけ。妖精が隠れられそうな変わった置物まであり、ここが妖精のために作られた部屋であることが一目で分かった。

イーズは初めて帝都へ足を踏み入れたのだと実感した。自分が嫁入りするはずだった場所。華やかな、人口の多い大都会の中心にある宮殿の中だ。

「ようこそ、イーズ姫。お久しぶりです」

ウィドは気さくに挨拶して、へらへらと笑って頭をかいた。

「お久しぶりです。お出迎えありがとうございます」

「姫の様子が心配だったのですが、元気そうで何よりです。この部屋、可愛らしいでしょう。妖精の間っていうんですよ。妖精達を迎えるために、グレイル様が用意した部屋なんです」

「わざわざ用意してくださっていたなんて、知りませんでした。何もない部屋で十分なのに、こんなによくしていただいているなんて。何かお礼をしないと」

使者と呼ぶにはふざけている彼らが、このように丁重に出迎えられていたとは思いもしなかった。こんな風に飾らなくていいのに、ちょっとした遊び場まで用意されている。

どうお礼を言おうか考えていると、タリスがイーズの肩に手を置いた。

「イーズが礼をする必要はない。そもそも、こうやってちゃんと出迎えないと兄上の部屋に直行されるから嫌だったそうだ。クシェル様と交信して疲れて休んでいるところを邪魔されるのは、さすがにごめんだとな。それに妖精達は、兄上に請われて霊薬を運んでいたんだ」

妖精達の自由さを忘れていた。お菓子をもらうぐらいだと思っていたが、ちゃんと使者をやれているかちゃんと確認すべきだった。

おそらくとんでもないことをしでかしているだろうが、それでも笑って許してくれる寛大な人間が次期皇帝でよかったと、安堵した。

「イーズは気にせず、ただそこには触れないようにしてやってくれ。兄上も小妖精達のことは可愛がってくれているし、イーズと妖精達だけが利害関係のない相手だからさ」

「……そうですか。分かりました」

確かに彼の立場なら、純粋な好意で話しかけてくる彼らは癒やしになるだろう。

「ところで、なぜアーヴィさんが……そんな……イーズ姫のような格好を？」

ウィドは連れてきた妖精、アーヴィを見て言った。彼は黒いカツラをかぶり、赤いローブを着て、その上から黒いフードつきのマントを羽織っている。その周りには、彼をからかうように小妖精達がふらふらしている。さすがに女物の服までは着せられなかったが、彼の場合はそれでも女性に見えるのだ。

「イーズの要望だ。彼をイーズだと見せかければ林檎の成長も早まるだろうと。イーズが人々の目に怯えないためだから、そっちも気にしないでやってくれ。初めての場所で緊張しているんだ」

「そ、そうですか。イーズ姫は相変わらず……奥ゆかしいのですね」

ウィドはいい人なので、そのように言ってくれた。以前よりも痩せているのは、彼も賢者として働かされ、心労がたまっているからだろう。以前のお飾りの賢者としての扱いでも不服はなさそうだった彼にしてみれば、とんだ災難だ。それでも国をよくするために、今を乗り切ろうとしている。

「アーヴィ、聞いたか？　臆病を奥ゆかしいだと。物は言い様だな」

「ちょ、妖精王、髪を引っ張らないでください。取れてしまうではないですか」

アーヴィがうっとうしげに小妖精を手で払いのける仕草をした。

「い、今、妖精王とか言わなかったか？」

タリスが呟き、イーズは自分の聞き間違いでないことに驚いた。

では、アーヴィの言い間違いだ。イーズにも経験はある。家庭教師に向かってうっかり『お父様』と呼んでしまったことがある。

「ええ。妖精王ですが」

と、アーヴィは一匹の小妖精を摘まんで差し出した。

確かにその小妖精は妖精王に似ていた。

「ん、驚いたか？」

首元を摘ままれてぶらぶら揺れる彼は、確かに小妖精とは思えないほど低い、妖精王の声だった。

「……なんで小妖精に化けてついてきたの？　忙しいって言ってたのに」

「化けてとは失礼な。私の本体は仕事をしているぞ。これはタリスが作った人形を拝借した」

「えっ⁉」

タリスは小妖精の人形を作ったことがある。それは彼の趣味部屋に飾られていたはずだが、それを拝借したらしい。

「下級の天使や悪魔は人形に降ろせるだろう。それと似たような理屈で、自分の力の一部を入れて操っている。どうしても詳しく知りたければ、樫木の賢者に聞くといい」

タリスはウィドを見て、しかし何も尋ねることなく再び妖精王に視線を戻してから、彼を握りしめた。にぎにぎではなく、握りしめている。

「ふふ、この身は人形。いくら虐《しいた》げたところで痛くも痒くもない！」

「その割にはなぜ逃げようと必死にバタバタしているんだ？」

妖精王もこうなると可愛らしい。後でイーズもこっそりやってみようと思った。

「あー、ウィド、兄上に挨拶したい。今、どちらに？」

「ご案内いたします」

ウィドは興味深げに妖精王を見ていたが、タリスに促されて歩き出した。

◆◇◆◇◆

イーズ達が部屋に入ると、次期皇帝であるグレイルは笑みを浮かべた。妖精王が心配していた通り、彼の顔色はけっしていいとは言えなかった。

部屋にはなぜか大きなキャンバスがあり、画家のような人物がいた。

「ようこそ、イーズ姫」

グレイルはイーズの前で優美に一礼した。

彼はタリスのような分かりやすい美形ではないが、優しげで、知的な印象の男性だ。穏やかな雰囲気ではあるが、とてもやり手なのだとタリスが語ったことがある。

イーズは本来なら彼と結婚するはずだった。それがなぜか父親である皇帝が奪い取り、その結果イーズは妖精王に誘拐された。もしあのままグレイルに嫁いでいたら、イーズは林檎姫などと呼ばれることはなかっただろう。

だが今の彼は父の後を継いで新しい皇帝になるため、イーズではないふさわしい誰かと結婚するはずだ。

「来てくれてうれしいよ。ずっとあなたが外に出られる日を待っていたんだ」

グレイルは優しい男性だ。野心家だが、断罪の天使に守護されるほどには正しく生きているのだ。おまけにタリスが尊敬するほどの人物だから、聖皇と呼ばれるにふさわしい人物なのだろう。

「幸運なことに、今日は画家が来ていてね」

「え、お邪魔でしたか？」

肖像画を描かせているなら、邪魔をするわけにはいかない。

「いいや。クシェル様のご命令でイーズ姫が妖精達と天使を降臨させた時の絵を描かせているんだ。私がいた場所と、二人がいた場所は違うから、意見をもらいたい。妖精の郷については前に君達のところに行かせた作家《サライ》のスケッチがあるからそれを参考にできるが、当時の空気というのは、当事者でなければ分からない。だが同じ場所にいたウィドでは頼りにならなくてな」

イーズは緊張のあまりよく覚えていないので、タリスを見た。彼も困ったようにイーズを見た。当事者ほど、周りをよく見ていなかったと思っていいだろう。きっとウィドもそうに違いない。

「わぁ、すごいな」

「イーズの肩にいるの、これおれだぜ！　この前、かいてもらったんだ！」

「わかんねーよ。麦粒みたいじゃねーか」

大きなキャンバスには、件《くだん》の場面が書かれている。まだ下書きの段階であるから、レムだと言われても判別するのは不可能だ。

「グレイル様。絵を描くなら、このアーヴィを私として」

イーズがアーヴィを差し出すと、グレイルは苦笑した。

「イーズ姫、あなたは美しい……とか言う以前に、それは男ではありませんか」

人間に変装しているアーヴィを、一目で以前出会った妖精のアーヴィと見抜いた。それぐらいの洞察力がなければ、皇帝になろうなどと思わないのかもしれない。

「でも、彼の方が魅力的な絵になるのではないかと」

「いいえ。もし彼が本当に女性だとしても、私はイーズ姫の方が魅力的だと思います」

彼は毅然とした態度で首を横に振ってそう言った。

「姫はもう少し自信を持ってください。お人形のような人間離れした美貌の者より、人間的なあなたこそが魅力的だと思う私のような男もいるのですから」

グレイルはイーズの顔を覗き込んで笑みを浮かべた。

お世辞だと分かっている。だが、本心も混ざっているように見えた。アーヴィは美しいが人間離れしすぎていて、イーズからすれば異性として意識しようとはまったく思わない。他の男性的な美しさを持つ妖精達に対しても同じだ。だから男性にも、そう思う人がいてもおかしくはない。

「そうだぞ、イーズ。兄上、もっと言ってやってくれ。イーズはとても魅力的だ」

タリスは兄をたきつける。

「おや、私が姫を口説いてもいいのか、タリス」

「イーズを気持ちよく森に帰してくださるなら、いくらでも」

兄弟はにこやかに睨み合った。

「この兄弟は見た目は似ていないが、女の趣味は丸かぶりしてるな」

「妖精王、それは人間の男の本能だってサライが言ってたぜ。アーヴィはもし本当に女でも胸も尻も薄かっただろうから、趣味じゃないのは仕方ねぇよ」

「森の妖精は男も女も薄いからな」

イーズは複雑な気持ちで妖精達を見た。サライが持ってきてくれた本には、男の人は少しぽっちゃりしているぐらいの女性が好きだという記事があった。つまり妖精のように人間離れするほど減量するな、ということだ。何にしても、イーズはもう少し痩せたかった。一昨年着ていた服がまた着られるぐらいまで。

「妖精王？　確かに声がしたが、どこにいるのだ？」

グレイルも妖精王達の会話に気づいて、周囲を見回した。

「私はここにいるぞ」

妖精王はアーヴィの肩の上で手を上げた。グレイルは珍妙な物を見るように、彼を凝視した。

「まあ、気にするな。私の本体は別の大陸にいる。イーズのことが心配で、人形に力を分けて自立行動させているだけだ。私は天使と違い、一人で大概のことができるからな」

「そ、そうか。イーズ姫が心配なら仕方がない。だが、他の者に知られないようにな。小妖精だけでも珍しいんだ」

「分かっている。イーズに何事もなければ大人しくしていよう」

そう言って彼はアーヴィのマントの下に隠れてしまった。他の小妖精達も分散して、イーズの髪の中や鞄の中、タリスの服の下に潜り込む。

「それよりも、絵などどうでもいいだろう。茶ぐらい出して休むといい」

妖精王はアーヴィのマントの下から拳を振り上げた。

「黙る気はないのだな。だいたい、どうでもよくはない。これを完成させなければ、ゆっくり休めない。絵の数枚で、あの天……我が守護天使が静か……いや、喜んでいただけるのであれば安いものだ」

「描いてやるから黙れクソ天使ということだな」

「レム、黙ろうな」

近寄ってきたレムを、グレイルは蝿《はえ》でも握りつぶすような勢いで握りしめた。本気で怒っているのに気づいたレムは、素直に頷いてようやく解放される。

「立派な絵だが、クシェルだけ存在感を出して、後は適当にそれっぽく描けばいいだろう」

「クシェルが……クシェル様が中心の絵も描かせるが、一つぐらいまともな絵が欲しいんだ。それに画家がイーズを見てみたいと言うのでな。このラヴェイは天主教会からも認められている有名な画家でね。きっと素晴らしい作品が出来上がるだろう」

と、彼は黙って控えていた画家を見た。初老の画家は、恥ずかしそうに一礼した。人のよさがにじみ出るような笑顔だった。画家は気むずかしそうにしているものだと思っていたが、そうとは限らないらしい。

「殺伐とした中、妖精を連れたイーズ姫は春の日差しのように温かく、美しかった。私はあの時の感動を絵に残して、人々にもお裾分けしたい」

グレイルは目を輝かせてキャンバスを見た。仰々しい表現に、画家が深く頷くのが見えた。

「そ、そうですか」

大げさに思えて、少し恥ずかしかった。

「それだけ、あの戦の折は絶望的な気持ちだったのですよ」

イーズも先の皇帝が妖精の森を攻めていた時は、誰かがぽんと解決してくれないかと願っていたから、なんとなく気持ちは理解できた。だから妖精王やクシェルに感謝はしている。が、振り回された苦労を思い出すと、それ以上の感情は湧かなかった。

「イーズ姫と可愛らしい妖精達の絵が描き上がると思えば、私も現実に立ち向かう勇気が湧いて、小うるさい天使のわがままにも耐えることができます」

とうとうクシェルを讃える言葉を忘れて本音を語った。

本職の画家なら、あえて命じなくても美化して描いてくれるだろう。イーズとしてはクシェルを押しつけた罪悪感もあり、それで耐えられるなら好きに描けばいいと思うのだが、口にはできなかった。

代わりに妖精王が答える。

「イーズ達は緊張しすぎて、そなたが見たこと以上の記憶は何もない。同行していた他の騎士達の方がまだまともに語れるだろうからな。だからイーズに聞くのは諦めろ」

「そうか。確かに父上に睨まれていたら、仕方ないな」

グレイルは腰に手を当ててため息をついた。

彼は実の父親を恐れていた。それはタリスにも言えることだが、その恐れは、父親を蹴落とした今でも胸にこびりついているようだ。

「そういえばタリス、水晶の鎧も持ってくるように言ったはずだが？」

グレイルは平服姿のタリスを見た。このまま街に出かけられるような服装だ。

「ああ、それなら今呼び出します」

タリスは腰の剣に触れる。水晶の剣と呼ばれる、大地の妖精が作った最高傑作だ。

「来い」

呼びかけた瞬間、タリスは光に包まれた。そして、光が収まると、彼の全身に立派な鎧が装着されていた。

「おおおっ」

グレイルはタリスの姿を見て感動に打ち震えた。

「ど、どうやったんだ？」

「妖精王のまじないです。ほら、警戒は常にしていなければならないが、こんな物を身につけて薪割りはできないでしょう」

料理もできない。裁縫もできない。タリスお気に入りの、可愛いエプロンも着けられない。そして鎧を汚したくない。

そんな理由で大切にしまわれていたので、妖精王が簡単に呼び出せるようにしてくれたのだ。

「その鎧といい、イーズ姫とのまったりした生活といい、タリスはずるいな」

「いや、皇帝にして差し上げようというのに、これ以上望まないでください」

「それとこれとは別だ。その鎧は売ってもらえなかったし。ああ、くそ。格好いい！」

グレイルは本当に悔しげにタリスの鎧に触れた。未練がましくぺたぺた触るのは、偽りのない本音に見えて、イーズは笑った。

「鎧は騎士が持っていればいいんです。俺は兄上が皇帝になるために尽くしているのですから、それ以上を望まないでください」

「これから姫と出かけるのだろう。私は宮廷を乗っ取ってから、仕事以外で女性と話したことがないのに」

「じゃあ皇帝になるのはやめますか？」

「それとこれは別だ」

軽口を叩く二人は、以前よりも親しくなっているように見えた。以前は他人行儀だったが、イーズが知らないところで、理解し合えるようなことがあったのだろう。

「ところで兄上、サライのことですが」

「ああ、あいつの話は移動してからしよう。ラヴェイ、鎧はよく見ただろう。私は姫を案内する。おまえは絵を完成させろ」

「かしこまりました」

グレイルは画家に命じると、タリスを顎で促して歩き出した。

タリスは涼しい顔で兄に従い、イーズも妖精達を連れて彼らを追った。

「兄上、あの男のことは、人に聞かれてはまずいのですか？」

タリスは通された部屋で、人払いが済むとそっと問いかけた。

小妖精達はそれにお構いなしに、出されたお菓子に飛びつく。こういう時は大人しいリリですらそれに参加するのだから、彼らのお菓子好きは筋金入りだ。イーズもお菓子を摘まんでみた。小妖精が食べやすい大きさで、宝石のような形をした小さなクッキーだ。見た目も可愛くて大変美味しかった。

「まずくはないが、あの画家の前ではしたくない話だな。聖画の専門家だから、サライのことを知っているかもしれない。私が彼と交流していると知れるのはよくないだろう」

「悪魔使いだからですか？」

「悪魔だけではなく、何でも使うからだ。信仰心の強い者にとっては、天主を道具として見るあのような連中など一番たちが悪いらしい。クシェル様からすれば死んでも気にはならない程度の便利な存在のようだが」

クシェルの手段の選ばなさは、イーズが考えていた以上のものらしい。先の戦の折、イーズ達がタリスの父である皇帝を説得しようとした時も、妖精王ではなくイーズが自分を呼び出したことにさせたり、次期皇帝であるグレイルに恩着せがましく加護を与えたり、断罪の天使なのにいきなり恋人達の守護者になったり、本当に手段を選ばないのだ。それもこれも自分の名を世に広めるためだ。

「まあ、クシェル様が便利だとおっしゃるなら仕方がないが、父上の二の舞いにならないようにしてください」

グレイルはちらりとタリスを見て、皮肉気に笑う。

「そう心配するな。身元が確かなのは本当なんだ。あんな高位術者など国に数人しかいない上に、天主教会の学者並みの知識まで持っている。そんな人間、サライの他にいない」

「だが、心配にならないわけがないでしょう」

「用心深くて何よりだ。だが、クシェル様の本も書いてくれるという魔術師を追い払ったらどうなるか考えてみろ。自己顕示欲の塊のようなあのお方の本を書いてくれる専門家だぞ」

「あ……」

タリスは天使らしくない天使を思い出しながら、納得したように頷いた。

「下手を打って奴に夜通し文句を言われるのは勘弁してほしい。ただでさえ人外の者との交信は疲れるんだ。長話をする時は、翌日に休みを入れるように調整してからにするぐらいな」

タリスの言葉を遮り、力強く言った。彼にとって、クシェルに絡まれるというのは、かなり切実な問題らしい。

「あ、分かります。私もクシェル様が夢枕に立つとあまり眠った気がしなくて」

「眠った気がしないで済むのか。さすがですね。私は疲労困憊しますよ」

魔女であった林檎姫の子孫のイーズも、魔術などの才能があるらしく、だからこそ妖精王に目をつけられ、林檎の番人にされたのだ。

「実はイーズ姫に折り入って相談があるのです」

「相談、ですか」

グレイルがイーズに何か頼む理由があるとしたら、クシェル絡みに違いない。

「ああ。戴冠式の日に、クシェル様を降臨させてほしいのです。ご本人の強い希望で『やれ』と」

イーズの顔が引きつった。タリスは額に手を当て、黙っていた妖精王も呆れ顔になっている。

「私としても、それで根強い敵対派を確実に黙らせられるし、クシェル……様の書物にも十分な内容を確保できる。一応断ってみたんだが、毎晩出てくるから仕事にならなくなって……。出るならウィドのところに出ろと言ったんだが、あの男では話にならないと断られた。欲のない天然だから話を聞いても一緒に悩んでくれるだけで、具体的に指示しなければ実行しないらしい」

それでグレイルに集中してやってきているらしい。

「タリスはいいな。クシェル様と交信できるほど魔力がなくて。その上、癒やしに囲まれている」

「またその話に戻るのか。そんなに愚痴るなら、一日ぐらい休んで、うちに遊びに来ますか？」

「あぁ、そのうち遊びに行きたいな。妖精王の家を見たいと、弟妹達がうるさくて」

弟妹と聞いた瞬間、菓子に群がっていた小妖精達が顔を上げた。

「子供が来るのか⁉」

「兄貴が連れていってくれるって、あいつらに知らせてやらねぇと！」

「わーい」

小妖精達は集団で勝手にどこかに行ってしまった。グレイルの弟達。つまりタリスの幼い弟妹達に会いに行ったのだと、簡単に予想が付いた。

残った妖精は、イーズの世話に使命感を燃やすリリと、アーヴィと妖精王だけだった。

「あいつらというのは？」

タリスは小さなクッキーを口にしながら尋ねた。

「ドリゼナが保護している弟達を連れてきているんだ。小妖精達はその連中とよく遊んでいるな」

「な、なぜ姉上が？　母上がいないのに」

イーズは手を止めた。ドリゼナとはタリスの同腹の姉だ。タリスは姉がいると聞いて、急に落ち着かなくなった。仲が悪いわけではないが、刺繍でも化粧でもタリスに押しつけてやらせ、タリスが乙女主義に走った原因であるから、愛情もあるが、別の複雑な感情もあるらしい。

「ドリゼナの嫁ぎ先は寒いし父上もここからいなくなったしで、冬は夫もいる暖かい帝都で過ごすとやってきた。彼女だけでなく、父上を恐れて大人しくしていた女達がみんな活気づいているよ。大抵は少しでも私に媚びを売ろうという者達だが、媚びではなく蹴りをくれるのはドリゼナだけだ。あいつは父上に対しても生意気だったからな。蹴ったりはしなかったが」

宮中での権力が大移動するのだから、女達が必死になるのは当然だ。想像するだけで胃が痛くなる。慈悲が欲しくて新しい権力者に媚びるのも当然だろう。

「兄上はなぜ蹴られたのです？」

「もっとちゃっちゃと改革を進めろと無茶を言われた。私は老害どもの反撃を受けないように考えて動いているっていうのに」

言い換えると『反撃できないように追い詰める』という意味なのは、世間知らずなイーズにも分かる。それができる彼は有能なのだ。

「おかげで暗殺というのが身近になって、胃が痛いですよ。私はともかく、そんな風に煽るドリゼナ様も狙われているんですから」

ウィドが小さくぽつりと、切実にぼやいた。

「ドリゼナのことは心配するなよ。護衛もつけているし、今日は女だけの集まりに出ている。何を話していることやら」

グレイルとウィドは同時にため息をついた。

賢者であるウィドが、グレイルの立場を強固にしている柱の一人であるのは容易に想像できる。だから命を狙われる立場になってしまったらしい。やせ細るのも無理はないが、イーズもそれぐらい痩せてみたかった。

「さて、必要な話も済みましたし、そろそろ観光に行きませんか？　私も久しぶりに外に出られるので、楽しみにしていたんです」

ウィドは笑みを浮かべて促した。

「外にも出られないほど危ないのか？」

「それもありますが、護衛を引き連れて私用の外出はちょっと。タリス様がいれば、私だけのための大げさな護衛をつけずに外に出られますし、気が楽です」

「なるほどな。それは息苦しい」

今まで自由に過ごしていたらしい彼が、そのような制約のある外出しかできなくなったのなら、息苦しく感じても仕方がないだろう。

「待て待て、まだ話は終わっていない」

グレイルは外に行きたくてうずうずしているウィドを止めた。

「観光のふりをして、行ってほしい場所がある」

「どちらに？　観光のふりができるなら、危険はないのですよね？」

グレイルは頷いて、手紙を差し出した。

「もちろんだ。頼みたいのは、伝言。行き先は大聖堂だ」

大聖堂。それだけでクシェル絡みだと理解できた。

◆◇◆◇◆

イーズは馬車の中から景色を見た。予想していた立派で美しい街並みとは少し違って、様式は統一しておらず、めまぐるしく景色が変化していく。

「ごちゃごちゃしているだろう。この辺りは元々城壁の外で何もなかったんだが、国が大きくなっていくにつれて無差別に街が広がってしまったんだ。古くからある家々も、レンガに漆喰《しっくい》を塗って白くしたり、好き勝手に改装して、やっぱりごちゃごちゃだがな。その分、何でも揃う」

「はぁ」

確かに通り過ぎる露天ですら、珍しい物が並んでいて興味が湧く。

「イーズ姫のガローニだと、家の改築ですら厳しく取り締まって景観を保っているそうですね。ここは人も多くて、さぞ汚く見えるでしょう」

ウィドが流れゆく街並みを見ながら、苦笑した。

「汚いというか、目が回りそうです。ただ、人混みという意味では、私の国の方がひどいですよ。商人が集まるのに都が狭いし、体格のいい人が多い国なので。宮殿からも城下の街並みが見えましたし、声も聞こえました。だから何も知らなかったわけじゃないんです」

触れ合う機会はほとんどなかったが、人々の生活を知らないわけではないのだ。大人が商売する姿、子供が遊び回る姿、親と並んで歩く子供の姿、人々の生きる姿を幼い頃から見下ろしていた。

「ああ、商業都市だものな。森の中で故郷が恋しくはないか?」

窓の外を見ていたタリスは、イーズに視線を移して笑い、手を握ってきた。

手を引くためではなく、触れ合うためだ。こういう接触は、いまだにどきりとする。だが、嫌ではなく、むしろずっとこうしていたい。

何も変わらないと思っていたが、よく考えるとこういった接触は以前よりも増えているような気がした。気がする程度だから、気のせいなのかもしれないが。

イーズはそんなことを意識しながら、問いかけに答えた。

「あの、いいえ。生涯戻らない覚悟で出てきたのに、今は妖精王に頼めばいつでも帰れますから、平気です。大地の妖精に言えばいつでも彼らの使っている妖精の道で帰れると思ったら、不思議と帰りたいと思わないんですよ」

「確かにな。俺もだ。むしろ一人で戻るとこき使われて面倒で」

と、タリスは向かいに座るウィドを見た。彼はタリスとイーズの手を見て、気まずそうに目を逸らした。

ウィドが最初、アーヴィと一緒に別の馬車に乗ろうとしたのは、こういうのを見るのが気まずいからだろうか。しかしイーズはアーヴィがいないと困るのだ。身代わりとしての役目は、ここからなのだから。それさえなければ、イーズだってこの時間をタリスと二人で楽しみたかった。

人目を気にせず二人で町中で過ごすなど、まるで夢のような時間だっただろう。そんな風に思っているなど知らないタリスは、友人《ウィド》との会話も楽しげにしているが。

「イーズ、もうすぐ大聖堂だ。今でこそ大聖堂まで賑やかな道で繋がっているが、昔は周囲に民家などない場所だったらしい。つまりごちゃごちゃした街並みは、大聖堂に向かって伸びて作られているんだ。父上は信仰を否定していたが、民はそうではないということだ。だから兄上は民に期待されている」

そのように説明を受けると、先ほどとは街並みが違って見える。

それでも人々の活気ある姿というのは、イーズの知っているものと大差ない。市場に活気があるのは素晴らしいことだ。市場の活気がなくなれば、国の危機だとイーズの国では言われていた。

やがて馬車は、小高い丘の上にある大聖堂の裏門から中に入った。グレイルが先触れを出していたので、すぐに門の中に通してもらえた。

元々孤立してあった場所だからか、敷地はとても広い。大聖堂と、その他に三棟の建物がある。どれも歴史を感じる石造りの荘厳な建造物だ。石の柱には天使や聖人の彫刻などがある。その配置は経典に書かれた神話をなぞっており、順番に見ていくと経典の一章ごとに書かれた内容が分かるようになっている。人々に権威を知らしめるこの荘厳さは、いかにも天主教の建物らしくてイーズは気に入った。

タリスに手を引かれて馬車を降りると、裏門の衛兵をしていた男性がイーズの前に跪いた。

「お久しぶりです、イーズ姫」

青銀の鎧に身を包むその男性は、見覚えのある顔をしていた。

「イーズ、覚えているか。俺と一緒に妖精の郷に行ったフェルズだ。今は蒼穹騎士団で騎士をしている」

「ええ、覚えています。タリス様がたびたび名を口にされる騎士様ですもの」

友人が名高い蒼穹騎士になったことが誇らしかったのか、タリスの口からよく聞く名の一つだ。

「林檎姫に覚えていてもらえたのは、なんか嬉しいですね」

フェルズは立ち上がり、照れて頭をかいた。

この大聖堂は蒼穹騎士団の支部となっている。ここに支部がある理由は、帝国が大きくなりすぎたことと、残虐な皇帝が宗教嫌いだったことを、天主教会が警戒してのことだったらしい。

その蒼穹騎士団が、次期皇帝としてグレイルを推しているのである。恐怖の権化だった皇帝に代わる王としては、処罰の天使の守護を持つグレイルは、天主教会にとって願ってもない人物なのだ。

だから帝国の騎士であった彼も蒼穹騎士になれた。彼もクシェルの加護のもとにある人物の一人だから。

「アーヴィさんもお久しぶりです。またそのお美しい姿を見られて光栄です。今日はイーズ姫の身代わりをされてるんですか？」

「はい。どうかと思うのですが、それで気が済むらしいので」

アーヴィは素っ気なく頷く。彼にはあまり愛想がないのをしばらく一緒に過ごしたフェルズは知っているので、気にせず笑う。そう、彼はアーヴィに一目惚れして性別の壁に打ちひしがれ、その美貌を見ているだけで幸せだと開き直った人物だった。

彼は別の衛兵に頭を下げた。

「では、私は客人方をご案内して参ります」

衛兵達はイーズ達に一礼すると、門番らしく外を向いて直立した。

「さあ、こちらです」

フェルズに案内され、イーズは観光気分で周囲を見回した。薬草園があったり、古い天使の石像があったりと、いかにもな雰囲気だ。イーズの故郷のガローニでは、質素なほど尊ばれるため、こういった純粋な飾りでしかない石像などほとんどない。本でしか見ることのなかったものの実物を見るのはとても楽しかった。

「イーズがせっかく外に出る気になったというのに、クシェルの奴ときたらいきなりこき使おうとはなぁ」

妖精王はアーヴィからイーズの肩の上に移り、呆れたように言う。

「でも、おかげで観光だと入れない部分に入れる。クシェル様はともかく、天主様は私もお慕いしているから」

「観光か。私もこんなところに観光に来るのは初めてだ」

妖精王はきょろきょろと周囲を見回した。

「じゃあ一緒に楽しみましょう。来なかった子達の分まで」

子供達と遊ぶために城に居残った薄情な小妖精達のことだ。すると妖精王はからからと笑った。

「それはいい。案内もいることだし、何か羨ましがられることがあればよいのだが」

「それでしたら、きっと聖堂長が何か素敵なお菓子を用意してくれていますよ。ここの聖堂長は女性で、菓子作りが趣味と聞いています」

「おお、素晴らしい趣味だな」

イーズの会話でフェルズも気づいたのか、妖精王をじっと見つめた。妖精王は面倒臭くなったのか、もう自己紹介しなくなった。

笑いをこらえていると、ふと、視線を感じて周囲を見回した。

警備をしている騎士が、こちらを——アーヴィを見ていた。遠目でも彼の美貌は目を引くようだ。

フェルズもそれに気づき、妖精王について尋ねることなく、アーヴィに視線を向けた。

「姫の身代わりをしていらっしゃるなら、アーヴィさんに話しかけた方がよろしいでしょうかね」

「お好きなように。意味があるとは思えませんが」

イーズはそっとアーヴィから離れた。これで目立つ彼らに視線が集まり、目立たないイーズには誰も目を向けないはずだ。完璧な作戦だった。

アーヴィがあまり乗り気ではないのを知っているが、ここは林檎ケーキで我慢してもらうしかない。そう、彼はあれで食べ物で釣れる男なのだ。

イーズが離れたのを知ってか知らずか、フェルズはアーヴィと会話を続ける。

「妖精達は変わりありませんか」

「ええ、こちらは変わりません。あなたはあのクシェル様の仲介でこの騎士団に入って、悪く言われていませんか？」

「それはありませんよ。腐っても天使ですから。過剰なほどよくしてもらっています」

「そうですか。郷の皆もあの方の有り様を見て、それだけを心配していました。今のお話で安心することでしょう」

妖精達がクシェルの言動を見て人間同様に天使に不信感を持ち、彼のせいでフェルズ達が虐《いじ》められていないか心配していたのを思い出した。タリスが否定していたので忘れていたが、彼らはまだ心配していたようだ。

「みんな心配性ねぇ」

「人間は簡単に死んでしまうから仕方がない」

イーズが呟くと妖精王が耳元で囁いた。聖騎士になった彼まで心配するのは滑稽だが、それだけ彼らは善良なのだ。

さらに進み、庭のような場所に出ると、わざわざ走って他の蒼穹騎士達がアーヴィを見に来た。彼の美貌を見た誰かが『ものすごい美女がいる』とでも触れ回ったのだろう。

アーヴィが美しすぎて、誰もイーズを見ていない。この調子なら林檎姫が来ていたと後で知られても、本当に絶世の美女だったと噂が広まるはずだ。イーズの作戦はやはり完璧だった。

タリスが少し離れたイーズを見て寄ってこようとしたが、イーズは強く睨んで首を横に振った。

「相変わらず拗らせたままでいらっしゃいますね」

そんなイーズを見て、ウィドが妙に深刻そうに言った。そしてタリスの隣に立つと、彼に耳打ちした。

「タリス様。彼女があぁなのは、タリス様の気配りが足りていないからですよ」

小声で言っているようだが、なぜか妙にはっきりと聞こえた。

「が、頑張っているんだ。毎日褒めるようにしているし」

タリスは気まずげに反論する。確かに彼は毎日何かしら褒めてくれる。

「ただの習慣になってたら意味がありませんよ。私も女性に詳しいわけではありませんので、具体的にどうしろとは助言できませんが、それぐらいは分かります」

「毎日心を込めて言っているんだが」

イーズは肩の上の妖精王を見た。いつものように、にたにた笑っている。こんな不思議な現象を起こせる犯人は彼しかいない。

「それとこれは別よ。やめないから」

タリス達が本気で身代わりは必要ないと思っていることを知らせて、アーヴィを巻き込むのはやめろと言うつもりだろうと判断し、イーズは妖精王を睨み、前もって断固拒否した。

「そなたは頑固だな。個人的には面白くてよいと思うのだが。妖精が好むのはそなたのように愉快な乙女だからな」

イーズは自分をつまらない人間だと知っているので、彼らの愉快の基準が分からなかった。ひょっとしたら小妖精をにぎにぎして投げるのが愉快な証《あかし》なのかもしれない。

「ほら、あちらを見てみろ」

妖精王はイーズの髪を引っ張った。聖職者の女性が集まり、タリス達を見ていた。

「ああ、あれはタリス様よ、間違いないわ」

「まあ、あれが天使様の加護なのね。なんて輝かしいのかしら！」

若い神官や見習い達が、天使の加護を持つ騎士を見て騒いでいた。

タリスが髪の艶にこだわって手入れしているだけで、クシェルにそのような力はないはずだ。

「タリス様がいらっしゃることは一部しか知らないはずなのに、なんでバレてるんだ」

フェルズは驚いて彼女達を見た。

「まさか、外部に漏らした馬鹿がいるのか」

「落ち着いてください。おそらく、タリスの剣が原因でしょう。見る者が見れば、タリスの剣が妖精の力が宿る水晶の剣であるのは一目瞭然です。確かここの騎士団長が同じ装備を持っているはず。有能な神官ならそれぐらい見分けますので、そこから悟られたのでは」

顔をこわばらせるフェルズに、アーヴィが冷静に宥めた。

「なるほど。剣のせいですか。騒ぐのはともかく、それならば仕方がありませんね」

この会話を聞いたタリスは剣を見て戸惑った。そしてイーズに視線を向ける。

「イーズ」

イーズの拒絶を拒絶する強い意志を秘めた目をして、力強くイーズに向かって歩み寄った。

「タ、タリス様」

イーズは後ずさり、笑顔の彼を見上げた。先ほどの女達が、イーズへと視線を集めているのが分かる。あれは誰だと推測し、値踏みし、ありえないと結論づける。そんな様子が容易に想像できた。

「俺は君の騎士だ。命を狙う者がいるならともかく、安全な場所で君を放って身代わりの手を取ることはできない」

「え、でも」

真面目な彼がそれに耐えられないのは当然だろう。とはいえイーズを見られるよりはいいはずだ。

「イーズは胸を張っていればいい。君は可愛いし、君の化粧は完璧だし、胸を張って前を見ていれば、誰よりも魅力的だ」

最近は意見が対立することはなかったので忘れていたが、タリスがけっこう強引な性格をしているのを思い出した。

「つまり胸を張っていれば、他の女は大抵、口をつぐんでしまうということだ」

妖精王が耳元に顔を寄せて言った。

「え、なんでよ」

「持つ者は強いのだぞ」

「何をよ」

「やれやれ。タリス、言いにくいだろうが、そろそろはっきりと言うべきではないか？」

妖精王が小憎たらしい仕草で言う。大きな姿なら憎たらしいだけだっただろうが、姿というのは大切で、不思議と他の小妖精にするように、にぎにぎして可愛がりたくなった。

「と、とにかくだ。イーズは俺の隣を歩いていればいいんだ」

「誤魔化すのか……」

何を誤魔化しているのかとタリスを見上げると、なぜか彼の顔が赤く染まっていた。

「今日の君は俺の最高傑作、誰もが君を褒め称えるだろう。バレてしまうのならそれもいい。俺は君を自慢して歩きたいんだ」

周囲の目が怖かった。だがタリスに強く手を握られると、ふりほどこうとは思えなかった。

本当はイーズもこの手に身を委《ゆだ》ねて、彼と並んで歩きたいのだから。

「自信がなさそうにするから、そのように見られるのだ。自信を持って胸を張れば、それだけで他人はその人を優れているように見る。見た目は大切と言うが、そこには表情や態度などからにじみ

出る要素というのもあるんだ。むしろそちらの方が大切なぐらいだ。だからあの時のように、胸を張っていればいいよ」

あの時とは、タリスがイーズに剣を渡して騎士の誓いを立てた、忘れられない日のことだ。

「わ、分かりました」

イーズは覚悟を決めて、胸を張ってタリスに身を委ねた。

それは不安を伴っていたが、ほんの少し誇らしく、胸が弾む一時だった。


無事に人目のある場所から抜けたイーズ達は、聖堂長が待つという客室に案内された。

そこには聖堂長だけではなく、噂の蒼穹騎士団長もいた。二人は部屋に案内されたイーズ達に深々と頭を下げた。

お菓子作りが趣味だという聖堂長は、柔和な雰囲気の清楚な老女だった。

騎士団長は浅黒い肌をして厳《いか》ついが、二十代後半から三十代前半ぐらいにしか見えない男性だった。先ほどまでタリスに歳を取らせたような貴族的な人物を想像していたため、雰囲気も年齢も、全てが予想外だった。

「騒ぎ立ててしまい、申し訳ございません。彼女達はまだ若く、お二人がなぜお忍びでおいでなのか理解できていなかったようです」

「気にするな。イーズは少し驚いていたが、それだけだ」

タリスが勝手にイーズの気持ちを代弁した。

先ほど騒がれたのを最後に、そこからすれ違う人々は誰一人として騒がず、ただ頭を垂れて道を譲るだけだった。だからイーズもそう思うことができた。

本来ならそれが当たり前で、お忍びで来ている人物の名を暴くのは厳禁だ。騒いだ彼女達は後で叱られるだろうと言ってフェルズは苦笑した。

「はじめまして。林檎の守り人をしているイーズと申します。こちらこそ、力のある武具を隠さず持ち歩いて騒がせてしまい申し訳ございません」

イーズも武具——林檎の杖を持ち歩いている。今日はたまたま、タリスの剣のおかげでばれなかっただけだ。

「ありがとうございます。本来ならあの者達も力を見抜く能力があるからこそ、言動には慎重にならなければいけないところなのです。もしもお命を狙う輩がいたとしたら、取り返しの付かないことになっていました」

老女に頭を下げられるのは居心地が悪く、イーズは謝罪する彼女達を制した。

「私にはタリス様と妖精がついています。どうぞ、お気になさらないでください」

イーズは顔を隠すのに利用していた帽子を外して、二人に笑みを向けた。なぜかリリまで自分は護衛だとばかりに胸を張っているのが可愛らしい。

「あまり謝られるのも居心地が悪いものだ。一度やった失敗は二度としないよう、教育を怠《おこた》らずに、育てればよい」

妖精王が珍しくまっとうな言葉で二人に語りかける。

「それよりも喉が渇いたぞ」

しかし長くは続かず、すぐにいつものように勝手気ままに振る舞った。

「その身体、人形じゃ?」

「妖精とはそういうものだ」

つまり飲み物を飲みたいのを、喉が渇いたと表現しているだけである。彼らは一月《ひとつき》何も食べなくても何の支障もないのだから。

そんなことは知らぬげに聖堂長ははしゃぐ。

「まあ、可愛らしい妖精さん。グレイル様のところにいた子とは別の子ね。小妖精とは思えない力を感じるわ」

「ほう、さすがに分かるか。私はイーズの護衛のためにいるのだ」

妖精王だとは言えず、イーズも頷いた。そして妖精王はすっと手を前に出した。

「蒼穹騎士の団長よ、言っておくが、そなたが熱心に視線を送っている妖精は男だ」

「え……えっ⁉　ええっ⁉」

団長はアーヴィを見ていたらしく、驚愕の声を上げた。妖精王はそんな騎士団長を見てにたにたと笑っていたので、イーズはひっつかんでにぎにぎと手を動かした。

「私をにぎにぎするとは、さすがはイーズ。前の時は失恋の現場を見損ねたのだから、少しぐらい楽しんでもいいではないか」

「人間をそういう目で見るのはやめなさい」

「嫌だ。妖精の生きがいを奪う気か。だいたい、先に言っておかないと後で拗れるだろう」

確かに彼の美貌の虜《とりこ》になる前に訂正するのが被害を減らす唯一の方法である。イーズが妖精の島に来た騎士達にそれを教えた時も、結果的に被害を減らしたと言ってもいい。

イーズはにぎにぎをやめて、椅子に座った。

周囲を見回すと、天主と聖職者を描いた聖画を中心に、装飾は全て天主にまつわる物ばかりだった。

妖精王の要望だからではないが、すぐにティーカップが出てきた。見ればそれに添えられたスプーンですら、そのまま魔除けになりそうな、上等な銀に聖なる言葉が刻まれた物だった。

これらはまさに、天主の威光を代行するための贅沢だ、とリリに説明していると、聖堂長が微笑んだ。

「イーズ姫は本当に妖精と仲がよくていらっしゃるのねぇ」

「妖精はこういう人間を好むからな。妖精好みの力と性格をした一族なのだろう」

と、妖精王は子供の人形遊びに使うような小さなカップの前に立った。小妖精の大きさの客人まで想定して用意していたのか、それとも単に玩具の流用なのか、判断に困った。もちろん判断する必要はないが。

「天使様に選ばれるのも、やはり心清らかな乙女なのでしょうか」

「それは関係ない。大切なのは天主の命令を完遂できる能力を有しているか否かだ」

妖精王は葡萄《ぶどう》のケーキを千切りながら言う。イーズにとってはクシェルのおかげで嫌というほどよく理解していることだが、聖職者の二人はその身もふたもない発言に目を丸くした。

悪意があるような妖精王の言葉に、ウィドが慌てて付け加えた。

「ああ、イーズ姫の心が汚れているわけでも、信仰心がないわけでもないのですよ。ですがあの時は大陸が森に呑まれる危機が迫っていたので、立場と能力で選ばれたのです。この国を、信徒達を救うためには、天使と交信してもけろっとしているイーズ姫のお力が必要不可欠でした」

「断罪の天使と交信をなさっても、疲労されないのですか？」

聖堂長は先ほど以上に驚いた顔をした。

「も、もちろん疲れます。翌日は気だるくて、林檎のところに行くのが億劫《おっくう》になるほどです」

イーズは慌てて否定した。

しかし聖堂長と騎士団長は奇妙な表情を浮かべて顔を見合わせた。

「イーズ姫、選ばれた者でも翌日動ける者は少ないのですよ。特に断罪の天使様のように武を誇る天使様は、そのお力が強大なため交信するのが難しい傾向がございます。グレイル様も、翌日の午後から働き始めると聞いて驚きましたが……クシェル様との交信は負担が軽いのかもしれませんね」

かもしれない、という言葉を聞いてイーズは首を傾げた。

「クシェル様は私達にしか話しかけてないのね。てっきり他の方々にも指示を出しているのかと思ったわ」

「そんなわけがないだろう。加護を与えたのはそなたらだ。無関係な本職の聖職者に迷惑をかけたら、上の者に叱られるだろう。聖職者は天主のものであって、天使のものではないのだ。今はフェルズでさえ遠慮する対象になっている」

妖精王は菓子を抱えてイーズの肩に戻り、そこを椅子代わりにして食べながら語る。屑《くず》をこぼしてないので何も言わないが、彼らがなぜ肩を好むのかは謎だ。

聖堂長は少しほっとしたように言う。

「では、クシェル様が我らに声をかけないのは、そういった理由なのですか？」

「その通りだ。別に才能がないとか、悪魔に惑わされた皇帝についた者がいたとか、そういう意味ではない。皆も天使を前にして、反省したのだろう？」

「はい。もちろんです。皆、クシェル様のお慈悲に触れ、心を入れ替えて精進しております」

彼らがクシェルに粛清されるようなことをしないのなら安心だ。もしそのような兆候があれば、すぐに見つかるだろうが。

「それはよかった。父についた者らのことをイーズはとても心配していたのだ」

一番心配していたタリスが、妖精王に追加の菓子を渡しながら言う。大きな姿なら絶対にやっていないだろうが、見た目が可愛らしいせいで、妖精王だと忘れているのかもしれない。

「それで、皆様がいらした理由は？　賢者様や妖精の方までいらっしゃるなんて、ただごとではございませんね」

「こちらを」

タリスは手紙を差し出した。騎士団長はナイフで封を開け、中身を聖堂長に渡した。

「……ほう」

彼女は手紙を読み終えると、騎士団長に渡す。

「戴冠式を、こちらの大聖堂で行いたいと?」

「はい。父上の印象を払拭し、国内の混乱を防ぐにはそれが最善かと思われます」

グレイルに力が集まらなければ、国内は混乱する。父皇帝とは違う意味で、力は必要なのだ。

「準備がございますので相談が必要ですが、断る理由がございません」

タリスは頷き、続ける。

「それとは別に、わざわざ直接届けに来た理由がある。ここから先はここにいる者の胸だけに秘めておいてほしい」

二人は同時に頷く。それを見てタリスは口を開いた。

「当日、クシェル様を召喚する」

二人は目を見開き、ちらりと互いに視線を合わせた。

「天使様の召喚を」

「そうだ。ただし、召喚をするまでそうと分からないように。媒体も祭壇も必要ない。全てをイーズが行う」

「イーズ姫が、そこまでなされるのですか」

「林檎の力を借りてだが、イーズは前にもやっている。彼女の林檎の杖はウィドの杖に勝るとも劣らないらしい」

イーズは小さく頷いた。

「そこで二人には混乱がないよう場を収めるのと、正式に記録する役目を任せたい」

人間が天使を呼び出すには通常、魔道書や祭壇などの専用の道具と、天使が乗り移るための器となる媒体が必要だ。そのため天使が降りる前には、天使がしかるべき者の夢枕に立って準備をするよう命令する。

緊急時でもないのに教会を通さずに天使を呼び出すと、聖職者達の顔に泥を塗ることになるから、今回はこうして事前通達に来たのだ。そしてどうせ通達するなら、彼らに役目を与えて教会が噛んでいることを世間に知らしめた方がいい関係が築ける。

つまり本当の意味での関係改善を、戴冠式を機に行うつもりなのだ。

「記録、でございますか」

「ああ。兄上は今も命を狙われている。だからこの国が荒れぬよう、皇帝としての兄上の立場を盤《ばん》石《じゃく》にする必要がある。クシェル様はそれができなければ、再びおびただしい量の血が流れると憂慮されている」

国が分裂するだけならまだいいが、それとて無血では済まない。治安は悪化し、野盗がはびこり、そして被害に遭うのは弱い存在だ。

「今の帝国では、民を守る騎士が恐怖の化身のように恐れられる存在になっている。俺がイーズと出会った時も、助けに来たのにずいぶんと怯えられてたな」

「ああ、あれは傷つきましたよね。完全に野盗か何かを見るような目をされていましたから」

切なげに語るタリスに、フェルズが同意した。野盗とは思わなかったが、悪漢《あっかん》のように思っていたのは間違いない。

「その恐怖が反乱の抑止力ともなっていたが、強い支配者がいなくなってはそのうち機能しなくなる。父上だからこそ従っていた者も多く、手をこまねいていては国が分裂するのは目に見えている。そうなればせっかく安定した林檎の木が不安定になりかねない。今、林檎の木は正の感情を集めて育てている。その流れを打ち消せば、それは大陸全ての生命にとっての危機となる」

林檎の木がどうにかなれば魔の森が暴走し、大陸全土が森に呑まれる。それこそが、避けねばならぬ事態だ。

「上級天使が個人に肩入れされるのは、皇帝陛下がなさったことがよほど遺憾だったからだろうと考えておりました」

騎士団長は目を伏せて語った。

「それで正しき行いをしたグレイル殿下に裁きの天使をよこすのは、根強く残る皇帝派に対する天主からの忠告の意味があるのではないかと。しかし、それほどまで大きな考えをお持ちだとは、想像もしておりませんでした。考えが至らず、お恥ずかしい」

騎士団長は恥じ入るように息を吐き、片手で額を押さえた。

「もちろんそれもあるだろう。だが、俺達は森の拡大を抑える林檎の番人だ。兄上に力を貸すのは、その安定のため。クシェル様もそれを考えるからこそ兄上に力を貸している。兄上は世の安寧のために皇帝になるのだ」

妖精王がイーズの耳元で『タリスでも脅すのだな』と呟いた。

いくら天使に選ばれた皇帝が即位するとはいえ、元々他国を蹂躙《じゅうりん》し、今も人々を苦しめる帝国のために力を貸すことを教会はよしとしないだろう。だがこう言えば、その考えこそが不敬ということになる。

「それで天使様のご威光を世に知らしめるのですか」

「そうだ。しかし天使の威光を以っても、それが通用するのは兄上の代だけだろう。兄上は世が乱れぬように、時間をかけて国を整えるおつもりだ。最悪でも、林檎が安定する時間は稼げる」

どのように統治するつもりなのか、イーズには想像も付かなかった。

「いいか。失敗すれば、多くの人々を林檎の生け贄としなくてはならない。林檎の木が不安定になるよりは、被害が少ないからだ。犠牲になるのは、まず兄に反逆した者達だろう」

反逆するのは誰になるのか。もし起こるとしたら野心から皇帝になろうとする彼の兄弟であってくれたらいい。仮に帝国に自国を侵略され、くすぶりを抱えている人々が反旗を翻《ひるがえ》した場合、罪のない民衆が扇動されて巻き込まれる可能性があるのは、イーズにも簡単に想像が付いた。

イーズはリリにスプーンですくった紅茶を差し出しながら『大変だなぁ』と他人事のように考えた。イーズにも関係することだが、だからといって、何かできることがあるかと言えば何もない。

イーズが頼まれていない何かをして助けになるようなら、誰も苦労していないはずだ。

イーズにできるのは、美女として林檎の木のそばで過ごすことだけ。

「そうせよと、天使様がご指示を出しているのですか」

「人の世への介入を好まれぬお方だから、具体的に指示を出されているわけではない。生け贄についても、予想に過ぎない。だが父が前の林檎の木を切った時に語られた内容は、帝都の人々を生け贄として林檎の木を復活させる、というものであった。そうしなければ、もっと多くの命が犠牲になるからだ」

聖堂長と騎士団長は静かに頷いた。

タリスは重苦しく語っているが、クシェルは本当は自分で介入したくて仕方がないのだ。けれど上に目をつけられるので、控えめに、許される限りの範囲で目立ちたい、というのが正解だ。

そんな利己的な理由をもっともらしい言葉で飾って、聖職者二人にするのは少し罪悪感があった。彼らも胃が痛くなる思いだろう。

「そうですね。天主は小さな命を救いませぬ。それをすべきは人間であり、そのための力を我らに授けてくださっているからです」

聖堂長は悟ったような目をして言った。そう考えれば、天主や天使達が手を出さないのは当然のように思える。イーズとて、クシェルから直接暴論を聞いていなければ頷いたに違いない。

信仰を集めるために事件を大きくし、色んな感情を肥え太らせてから刈り取るのだとあの天使は語っていた。

「そうだ。今回、その力を持つのがイーズだ」

イーズはいきなり名を出されてびくりと震えた。

そうだったのかと頭を抱えたくなるような発言だった。

「イーズ姫は、どのように天使様をお呼びするのですか？　我らとは違う、変わった召還をなされたとお伺いしましたが」

問われて、タリスは口を閉ざした。そしてイーズも肩の上にいる妖精王を見る。

弱い天使ならば媒体は人形でもいいが、クシェルほどになると人間に降ろすことになるらしい。その場合、よほど優れた術者でなければ降ろした人間は命を落とすこととなる。

だからクシェルは気軽に呼び出せる存在ではないのだ。彼はどれだけふざけた性質でも、上級天使なのだから。

「イーズはど素人だから、林檎の木を媒体にしていた。本人もよく自覚せずに呼び出した。この天才がなんとなくで見つけ出した感覚的な手段だから、どうやったのかと聞いても無駄だ。お姫様をしていたからこそ埋もれていた天才だからな」

妖精王はその難題をイーズの才能ということにして押しつけてきた。

「黄金の林檎の木は、それほど媒体に適しているのですか？」

当然聖堂長は疑って、別な理由を求める。正解は『黄金の林檎の果実はどんな神霊の媒体ともなる』であるのでほぼ答えを言っているようなものだが、ただし木自体にはそこまでの力はない。果実こそが、神霊達の求める力だ。

「それ以上の詮索はやめておけ。我ら妖精が林檎を任されているのは悪用せぬと天主が信じているため。人が知りたがるのは不敬だと知れ。悪魔の使徒の手に渡れば、どれだけ恐ろしいことになるか」

「そうでしたか。では、このことは胸に秘めておくことにいたします」

「まあ、噂だけが先走っているようなので、気持ちは分からなくもない。どのような噂があっても、許された者以外が触れることはできぬのだ。噂を消すのは難しいだろうから、教会では人々に正しく危険を認識させてくれ。素人が悪魔を呼び出してしまうこともある。そなたらは天の愛を信じ、天の怒りを恐れるがいい」

と、真面目な話をしながら、彼はイーズの肩で菓子の中から干し葡萄を取り出してかじりついている。

「ちょっと、菓子屑を肩に落とすのはやめて。大体、中身だけ食べるなんてはしたないわ」

「もちろん残りも後で食べる。葡萄だけを食べても美味いし、この葡萄の味を吸った部分の生地は別格に美味しいのだ」

彼の言い分は、何の言い訳にもなっていない。言い訳するつもりもないらしい。

「妖精というのは、本当に自由に生きる種族でございますね」

妖精どころか妖精王であるなどと、ますます打ち明けられなくなってしまった。妖精王というのはふざけた妖精達と違って、高位の英知ある存在だと思われているのだ。葡萄の味が染み込んだ部分を掘り出して食べる存在だとは、決して知られてはいけないのである。

「とにかくだ。血を流さないために力を貸していただきたい。兄上を聖皇とするため、国民の安寧のためにも、教会に力を貸してほしい」

イーズは妖精王から菓子を取り上げている最中に真面目な話に戻ってしまったので、慌てて頷いた。しかし妖精王は空気を読まずに肩の上で飛び跳ねる。この妖精王はダメだと思い、肩から下ろした。

「天主のために特別な奉仕をさせていただけるなど光栄です。もちろんご協力いたします」

「ありがたい」

「一番大変なのはイーズ姫です。私達に手助けできることはございましょうか」

「天使の加護を持つ皇帝が誕生するとなれば、父上を操った者どもの残党が介入してくる可能性もある。兄上とイーズを邪悪な術から守るのに協力してほしい。以前の父上をたぶらかした魔術師は捕まえたが、残党でもいたなら普通の騎士では気づけぬ攻撃もあるだろうからな」

「それは願ってもない申し出。戴冠式ともなれば人も多いので、どのようにしてお守りしようかと思ったところです。グレイル様が亡き者とされれば、この国に多くの血が流れますので」

誰かが思いつくことは、当然他の誰かも思いつく。だから彼らがある程度、同じ危険を予測したのは、当然のことだった。

「父上はおまえ達聖職者を遠ざけていたが、兄上ならば耳を傾けてくださる。何かあれば、遠慮なく兄上に助言してくれ。それでクシェル様の助言が減れば、兄上はぐっすり眠れるようになるから、きっとお喜びになるだろう。クシェル様の教えはありがたいが、兄上には色々負担が大きいようなのでな」

グレイルの指示では『教会とは仲良くしたいことを伝えるのを忘れるな』であったが、他人事だと思ってかなり際どいことを言う。

とはいえ、教会としても悪い話ではないはずだ。

教会がグレイルを支持するのは教会の威信を取り戻すためでもある。天使の加護はそのためにも都合がいいのだ。

タリスの言葉を聞いて、騎士団長は噴き出した。

「ああ、申し訳ございません。タリス殿下がそういった冗談をおっしゃられるとは思っていなかったのです」

冗談で言ったのだろうが、事実、放っとくといつまでも語り続ける天使である。それを妖精王に突っ込まれていたこともあった。つまり妖精のような性格の天使なのだ。

「確かに、以前のタリス様は冗談など口になさいませんでしたね」

フェルズが苦笑した。

「……父上の統治下では、冗談など言える立場ではなかったからな。今はふざけてばかりいる妖精達に囲まれて、気が緩んでいるのかもしれない」

タリスはリリを見て、そしてイーズを見た。

イーズはふざけているつもりはない。ふざけた小妖精達をにぎにぎしているのも、ふざけてやっているのではない。真面目にやっているのだ。

だが、タリスに困った子を見守るように優しく見つめられると、イーズは反論できずに黙ってしまう。あの目は、少しずるい。

「仲睦まじくて、うらやましい。剣を捧げられる運命の女性に出会えるなど、タリス殿下は幸運に恵まれていらっしゃる」

「運命というものがあるのだとしたら、イーズと出会ったことだろうな」

突然、蒼穹騎士団長が言い、タリスも穏やかな口調で自然に返した。

先ほどの視線が、他人から見るとそういった意味合いの視線に見えていたと気づいて、イーズは驚いた。

イーズではなく小妖精を見て和んでいたのかもしれないが、それでも他人からそう見えたという事実は、彼と不釣り合いではないかと怯えていたイーズの心を不意に弾ませた。

そうなると不思議と初対面の相手がいい人に思えて、つい口を開く。

「騎士団長ともなれば、出会いは多いのではありませんか？」

イーズは、彼が結婚していてもおかしくなさそうな年齢なのに女性と縁のないようなことを言ったので、それも意外だったのだ。

「いや、騎士団長になる前までは修行に明け暮れ、なってからは仕事に明け暮れ、なかなか。友人と出会う機会だけは多いのですが」

彼は困ったように肩をすくめた。

「ここに来るまでにたくさんの美しい女性を見ましたが」

イーズはタリスを見て騒いだ聖職者の女性達を思い出した。騎士に女性はいなくても、彼女達のような女聖職者は多いはずだ。タリスと同等の武具を持つ彼も、彼女達にとって憧れの男性だろう。

「イーズ姫、美しいと感じる女性と、剣を捧げられる女性は違うのですよ」

「そ、そうですよね」

「例えば、恋人が特別なのは当然です。しかし結婚となるとまた別です。妻であろうとも、剣を捧げるとは限りません。剣を受け取った女性も、それにふさわしい行いをする責任を課されますので」

イーズは自分の生活を顧《かえり》みた。

林檎の世話以外は、暢気《のんき》に生活している。自給自足に近い生活だが、足りない食材や保存食などは妖精達に用意してもらい、肉などはタリスが狩りをしてくれるので、飢えることはない。気ままな生活だ。

そんな日々を過ごしているだけのイーズは、責任を果たしていると言えるのか。一日中林檎を監視していないで、番人と言えるのか。しかもたった一本の木である。

イーズは胸を押さえて、目を逸らした。それを察してタリスが語りかけてくる。

「イーズ、何か考え込んでるけど、あの林檎の世話だけでも人々に誇れる仕事なのだから、責任については考えなくてもいいぞ。天使を呼び出すだけで、一生分の仕事と言ってもいいんだし」

「え、でも」

「他に責任があるとすれば、イーズが健やかに日々を過ごすことだ」

健やかに長生きすることをイーズは求められている。

「息抜きに来ているのに、変なことで悩まないでほしいな。君は責任を果たしているのだから、年相応の楽しみを謳歌する権利もあるんだ」

約束通り、今日はこの仕事を終えたら買い物に行く。タリスはお気に入りの店にイーズを連れていきたくてたまらないらしい。

騎士団長が興味深げに尋ねる。

「これからお買い物ですか？」

「ああ。イーズにはこの国にいい印象はないだろうから、少しぐらい好きになってもらいたくてね。それには楽しいことをするのが一番だ」

タリスの笑顔を見て、イーズは妙に納得してしまった。自分の顔を見られるのが怖いというのもあったが、それ以上にこの国が好きではなかったから、森の外に出ようと言われてもさして出かけたいと思わなかったのだ。そんな相手に、自分の生まれたこの場所を好きになってもらいたいと思うのは当然だ。

「楽しみにしています」

「楽しみと言ってもらえて嬉しいよ。きっとイーズも気に入る店を見つけたんだ。妖精の家のような店や、蔓を使った雑貨なんかがある店とか。俺達の森の家にぴったりの骨董家具の店とか」

タリスは目を輝かせて語った。タリスの趣味はいいので、イーズは何の文句もない。

「タリス殿下がイーズ姫のために、そういった店に通っている噂は耳にしましたが、本当に大切になさっておいでなのですね」

聖堂長がころころと笑った。女の勘で、タリスの趣味がバレたのかとイーズはどきりとした。しかしすぐにタリスは頷く。

「そんなに噂になっているのか。恥ずかしいな。イーズに使ってもらえると思うと、つい張り切ってしまって。イーズはほどほどにしろと言うのだが」

「特別な相手には、つい無理をしてでも喜ばせたいと思うものですよ」

「その通りだ。今日はイーズが直接来てくれたから、彼女の趣味を覚えなくては」

タリスは自分の趣味を押しつけるのではなく、イーズの趣味も考えてくれる。故郷の友人達から聞いていたような、自分の好みに染め上げようとする男性にあまりいい印象はないので、とても嬉しい。

特別扱いをしてくれて、好みを考えてくれて、優しくしてもらえる。

世間的には、どう考えても恋人同士のすることだ。

だが、それ以上は、手を握るだけ。

小さな子供ならそれで十分だが、適齢期の男女が手を握るだけ。

イーズがタリスにとって特別な女なのは疑いようもない。天使や妖精達の企みが原因で、成り行き上そうなってしまったのだが、それでも特別だと言ってくれるし、その言葉を信じられる。

だが〝特別〟というのは、人によって違うものだ。タリスにとってイーズがどう特別なのか、森の外に出てきても分かる気がしなかった。

その不安が、あの絵本に茨として現れていたのだろう。

自覚しないようにしていたが、自覚してしまうと、以前よりもうじうじと悩んでしまう。

だがタリスに手を取られると、頬が緩み、悩みなどどうでもよくなってしまう。

「私は砂糖菓子が欲しいぞ。森に蜂蜜はあるが、砂糖菓子はないのだ。余計なことを考えずに、私のために買い物を楽しめ」

空気を読んで、妖精王がイーズの髪を一束掴んだ。

「ええ。でも、あまり贅沢をしてはだめよ？」

「イーズはケチくさいことを言うな。まったく、ガローニの連中はケチでいけない」

国民性だから仕方がない。

イーズは鞄の中に妖精王を押し込み、タリスと手を繋いで大聖堂を後にした。

◆◇◆◇◆

荷物持ち、というには少し物足りない荷物を抱えて、タリスはイーズとともに宮殿に戻ってきた。妖精王は道を通らなくてもどこにでも行けるから、妖精の間を通らず彼とそのまま帰ってもいいのだが、置いてきた妖精達が多いのでこれ以上迷惑をかけないよう回収しなければならない。

先ほどまでイーズは、欲しい物は厳選に厳選を重ねて一つだけ買うという、ケチとも揶揄されるお国柄を感じる買い物の仕方をしていたが、それを心よりよしとしているらしい。興味を持った物を買えばいいと背中を押しても、『考えた結果、やっぱりいらなかったと後悔しそうなのでこれだけでいいです』とまで言われると、無理に勧めることはできない。あまりにイーズが買わないので、イーズに買ってしまうよう説得していたリリは、しまいにはタリスの懐に入り、彼女があれを欲しがっていたなどとこっそり教えてきて、とても可愛らしかった。

「ふふん。イーズとおそろいのリボンなのよ！」

「ずるーい」

リリがリボンを腰に巻いて帯のようにして、宮殿でかくれんぼ中の他の小妖精達に自慢すると、イーズは小妖精達の愛らしさにくすくすと笑う。イーズはおそろいのリボンを鞄に結んでいる。後でこのリボンを使ってイーズの髪を結ったら、リリはさらに喜ぶだろう。リリが喜べばイーズも喜ぶし、二人が喜べばタリスも嬉しい。

「ついてこなかった方が悪いのよ！　ベッドの飾りにもなるわ！　見て、このふわふわ感！」

「ずるい！」

妖精にとってリボンは髪を飾る物ではないらしい。人間用のリボンでは、どんなに細くても小妖精には太すぎるので仕方がない。

「あら、買い物に出かけたという割には、荷物が少ないんじゃなくて？」

小妖精の声を遮った大人の女の声に、タリスはびくりと震えた。

「ド、ドリゼナ姉様!?　もう帰ってきたのか!?」

タリスは自分になんとなく似た顔立ちの姉の姿を見て、驚きの声を上げた。

彼女が宮殿のど真ん中にいる姿を見るのは久しぶりだった。

「え、タリス様のお姉様っ!?」

イーズが驚いて口を押さえていた。そして、はわはわと髪を整え始める。

「ええ、もう帰ってきたのよ。お友達のところにお話をしに行っただけだもの。独身の頃と違って、長居なんてしないわ。それにお父様がいないといっても、やっぱり不安でしょう?　妖精達が子守りしてくれるといっても、この有り様だし」

ドリゼナの後ろから、ドタバタと子供達がやってきた。

元気な子供と、小さな妖精。妖精達も言っていたが、小妖精では転んでも子供を支えてやれない。支えるどころか妖精が潰れてしまう。ドリゼナもそれを気にしたのだろう。父皇帝がいた頃はそれ以上に何があるか分からず放置できなかったが。

「妖精さんってば、かくれんぼの途中でいなくなっちゃだめでしょ!」

「ごめーん。イーズが帰ってきてたから」

子供達は妖精達を叱り、小妖精達は悪びれた様子もなく、一応の謝罪をした。

ドリゼナは腹違いの弟妹達と、時にはその母親も含めて保護している。そのため教育に悪いと言ってこの宮殿にはあまり近づかなかった。

離宮にいたタリス達の母が寵愛を受け、皇帝も自ら離宮に通っていたので、皇女が宮殿に顔を見せなくてもそれで支障はなかった。

「タリス兄様、お帰りなさい。ずっと待っていたのよ」

「お客様が待っているの」

妹達に手を引かれ、タリスはドリゼナを見た。

「だいたい、連れを紹介せずに帰るつもりだったなんて、どんな薄情な弟なのかしら」

連れとは、もちろんイーズ達のことだ。そのイーズはアーヴィを盾にしようかしまいか悩むように、目を泳がせていた。

「ご、ごめん。でも姉様は帰るのが遅いと思って」

「確認ぐらいしなさい。まったく、危うくお客様を待たせるだけ待たせて、収穫なしで追い返さなきゃならないところだったじゃない」

「お客？　誰が来ているんだ？」

「グレイル兄様にあなた達に会わせるよう頼まれたのだけど、サライという怪しい男よ」

タリスはびくりと震えた。

サライは気にくわないが、それだけだった。しかしドリゼナが関係してくるとなると、話が変わってくる。

ドリセナはタリスの隠したいことを、イーズ以上に知り尽くしている女だ。

幼少時より姉の人形で遊ぶだけでは飽き足らず、着せ替えまでして遊んでいたとか、ぬいぐるみを抱いて寝ていたとか、縫い物が好きとか、他人に化粧をするのが好きとか、他人に知られてはいけない趣味の数々を、彼女は全て知っている。

「あ、姉上はあの男に何か……俺のことを話したのか？」

声が震えないよう、恐る恐る尋ねた。すると彼女はにやっと笑う。

「ええ。話したわよ。何を話したかしらねぇ？」

タリスは楽しい気分が吹き飛んで、背中に汗をかいた。相手はよりによって、あのいけ好かないサライだ。どうしてかタリスに対してはやけに意地悪で性格の悪いあの男が、タリスの真実を知ったら何と言うか。

「姉様、意地悪しちゃダメだよ」

「姉様は、信心深くて弱い者を守る物語の中の騎士に憧れる夢見がちな少年だった、って言ってたよ」

「おままごとにも、お馬さんごっこにも付き合ってくれるなんて言ってないよ」

タリスが焦ったのを見て、弟妹達が教えてくれた。

「そうか。ありがとう」

無難な紹介に、タリスは安堵した。弟達はタリスの趣味を知らないので、何を恐れていたかなど理解していないだろうが、あの男だけには趣味について気づかれるわけにはいかないのだ。

「タリス、この子が林檎姫？」

ドリゼナは首を傾げてタリスの背後に目を向ける。イーズはびくびくしながら、結局アーヴィを盾にしていた。しかしドリゼナはアーヴィの顔を一瞬確認したが、その後は確かにイーズをひたと見ていた。

完全に林檎姫だと見抜かれたことにイーズも気づき、驚いたような顔をしていた。

「イーズ、だからアーヴィを身代わりにするのは無理があると言っただろう」

タリスはそろそろ諦めてほしくて、イーズを諭した。外に出てもらえなくなっても困るが、毎回アーヴィを連れ歩くのは目立つだけだと理解すべきだ。

「え、身代わりのつもりだったの？　なんで男を身代わりにしてるのよ。妖精って女がいないの？」

ドリセナはアーヴィをどけて、イーズを見下ろした。全てを見破られてしまったイーズは、ドリセナを見つめたまま凍り付いたように動かなくなった。

ドリゼナは昔から人をよく見ているし、勘も鋭いから気づいても不思議ではないが、イーズは彼女をよく知らないので、混乱していた。

「だけど、本当に素敵なお姫様だこと。なるほどねぇ。はぁ。なるほどねぇぇ」

「え、え?」

ドリセナの意地悪そうな笑い方を見て、イーズの腰はさらに引けた。

美人だが、性格のきつさが際立つような化粧が彼女により威圧感を与えているのだ。雰囲気の柔らかい妖精に囲まれているイーズには、その威圧感はきつすぎるかもしれない。

しかも今日は、いつにも増してドリゼナの目つきが悪かった。そして性格は見た目通りキツいのだ。そうでなくては、弟達を保護することなどできない。皆、皇帝の息子で、この国の後を継ぐ権利を持つ者達ばかりなのだから。

「あ、あの、初めまして。イーズです」

「初めまして、私はドリゼナよ。あれと母親も同じ姉」

自己紹介しているのに異様な目で睨まれたイーズは、アーヴィから離れてじりじりと後退した。

しかしドリゼナはそれについてくるように前に出る。

その視線は、間違いなくイーズの胸部に向いていた。

「お、お姉様のことは、タリス様から、よくお話を伺っています。とてもお美しっ」

ドリゼナが、いきなりイーズの片胸を鷲《わし》づかみにした。

「ひえっ⁉」

「くっ、詰め物じゃないじゃない。林檎姫ってあれ？　林檎が二つ並んでいるようって意味？」

イーズは悲鳴を上げ、ドリゼナは怯えるイーズに向かってとんでもないことを言い出した。

あまりの暴挙に、タリスをはじめとして、小妖精達すら唖然としてしまった。

「グレイル兄様が未練たらたらなはずだわぁ。男ってのはこれだから。まったく。はっ。まったく！」

ついには両手で胸を掴む。イーズは逃げようと後退するも、壁際まで追い込まれてしまった。

未知の存在に、イーズの顔は蒼白になって、言葉も失っている。

当たり前だ。生まれて初めてこんな目に遭ったのだから。

「あ、姉上！」

我に返ったタリスは、慌てて後ろから姉を羽交い締めにした。

「何よぉ。ちょっと胸が腫れてるからってちやほやして」

「姉上⁉　何を無茶苦茶なことを言ってるんだっ⁉」

タリスは慌ててドリゼナを反対側の壁際まで引きずった。

「姉上！　自分が恵まれていないからって、イーズを虐めないでくれ！」

「何よ。存在自体が私に対する虐めだとは思わないの？」

「なくても悩むかもしれないけどな、イーズは大きいことを気にしているんだ！　マジでやめてくれ！」

彼女が服に胸が入らなくなった時、上半身が太ったと言って無茶な食事制限を始めたのを見て以

来、けっしてそこには触れないようにしてきたのだ。本人は二の腕もきつくなっているから、確実に太ったと思い込んでいた。彼女の場合は、胸に生地が引っ張られて腕も窮屈に感じただけだ。

「痩せて減ってほしくないって？　むっつりスケベめ。これだから男ってのはこれだから男ってのは！」

イーズが悩んでいるなら減っても構わないが、やはり今のままがいい、などと思っている手前、咄嗟に反論できずに小さく呻いた。

「やめて、姉様やめてっ。恥ずかしいからやめてっ」

「林檎姫が幽霊でも見たみたいな顔してるからやめてっ」

「普通の人は姉様にはついていけないのっ」

弟妹達もさらに暴走しそうな姉にしがみついた。小妖精達も彼女の肩に降り立ち、ぽんぽんと肩や頭を叩く。

「元気出せよ。女は胸だけじゃねぇぞ。薄切り林檎の切れはしでも林檎は林檎だ。気にすんな」

「お黙り！　この羽虫どもっ！」

余計なことを言ったレムは、ドリゼナの手に捕らわれてしまった。

「ぎゃっ！　た、助けてっ！　助けてっ！　『ぎゅうっ』はいやだ。『にぎにぎ』がいいんだ！」

「どう違うのか意味が分かんないわよっ！」

イーズと言っていることは似ているが、イーズと違って本当に容赦のないドリゼナに掴まれ、レムはかなり本気の抵抗を見せた。

「おねえさま、めっ！　ようせいさんイジメちゃめっ！」

「そうよ。ちいさい子をいじめちゃだめなのよ！」

「だいじょうぶ、ちいさくってもムネはムネよ！　やつあたりはだめっ」

子供達にぎゅうぎゅうとしがみつかれ、ドリゼナはしぶしぶレムを手放した。

「ちっ、今回は許してやるわ。次はないと思いなさい」

タリスはほっとして、ドリゼナを解放した。

「いやぁ、噂には聞いていましたが、愉快な姉君ですね」

「ゆ、愉快……」

タリスは愉快では済まない姉の奇行をそう表現され、呆れて呟いたものの、その声が大人の男のものだと気づき、はっと顔を向けた。

イーズの前に、怪しい魔術師のサライが立っていた。

「イーズ姫は災難でしたね。それもこれもイーズ姫が魅力的だからこそです」

「は、はぁ……？」

「今日は買い物を楽しまれたのですね。久々の森の外はいかがでしたか」

「えっと……とても楽しくて、夢中で買い物を」

「おいっ」

勝手にイーズに話しかけているサライの肩を摑んで止めた。

「おや、タリス殿下。姉君はよろしいのですか」

サライは弟妹達に宥められているドリゼナに視線を向けた。

「姉上のあれは姉上なりの冗談で、あれでちゃんと落ち着かれている」

ドリゼナもさすがに幼い弟妹達を振り切ってまで暴挙を続けたりはしないはずだ。

「さすがは実のご姉弟《してい》だけあり、お互いをよく理解しておられますね」

サライは小馬鹿にするように笑う。

「私はイーズ姫に林檎の件で話があるのです。そっとしておいていただけませんか？　殿下がいるとすぐに横やりを入れられるので、あまり話ができないのですが」

「林檎なら俺も見ている」

「いえ、魔術の素養のないタリス殿下と話をしても……」

サライは手にしていた宿り木の飾りが付いた帽子を被り、目を逸らす。あいかわらず失礼な男だった。

「じゃあ、イーズに近づきすぎないように話せ」

「私は姉君と違って、許しもなく女性の乳房を鷲づかみなどいたしませんが」

「そんなことをしたらこの場で叩き切るから安心しろ」

あれは同性だからイーズも戸惑って怯える程度で済んだのだ。異性だったらどうなっていたことか。

「では、この距離で」

サライは適度に距離を取り、風変わりな飾りをつけた帽子を被り直す。タリスはイーズの斜め後ろに立ち、サライを見張る。

「イーズ姫がここにおられるということは、林檎は育ちましたか?」

イーズは、おずおずと答えた。

「え、ええ。ここ数日で私の頭の上ぐらいまで伸びました。だから妖精王が一日離れて様子を見てみてはと。あなたが何かしてくれたのですか?」

「ええ、雑誌で記事を書きました。大きな特集でしたので、きっと上手くいくと思っていました」

それについては、感謝すべきだろう。だが絵本ではないせいか、記事の内容について事前の報告はなかった。

「どんな内容の記事を書いたんだ」

「内容の確認はグレイル殿下にしていただきましたので、タリス殿下が懸念を抱くような内容ではございません」

「……兄上なら、間違いはないだろう」

色んな者から言われている通り、イーズに未練たらたらな彼であれば、イーズの記事に妥協するはずもない。

「あの、私達のことは、世間ではどの程度知られているのですか? つまり、林檎の木の存在とか、妖精達のこととかについて」

イーズは自分の肩に止まった小妖精をちらりと見て尋ねた。

「皇帝陛下が森を守っていた聖なる林檎の木を切り倒し、森に封じられた邪悪な存在が蘇ろうとしていたため、姫が天使の力を借りて聖なる林檎の木を育てて封じている、ということまでです。皇帝陛下はその際に悪魔に操られ、今も瘴気の影響があり、近くグレイル殿下に帝位を譲られることは人々もよく存じております。黄金の森という名は、妖精王が黄金の髪を持つからではないかと答えておきました」

事実とかなり違うが、似ている気はした。

「ありがとうございます。私が力不足なばかりに」

イーズは無難な内容に安堵して、彼に頭を下げた。

「何をおっしゃるのですか。私はいつだってあなたの味方です。イーズ姫のお役に立てるのなら、何だっていたします。何かあれば、遠慮なくおっしゃってください」

サライはイーズの手を取り、励ますように言った。タリスは腹が立ったが、イーズが嫌がっていないのに、邪魔をすればまたろくでもないことを言われる。

「どうしてサライさんは、私にそれほど力を貸してくださるんですか？」

イーズは不思議そうに問いかけた。

「力を貸していると思ってくださっているということは、私の差し上げた絵本は何か助けになっているのですか？」

日記好きのイーズは、自動絵本が気に入っているようで、常に普通の日記と一緒に持ち歩いている。

「あ……はい。自分を見つめ直す、いいきっかけになっています」

イーズの声は、心なしか気落ちしているように感じた。そのためかサライは、イーズの言葉を聞いて小さく首を傾げ、すぐに微笑んだ。

「姫。先ほどの質問の答えですが、世のためにその身を犠牲にする素晴らしい女性に力を貸すのに理由はいりません。その上、あなたは私にとっては初めての、生きて話ができる壮大な物語のヒロインなのです。絵本を愛する者として、イーズ姫には幸せになっていただきたいのです。幸せな結末の物語こそ、子供達は喜ぶのですから」

サライは怪しいが、言っている言葉はタリスにもとても共感できるものだった。イーズに、子供達に、幸せな結末の物語を与えたい。

だがイーズにふさわしい幸せとは何なのか。どうすればいいのか。それが難しい。

「サライさんは本当に絵本が好きなんですね」

子供のためにと語る姿にイーズはほだされたのか、サライに対して引きつっていない、本物の笑みを向けた。

「やはりお姫様は、笑顔が一番です。あなたのその微笑みを守るため、私は尽力いたします」

サライは握っていたイーズの手に、顔を近づけた。手の甲に口付けする寸前、タリスはサライの帽子ごと頭を引っ張った。

「帽子に触れるのはやめていただけますか。祖父から受け継いだ大切な物なのですよ」

彼は帽子を被り直し、斜めになった飾りの宿り木を直して呟く。

「まったく、相変わらず嫉妬深いお方だ。まだ恋人でもないのに」

「黙れ」

いちいち癇に障る言い方に、タリスは彼の腹を蹴りつけたくなった。

タリスはちらりとイーズを見る。彼女は聞いていなかったのか、小妖精に視線を向けて首を傾げていた。

「ん、いかがなさいました、姫」

サライがイーズの様子に気づいて声をかけた。

「いえ、さっきまで妖精王がいたのですが、帰ってしまって」

イーズは困ったように頬に手を当てた。

小妖精も口を挟む。

「ああ、妖精王はなんかサライを嫌っているからな」

「そんな。まだ何もしていないのに。せめて何かしてから嫌ってほしいものです」

「あの来る者拒まずの妖精王にそこまで嫌われるとは、一体何をしでかしてきたんだ」

「しでかしたのは私の師でもある父方の祖父です。人外の者は子孫を本人と同一視しがちなのが困りものです」

彼には夢見がちな魔術師の身内がいると言っていた。間違いなく似たもの同士なのだろう。そしてその身内は妖精王すら隠れたくなるようなことを彼にしたのだ。イーズを置いていなくなったのなら、人間には害のない、妖精王限定の嫌がらせだ。

「とにかくタリス殿下、私は本番の絵本のためにも今度はイーズ姫とちゃんと話をしなければならないんです。タリス殿下はあちらの美女と戯《たわむ》れてはいかがですか」

美女と言われて、タリスは首を傾げた。

「タリス様っ」

どすっ、と音がしそうなほどの衝撃を背中に感じて、タリスは転びかけた。

子供が腰にしがみついてきたと思って振り向くと、弟妹ではない十四、五歳の少女が腰にしがみついていた。

「……ああ、イリアか。どうしてこんなところに？」

「タリス様がお戻りになったと聞いて、飛んで参りました」

答えになっていない答えだったが、ドリゼナの身内なので不思議ではなかった。

「久しぶりだな。少し見ない間にすっかり綺麗になって」

「ほ、本当？　嬉しい！」

「ああ。子供の成長は早いな。すっかり姉様の影響を受けてしまって」

化粧と服装が特に。ふと、イーズがイリアを見て引いているのに気づいた。ドリゼナに似た雰囲気に、どん引きしているように見える。

「イ、イーズ、この子は姉上の夫の妹のイリアだ。姉上が弟妹を引き連れて嫁いでから、嫌がらず一緒に面倒を見てくれているとてもいい子なんだよ」

ドリゼナに似ているため、警戒されないように『いい子』を強調した。

「初めまして、イーズです」

イーズは恐々と挨拶した。しかしイリアはイーズを睨み付けた。イーズを、というよりも、その胸部を。

よく見ると、イリアの胸部は詰め物をしていない時のドリゼナに負けず劣らず平らである。

「タリス殿下、よぉく話し合いをなさった方がよろしいかと」

サライがちくりと釘を刺した。身内なのだから責任を持って何とかしろと言われた気がした。

まさかドリゼナのように摑みに行ったりしないはずだが、確信には至らなかった。

「そ、そうだな。イリア、ちゃんと話をしよう」

「はいっ」

血の繋がりのないイリアがこれほど似てしまったのを見ると、今は比較的まともな妹達の未来が、少しだけ心配になった。

◆◇◆◇◆

皆とともに別室に移ったイーズは生まれて初めて、初対面の相手との対人関係で強烈な戸惑いを覚えていた。しかも、好意を寄せている相手の実の姉に対してだ。

タリスがよく話をする、仲のよい姉弟だと知っていたからこそ、落ち込みは激しかった。いい関係が築ければと思っていたのに、これほど嫌われてしまっているのだ。それが努力でどうにかなる理由ならいいのだが、どうにもそうではない。

空気を読んでサライが話しかけてきたが、胃の違和感が強くなったので、薬を飲むために場所を移してお茶を用意してもらっている。もちろん美味しい酒に薬草などを漬けた霊薬ではなく、苦い丸薬だ。

タリスはドリゼナの義妹と話をするために妖精の間に残り、この部屋にはついてきていない。

つまり妖精達とウィドとサライ以外は、タリスの弟妹十人強に、胃が痛くなった原因であるドリゼナと、初対面の相手ばかりということだ。

ここは子供達の遊び場らしく、暖色系の可愛らしい部屋だった。

つい出てきてしまったが、今は残してきた二人が何を話しているのか気になって気になって仕方がなかった。

だから、持参した例の絵日記となる絵本を開いた。先ほどはタリスがいたのでサライに相談できなかったが、今ならできると思ってのことだ。サライにもらったこの絵本の特殊性を知らなければ、ただ贈り主に書いた内容を見せているだけのようにしか見えないはずだ。

タリスと親しいウィドの存在は気になるが、彼は遠慮してくれと言えば、覗き込んだりはしない。

子供達はドリゼナが何かしでかさないよう、がっちりと周りを固めているから問題ない。

見ると、昨日までなかった頁《ページ》が一枚増えていた。

この宮殿ではなく、森だった。林檎の木の下で、祈るイーズ。

それが何の祈りなのか分からず、だから勇気を出してサライに相談した。

「イーズ姫、これをタリス殿下に見せたことは？」

「ありません。タリス様は人の日記を勝手に見るような方でもないので」

「やはりそうですか。私からの贈り物をタリス殿下は気にしていらっしゃるでしょうが」

絵本を手にしたサライは、目を細めて絵本を見る。覗き込んでくるのは、小妖精だけだ。

「イーズ姫の繊細さが現れて、美しい絵本ですね」

文章の書かれていない、絵だけの本。イーズの悩みを映し出した本。彼はこんな内容でも、愛おしげに見ている。

「この絵本は、人によって構図も画風も変わるのですよ。落書き同然だったり、地獄を描いたようなものだったり」

「それに比べたら、イーズの絵はとっても綺麗！」

「そりゃあ普通に上手い奴が描いたみたいに綺麗だもんな。繊細そうだよな」

能天気だとか、図太いと言われることはあっても、繊細と言われたことのないイーズは戸惑った。イーズに能天気と言ったのは実の兄だけだが。

「イーズはさぁ、繊細すぎるんだ。ちょっとチチを揉まれて、睨まれただけでも胃が痛くなるんだよ。おれらがおまえらのオヤジと喧嘩してた時は、やけ酒まで飲んでたんだぜぇ」

「グレイル兄様達と同じだな。霊薬って薬を毎日飲んでるんだ」

妖精達と子供達が好き勝手に言い合う。

妖精達の言う喧嘩とは、皇帝が妖精の森に攻め込んできた時のことだ。しかもイーズが原因であるかのような状況で。

妖精と子供達の話を聞くと、繊細という言葉は人類大人の大半に当てはまり、人間は大人になると繊細になるように思えた。少なくとも、人外の存在に比べれば繊細なのは間違いない。

「でもあの女の子は怖かったよ。タリスが説得してるあの娘は、もう子供じゃなくて女だった」

「女は怖いよな」

「ああ、女ってのはたまに怖い」

イーズが悩んでいるのに、小妖精と子供達が妙に女に対して共感し合っている。

話を聞いていない子は、小妖精達と人形遊びをしたり、初めて見る手遊びをしたりしている。

「小妖精達はすっかり馴染んでいますね」

「彼らは来るたびに子供と遊んでいるそうですよ。グレイル殿下には他にもたくさんご弟妹がいらっしゃいますから」

イーズが呟くと、サライが教えてくれた。

「おやつをもらえて遊び相手までいたら、争ってまで小妖精達が使者になりたがるのも無理はないですよね」

子供はイーズよりもノリがいいから、遊び相手にはうってつけだ。

「妖精は子供が大好きで、妖精が子供をさらうという人間の言い伝えもそこからきています」

とアーヴィが言う。妖精の中では一人だけ落ち着いているが、それでも膝の上に女の子を乗せていた。女の子はうっとりと彼を見上げている。彼女は美しい男性が好きなようだ。

「そういえば、小妖精達がどこかに子供が落ちてないかなとか、虐められている子供はいないかなとか、よく言っているわ」

イーズが言うと、アーヴィが苦笑する。

「妖精が子供を連れていくのは、捨て子だったり、遊びに夢中になった子供がついてきてしまったので一晩預かったり、人間のもとに置いておくと危険があるので保護したりという場合がほとんどです。子供というのは親から離れると後で泣くのを知っているから、私達もまともな親ならわざと引き離したりはしません。この子達は幸せそうなので必要はないでしょう。私達は子供の笑顔を好むのです」

彼は愛おしげに子供を撫でている。

「それでどんなに乱暴にされても許しているのね。楽でいいわぁ」

ドリゼナは感心したように周りで遊ぶ小妖精と子供達を見た。静かだったが、やはり聞き耳を立てていたようだ。

イーズは恐る恐る彼女を見た。タリスから聞いていたので、変わった女性というのは知っていた。予想以上の美人で、身体も引き締まっている。イーズのようにたるんだ二の腕ではなく、華奢で無駄な脂肪などどこにもない肩回りがうらやましい。

しかしいきなり親の敵《かたき》のように胸に攻撃を受けるとは思いもしなかった。タリスもイーズの胸を見ると顔を逸らすことがあった。

イーズには帝国人の感覚がよく分からなくなった。しかもどうしようもないから、どうしたらいいのか分からない。誰かに教えてもらいたいが、そんな悩みで絵が一枚増えたとは思いたくない。

だから都会に出た不安ゆえにこの絵が増えたのだと思うことにした。

一方アーヴィは気を悪くした様子もなく答える。

「体格差のせいで大して役に立ちませんが、オモチャとしては優秀ですから、好きなようにしてください」

「え、妖精目線からでも、オモチャにしてもいいものなの？」

アーヴィの許可に、ドリゼナもさすがに驚いて聞き返した。

「もちろんです。子供に潰されるぐらいでは死にません。イーズ姫など『妖精は握って投げるもの』とおっしゃるぐらいです」

「待って。それじゃあ、私が妖精を虐待しているみたいじゃない」

確かにいつも握って投げてお仕置きしているが、やりたくてやっているのではない。だが小妖精達は投げられたくないと言いながら、その実、投げられるのを楽しんでいる。にぎにぎされるのも、楽しんでいるのだ。

イーズが思わず抗議の声を上げると、アーヴィは珍しく小さく笑いながら付け加えた。

「姫は小妖精達と遊んでくださる、素晴らしい人間です。小妖精達はわざと傷つけようとしなければ、乱暴な遊びにも付き合います。死んでも記憶をなくすだけで蘇ります。そして妖精は自分が手をかけて育てた人間にはどんどん加護を与えて甘やかします。妖精は人間の子供を上手く育てられず、育てられる人間に預けてしまうため、そんなことは滅多にありませんが」

イーズ達はもう大人なのでそのような甘やかされ方はしていないが、それでも彼らはイーズ達のために何かしたくてうずうずしている。もてなしが好きなのだ。

「育てられないのか。それは残念ね」

ドリゼナは子供達を押しつけたら楽ができるのにと悪ぶって言う。だが、本気でそのように思っている人物なら、子供達を引き取ったりしていないだろう。彼女の弟妹は後ろ盾のない、放置すると愛情を知らずに育ってしまうような子供達だ。皇帝は女好きな一方、妻でも平気で殺したらしいので、母親の身分が高くなければ皇子とは思えないほどに宮殿で立場がないらしい。

「ああ、そうだ。忘れていました」

イーズの絵日記に夢中になっていたサライは、荷物の中から印刷された絵を何枚か取り出した。とても細やかで、柔らかな印象の可愛らしい絵だった。背景は美しく、イーズも人間離れした美しさとは違う、可愛らしい少女に描いてもらえている。服装は林檎姫が着ていた服に似ているが、実物よりも可愛らしく見える。

イーズが確認を終えた物から、小妖精達が勝手に持っていって子供達に見せた。

「あら、これが挿絵？　ねぇサライ、うちの弟、ちょっといい男に書き過ぎてるんじゃない？」

子供達が見ている挿絵を覗き込んだドリゼナが、絵の中のタリスを見て文句を言った。

「そうしないと幼い子供達が憧れません」

「だいたい、この林檎姫もなんでこんなに薄いのよ。実物みたいにもっと太らせなさいよ」

「薄くはありません。むしろ大きい方でしょう。絵本なのでドリゼナ姫の要望に応えていたら保護者に嫌われます。イーズ姫を忠実に描くとしたら、大人向けですね。あ、変な意味ではなく、歴史書とか、しっかりした読み物という意味です」

「はぁ、つまんないことを言う男だこと」

イーズが口を挟む間もなくドリゼナが文句ばかりを言った。彼女の言う通り直されたら、イーズは恥ずかしくて出版拒否するだろう。

「ドリゼナ様、あの、ほどほどにして差し上げてくださいませんか？　イーズ姫は宮殿から外に出ず育ったため、本当に繊細な方で」

黙っていたウィドは、おどおどとドリゼナに声をかけた。

「ウィド、いつから私よりも他の女の味方をするようになったの？」

「いえ、イーズ姫がまた胃薬を服用するようになられても困るので」

「あの美味しい薬ならいいじゃない。美容にもよさそうよね。私も欲しいわ」

「イーズ姫は酔いやすいので、服用するのは苦い丸薬です。それに妖精達から譲ってもらえているのは、イーズ姫が彼らに対価として大量にお菓子を焼いているからなんですよ。妖精は金銭には興味がないので、対価となるものを差し出すのは本来とても難しいんです」

「その生意気な脂肪の塊とお菓子作りね。男受けは抜群じゃない」

「ドリゼナ姫の魅力は、もっと別な部分にあるので、そのようにおっしゃらないでください」

「ええ、もちろん、私の美しさは全てを凌駕するわ」

イーズは、タリスが彼女を苦手とする理由と、それでも慕う理由がなんとなく理解できた。

こんな言葉を吐いてはいるが、そのままの印象通りの女性だったら、子供達はこれほどのびのびと育たない。話を聞いていると胃が痛む相手であるのは変わりないが、陰でこそこそ虐めるような人ではないことは分かるので、近づきさえしなければ恐ろしくはなくなった。

「タリスは何をしているのかしら」

「リリ——小妖精の少女がついているから、間違いはないでしょう」

アーヴィが子供の頭を撫でながら言う。

タリスを見て輝かせたのと同じ目で、射殺しそうなほどに鋭く睨んできた少女を思い出す。

綺麗な女の子だった。ドリゼナや、この国の一般的な女性のようにほっそりしていて、華奢な肩をしていた。イーズの国の女性はがっしりした体格をしていることが多く、骨格と体質からしてあのように華奢になるのは無理だ。

「大丈夫だ。リリがこっちに来ているから、タリスももうすぐ来るだろ」

レムはイーズの頭上を旋回しながら言った。

「リリは浮気者にはキビシイから、安心しろよイーズ」

「そ、そんな心配はしていないわ。馬鹿なことを言わないの」

「イーズのことだから、帝国の人間は変な奴ばっかかとか思ってるんだろ」

「おおお、思ってないわよ！」

本音をバラされたイーズはレムを捕まえてにぎにぎとした。

「見ろおまえ達！　これが理想のにぎにぎだっ！」

「だからやってる私にすら違いは分からないわよ！」

イーズはレムをにぎにぎしながら、考えた。タリスはイリアを子供扱いしていた。もし彼の心に残っている女性がいるとしたら、彼女ではない。

心配なのは、この国の女性の雰囲気や体型などだ。タリスの母親も細身なのだろうと予想できる。そして男性は自分の母親に似た女性が好きだと何かで読んだことがある。

タリスがドリゼナを叱りつけていた時の言葉を思い出して、胃がしくしくと痛んだ。ドリゼナが言うところの脂肪の塊について、タリスにそこまで気を遣われているとは思ってもいなかった。

「ほら、来たぜ」

レムは出入り口を指さした。まずはリリが、そしてタリスとイリアが入ってきた。

イリアはタリスの背に隠れて、イーズを睨み付けた。

「反省はしていないみたいね」

「女の目だ」

妖精達の言葉にイーズはどうしようかと悩む。そして、自分が大人になって、気にしないふりをすることにした。タリスのことも、今は考えても仕方がない。そう受け流そうとした時だった。

「噂じゃ絶世の美女だ何だと言われてるけど、当てにならないわよね。こんなデブだなんて思わなかった」

イーズはいつか投げつけられるのではと思っていた言葉を他人から聞いて、びくりと震えた。だが不思議と、傷つきはしなかった。

他人の悪口を言うことでその人物を貶め、自分をよく見せようとする人間がいる。それは逆効果だと分かっていても、口にしてしまうのだ。イーズの妹がまさにそういう人間だった。

今まで常識のある大人達は誰も言わなかった、それでも覚悟はしていた言葉を言われても、気になるはずがない。その理由が、タリスに対する好意から来るどうしようもない感情からだと分かっているから。

「大丈夫です。今日一日、こちらの人外の美貌の持ち主に私のふりをさせて歩き回ったので、何の問題もありません」

イーズはすぐに開き直り、胸を張って言った。

「イリア！　なんてことを言うんだ⁉　俺の話を聞いてなかったのか⁉」

唖然としていたタリスが慌ててイリアを叱りつけた。

「聞いていたわよ！　天使様に言われて、この人を守ってるんでしょ。タリス様は、いつからそんなに信心深くなったの？　国を守る義務感から？」

「違う。あの天使は関係ない。冗談じゃない！　俺はイーズと楽しく過ごしていると言っただろう。無理矢理じゃない。天使なんかに言われて捧げるほど、俺の剣は安くない。義務感だけなら捧げていない。イーズだから捧げたんだ」

たたみかけるようにタリスが言ったのは、嬉しい言葉だった。嬉しいと言って、彼に駆け寄って、抱きしめたいぐらい。

「彼女は世界で唯一の俺の理解者で、同志で、大切な人だ」

だが素直に喜ぶには、喉に引っかかる言葉だった。たまたま、彼の趣味を受け入れて、一緒に楽しんでいる最初の異性、というだけのように思えた。

「タリス様は憧れていた本物の騎士になれるから、剣を捧げたんでしょう」

「違うって言ってるだろ。俺が未知の場所に留まるのが心配なのは分かるが、森の生活に不自由はないし、凶悪な魔物も近寄ってこない。たまに見たこともない変わった生き物が見られる。一度来ればあそこに住みたくなる気持ちも理解できるはずだ。グレイル兄上も、落ち着いたら見に来る予定があるから」

「そうじゃなくてっ」

タリスに子供扱いされたイリアは、声を荒らげて彼の言葉を遮った。

「イリア、そろそろやめなさい」

ドリゼナがイリアを止めた。

「タリスが理解者や同志とまで言うなら、残念ながら諦めさせるのは無理ね」

ドリゼナはイーズを見た。彼女はタリスの趣味を知る数少ない人物だ。

「あなた、料理は」

「生活に困らない程度には……」

「タリスには手伝わせているの？」

「え、ええ。刃物の扱いはタリス様の方がお上手ですし、手伝っていただきます」

当たり障りのない言葉で誤魔化しながら、ドリゼナの真意を探る。

「買い物が少なかったけど、時間がなかったの？　買ってもらえなかった？」

「いえ、よく選んで、部屋に置ける分だけを」

「ちっ」

なぜか舌打ちされ、イーズはびくりと震えた。

「つまりタリス殿下は、絵に描いたような家庭的な女性が好みで、温かい家庭に憧れていらしたのですね。それで殿下が揃えたにしては女性好みの可愛らしい家になっていたと」

サライが帽子をいじりながらくつくつ笑う。

温かい家庭に憧れていたとはかなり違うが、彼の趣味の結果としてそうなるのは間違いない。

「お、男の趣味で揃えたら、イーズにも妖精達にも似合わないから仕方がないだろう。家庭内は女性の趣味に合わせるのが一番だ」

「ええ、ああいったお宅はそれが一番です。完璧な、絵本の中に出てきそうな幻想的な家でした」

「あの家は、おまえも前に会った大地の民が作ってくれたんだ。イーズは彼らに愛されているから、鍛冶以外のこともしてくれる。色々と教えてくれた。大工仕事はやってみると楽しいよ」

サライは頷く。

「そしてイーズ姫の作るお菓子を食べたり、妖精達と遊んだりして過ごすと」

「そうだ。絵本に書かれても人々の幻想を壊すことのない生活だ」

タリスが誇らしげに胸を張るのを見て、イーズは思わず笑ってしまった。

「まったく、満ち足りた顔をして」

「いてっ」

ドリゼナはタリスの頬をつねり上げた。ウィドが慌てて声をかける。

「あ、あの。タリス様、今日は初めて林檎の木と離れたのですし、そろそろ一度お戻りになった方がよろしいのでは？」

「そ、そーらな。あねうえ」

タリスはドリゼナの手をゆっくりのけて、笑みを浮かべた。

「ゆっくりしたいのは山々だが、一度戻って様子を見てこないと」

逃げるが勝ちという言葉もある。

「何よ。姉が来たのにすぐ帰るなんて薄情な弟ね」

「俺は男だから、ここにいたら政治絡みのごたごたに巻き込まれるんだよ。兄上に頼まれたことがあるから、これから頻繁に通うことになると思う。その時はまた顔を見せるよ」

それがいいだろう。イリアには可哀想だが、これ以上拗れるのは胃に痛いから遠慮したい。

タリスはイリアに向き直る。

「本当に心配しなくていいよ。こんな暢気な妖精が住むような場所が、危険なはずがないだろう」

イーズは逃げたいだけだが、タリスにとっては親戚の女の子だ。子供好きの彼は、可愛がっていたのだろう。

「でも、イリアが心配してくれたのは嬉しい。今度はお土産を持ってくるよ。妖精の郷にしか咲かない、珍しい花があるんだ」

爽やかに笑うタリスを見て、イーズはふいに気づいた。てっきり大人の対応をしているのだと思っていたが、あまりにも子供扱いすぎる。自分を慕う女性にそんな残酷なことができるのかと思ってリリに問いかける。

「ひょっとして……タリス様って気づいてない？」

不意にそんな気がしたのだ。

「気づいてないわよ。他の子達と同じ妹だと思ってる」

イーズの耳に口を寄せてリリは答えた。肯定されてしまい、イーズは笑顔を維持するのが難しくなった。

タリスは鈍感だ。気が利くからそんなことはないと思い込んでいたが、とうとうそれを否定できなくなってしまった。

イーズの祈りの絵は、気づいてほしいという願いなのかもしれない。

自分でもできるだけ目を逸らしていた、彼に恋する気持ちに、気づいてもらいたいという願いに。

三章　妖精の郷に団体客が来ました

イーズは日常に戻って、英気を養った。

帝都は楽しいが広くて疲れる場所だった。落ち着いた森に慣れると、どうにも人が多い場所は疲れてしまう。それは人目を気にしすぎるからだと、妖精王はからかうが。

今朝はやる気が出ずに、朝食後も居間でまったり過ごしていた。

「イーズ、一週間も経つのに気抜きすぎだろ。おれのベルトはいつ完成するんだよ」

レムに言われて、ソファに埋もれていたイーズは身を起こした。

「レムのじゃなくて、みんなのよ。そんなこと言うならレムの帯は作らないわよ」

「それはダメだ！」

リリだけずるいという彼らのために、リボンの代わりにちまちまと糸を編んで小妖精用の帯を作っているのだ。人間の手首に巻けるぐらいの長さなので簡単だが、数が必要なので大変だ。少しぐらいぐうたらとやってもいいはずだ。

「自分で作れるのにどうして作らせたがるのかしら」

「妖精は贈り物が好きなんだよ」

だから妖精は色々とイーズにくれる。だからイーズも彼らに何か作るのは苦ではない。タリスなど、女の子向けにより細い糸でひらひらした帯を作っている。そちらの方が作るのが楽しいらしい。そして女の子がキラキラした目を向けて彼を囲んでいる。双方幸せそうだった。

そんな彼らを見ていると、イーズもとても幸せだった。

「イーズ、まだ眠いならミントティーでも淹れようか?」

タリスはイーズの視線に気づき、編んでいた帯を置いて尋ねてきた。

「そ、そんなつもりで見ていたわけじゃありませんよ?」

この光景が好きだな、と思っていたとは恥ずかしくて言えず、ただ首を横に振った。

自分の気持ちには蓋をして、見ないふりをした方がいいと思ってしまうほど、このぬるま湯の中にいるような関係は心地よい。

「いや、何か飲み物があった方が、はかどると思ってさ」

「そうですね。こういうのは、そうやって作った方が楽しいですものね」

イーズは自分が淹れようとさっさと立ち上がった。その時、居間の扉が急に開いた。

「イーズ、客を連れてきたぞ」

小妖精のメノが元気に手を上げて部屋に入ってきた。その後ろには、グレイルがいた。それどころか、ウィドやサライ、ドリゼナや蒼穹騎士団長の姿まで見えた。その後ろにも何人かいるようだ。

イーズは自分がまだ夢の中にいるのではないかと思い、頬をつねった。

現実だった。

「きゃあああっ」

イーズは頭を抱えて逃げ出そうと、彼らがいるのとは反対側にある台所の扉へと走った。しかし、扉の目の前にいきなり誰かが現れ、その胸板に鼻っ柱をぶつけた。

「イーズ、悲鳴を上げて逃げるのはそろそろやめろ」

呆れ顔をして道をふさぐ妖精王を、イーズは睨み上げた。

「あなた知ってて先に何も言わなかったの⁉　せ、せめて着替える時間をくれたっていいでしょ⁉　なんでこんなにたくさん来ているのっ⁉」

「イーズ、突然の来客はよくあることだ。そろそろ諦めるか、日頃から気を抜かないようにするといい」

いつものにたにた笑いが、わざとだと物語っていた。

「嫌がらせは楽しい？　ねえ、楽しい？　お誘いしたグレイル様はともかく、この前会った人達みんないるっておかしいでしょう？　しかも蒼穹騎士の方まで！」

「そうだ！　姉上が来ると知ってたらちゃんと掃除しておいたのにっ」

タリスまでも妖精王に掴みかかった。ちゃっかりと、帯は籠の中にまとめて入れたようだ。イーズを手伝っているとタリスとしては色々誤魔化せる。可愛い方の帯も、イーズは作れないわけではないし。

「いや、部屋は綺麗だろう」

タリスに胸ぐらを捕まれた妖精王は、部屋を見回して首を傾げた。

「うちの姉上は窓枠を指で撫でて、ふっと息を吹きかけるようなことをするんだぞっ！」

「そ、そうか。では、彼女達は私の家に連れていこう。ここは家以外には何もないし、さすがにこの家には人間の子供達が入り切らないからな」

「子供？」

「そうだ。外にいる。子供達も来たいと言うから、仕方なく招いたのだ」

タリスの弟妹達だろう。子供が来るとなれば、妖精達は喜ぶ。だから妖精王は拒否できなかったのだ。彼はなんだかんだで、お願いされると断らない。

「……なら、案内して差し上げてくれ。妖精に配る予定の菓子をやろう。俺が用意しておくから」

「わかった。これ以上イーズを怒らせたら、また妖精達に叱られてしまう。先に行っているから、イーズは着替えて、好きなだけ顔をいじってくるといい」

普段から周りの妖精達に叱られていたのに、また怒らせるような悪戯を仕掛けているのだと知って、イーズはため息をついた。妖精は悪戯したいという衝動には逆らえないのだ。やってみたいと思うと、ついやってしまう存在だ。それは理解しているが、見た目が立派な妖精王にやられると、どうしようもない疲労感に包まれる。

「じゃあ、お願いね」

イーズは妖精王の背後にある、台所側の扉から奥へと向かった。

身支度を整えたイーズは妖精が設置した、妖精の郷へ繋がる扉を開けた。出口は妖精の郷の中央にある、妖精王の大樹の家の中だ。

イーズの隣にタリスはいない。蒼穹騎士団長はタリスに用があるらしく、連れてきた蒼穹騎士とウィドとともに家に残ったのだ。代わりに幼い小妖精のチェトがイーズの肩の上にいる。

「わぁ、妖精王のおうちに子供がいっぱいいる！」

子供達は大樹の家の中で、小妖精達と遊んでいた。チェトはそんな祭りのように賑やかな様子を見て、跳ね上がって喜んだ。

外に出ると、小妖精だけではなく、郷中の暇な妖精達が集まっているようだった。妖精達が持ち寄ったらしい木の机と椅子に女の子達が集まり、花をひもでくくっていた。

「あら、虹の花？　花畑に行ったの？」

「そなたらの家に行く前にな。子供が喜ぶだろうと思って」

上から妖精王の声が降ってきた。彼は寝室の窓から飛び降りる。その肩には、やんちゃそうな人間の女の子が乗っていた。

「……妖精王も子供が好きなの？」

「子供が嫌いな妖精は全体を見ても少ないぞ。大地の妖精は数少ない例外で、特別子供が好きではないな。子供が普通に生まれる環境だからだろう。だから拾った孤児の引き取り先がどうしても見つからない場合、押しつけられることもある。彼らはちゃんと子育てできると知られているから」

大地の民の面倒見のよさを思い出し、イーズは納得しながら周囲を見回す。するとお祭り騒ぎを熱心に写生するサライを見つけた。他には下を向いて書類を読むグレイルと、優雅にお茶を飲むドリゼナも同じテーブルを囲んでいた。

「この前も私の家を描いていたが、そんなに珍しいか？」

妖精王はサライに問いかけた。

「もちろん、素晴らしいの一言だ。まさに幻想の地の象徴！　前は妖精達が隠れていたが、今日は完璧だ。子供向けの妖精の本でも書こうかな」

絵本好きの彼は、話しながらも手は止めなかった。タリスとは趣味が一部かぶっているように見えるので、どうにも憎めない。

「登りがいのありそうな木だが、誰か勝手に登ったりしていないだろうな？」

グレイルは書類から目を離して、大樹を見上げた。

「登りやすそうよね。着替えてこようかしら」

「やめて！　姉様やめてっ！」

ドリゼナが呟いた瞬間、遊んでいた子供達が、すっ飛んできて囲んで止めた。彼女に育てられている男の子が必死に止めている、つまりやりかねないのだ。

「登りたければ登るといい。死んでもらったら森に悪い影響を与えるからとても迷惑だが、まあ登りやすそうだと自分で言うなら、落ちるような間抜けなこともないだろう」

「妖精王、やめてっ」

子供達に止められて、妖精王はケラケラと笑った。

「冗談だ。くくっ、タリスの姉に比べたら、そなたらの方が手間がかからないような気がするな。

生まれる性別がタリスと入れ替わってしまったのだろうか？　あの男も私の家を見て目を輝かせていたが、普通に階段を使いたがったぞ」

もしタリスが姫君なら、白馬の王子を夢見る乙女趣味の姫君で、普通すぎるほど普通に育っていたように思えた。もしくは反対に、騎士になりたいお姫様という、周りが頭を抱えるようなお転婆に育っていたか。

「もしドリゼナが男だったら、私も競争相手として潰していただろうな」

グレイルはサライの横で書類を眺めながら言った。

「グレイル、ここに来てまで仕事をしなければならないほど忙しいなら、なぜ来たのだ？」

妖精王は呆れてグレイルに問う。

「あ、その仕事馬鹿は気晴らしで来てるだけだから、気にしちゃだめよ。弟妹が遊んでいるのに、一人だけ宮殿で仕事するのが嫌なのよ」

ドリゼナはグレイルの足を靴の先端でつつきつつ彼の代わりに答えた。

「私は嫌だわ。競争相手なんかになってこんな風に苦労するなんて。あら、お菓子？」

ドリゼナはイーズが持つ籠を見て手を差し出した。

「林檎のケーキよね。妖精に配ろうとしていた。特別なやつ？」

「まあ、妖精が一番好きなやつです」

イーズは机に布を敷いて、その上にケーキを置く。四角い型で焼いたので足りなくならないよう切り分けられるはずだが、子供達は正確に何人いるのかと数えた。

「うちの子は十七人よ。家の中を探検している子達が他にいるから」

「かくれんぼですか?」

イーズが問うと、ドリゼナは首を振った。

「探検よ。珍しい物を物色しているの。この前いた綺麗な男がチビ妖精を連れて追っているわ」

妖精達も楽しんでいるらしい。

「あなた達、いらっしゃい。絵本のケーキよ」

ドリゼナは家の中に呼びかける。すると家の中が騒がしくなり、すぐさま子供達が外に出てきた。

その中に、先週イーズの記憶に残ったイリアがいた。

「絵本のケーキ?」

「そうだよ。美味しいんだ。イーズは前の林檎姫と違ってぼくらにも焼いてくれるから大好き」

現在絵本になっている前の林檎姫は、大地の妖精以外にはケーキを焼かなかったらしい。

子供達は集まってじっとそのケーキを見た。妖精達と違って我先にと飛びかからないのは、育ちがよく躾《しつけ》が行き届いているから、そしてドリゼナが平等に扱っているからだ。

そしていつもなら勝手に持っていく妖精達は、子供達に食べさせたいがために、よだれを垂らしながらも誰も手を出さない。

「えっと……誰か、取り分けたい?」

「では私が」

と、妖精の女戦士が前に進み出た。イーズは彼女に任せて、サラライの隣に座った。

「サライさん、あのケーキはたくさんの妖精に配るために、見栄え度外視で作ったケーキなんです」

「そうでしょうね。形が庶民的ですから。普通に美味しいんですよね、あのケーキ。ああ、私は何度か林檎祭りの日にガローニに行ったことがあるのですよ。あの国は景観もおとぎ話の世界のようですからね。好きなんですよ」

「この森ほどではありませんが、妖精の存在を感じられるおとぎ話の国ですからね」

イーズは妖精だらけの広場を見回して言った。金属と石の国である故郷とは似ていないし、住んでいる妖精の種類も違うが、そんなわずかな共通点があるこの森が好きだ。

「ほんと、タリスが帰りたがらないはずねぇ」

ドリゼナは周囲を見回した。タリスの趣味を知っていたら、彼にとってここが楽園であることはすぐに察することができるはずだ。

サライがドリゼナに話しかける。

「タリス殿下も夢物語がお好きなようですね」

「夢物語？　そりゃあ好きよ。騎士の話は夢物語ですものね。妖精に助けられる騎士の話というのもあったわよね」

「ええ、そういう部分が好きだという点で趣味が合いそうなのですが、タリス殿下には嫌われてしまいまして」

「楽器を持って、歌でも歌えばいいんじゃない？」

「はは、私はこう見えて音痴なので無理です」

意外な苦手分野に、皆は驚いて彼を見た。

「そんな目で見ないでください。私は魔術師。仕事は字や絵を描くことですよ」

「それは作家でしょ」

「いいえ。魔術師としてもそれが本業です。それらを利用して術を使うのです。ドリゼナ姫がご存じの樫木の賢者殿とは、得意分野が違います。それに、彼にとって妖精は力を貸してくれる存在、私にとっては使役する存在という具合にも違います」

サライがイーズの肩からテーブルに飛び移ったチェトの頬をつつきながら言うと、チェトは首を傾げる。

「あんたは妖精がきらいなの？」

「好きだよ。使役するからといって、虐待したり、無茶振りなんてしない。信頼関係が大切だからね。それに妖精は使役するより、愛でたい対象だから」

チェトの問いに、サライは首を横に振った。

「タリス殿下も妖精がお好きなようだね」

「ったりまえだ。タリスはいい奴だし、懐かれると嫌ったりできない性格なんだよ。大きい奴らや大地の奴らとは、よく剣の稽古をしているしな」

幼く何を言うか分からないチェトを心配して、メノが口を挟んでくれた。

「いかにも騎士らしい騎士だ。このまま林檎姫の騎士として、立派に勤め上げてくれればいいのだが……」

サライは上を向いてため息をついた。そして、大樹のてっぺんを見ようとのけぞる。

「ああ、やはりいい。妖精の郷の外観も、妖精達の生活も。子供のおかげで俄然それらしくなっている」

サライは見晴らし台から手を振る少年に手を振り返し、この空気を満喫した。

「そういえば、イーズ姫は先の戦の際、どうして自分を誘拐した妖精達に手を貸そうとしたのですか？　皇帝陛下に敵対するのは、さぞ恐ろしかったでしょうに」

いきなり話を振られて、イーズは首をすくめそうになった。

「え、どうしてって……？」

「以前の取材では、絵本にする部分を、当たり障りのない範囲でしか話していただけませんでしたが、妖精の森に一人で捕らわれていた間、どのように過ごして、どのように林檎守《りんごもり》になることを決意したのか聞かせていただければ、きっと絵本にも深みが出ると思います」

イーズは目を伏せて、あの頃のことを思い出す。

「そうですね。本当のところは、基本的に胃痛の日々でしたけど……」

イーズは当時のことを思い出しながら、綺麗な部分のみを拾って語った。

この妖精王の家に連れてこられた後は、リリに世話され、自称見張りの小妖精達に遊び相手になるようせがまれ、食事を忘れられ、自分で初めて食事のためのパンを焼いたらほとんど小妖精達に食べられた。暇つぶしに籠を編んでいたら、小妖精達のベッドにちょうどいいと作らされる羽目になり、助けに来てくれたはずのタリスも手伝ってくれた。

そんなことをしているうちに、傷ついた妖精達を見たり、魔の森を封じていた林檎の木を切り倒されたので復活させねばならなかったのだという事情を聞いて、人間も何かしなければいけないと協力した。

戦ののち林檎の木のそばに住むようになっても、妖精達は勝手に家とこの郷を繋げてしまい、勝手に出入りするようになった。彼らのために、タリスがベッドの籠を置く専用の棚を作ったほど、自由気ままに行き来している。

そんな懐かしい思い出を、イーズは知恵を絞って当たり障りのないように語った。そうすると話すことがほとんどなくなり、あっという間に話は尽きてしまった。肝心の林檎の木絡みの物語は、林檎の栄養にする感情を集めるために、妖精王が最初から仕組んで作ったのだ。下手に詳細を語って幻滅させるわけにいかないから、本当に話しにくい。サライなら真実に気づいているかもしれないが、それでも話すわけにはいかない。

「姫から見て、タリス殿下はどんな方なのですか？」

無事に当たり障りなく語り終えた後、思いも寄らぬサライの言葉の真意に悩み、イーズは言葉に詰まった。

「……タリス様は争いを好まぬ優しいお方です。そのために私を取り戻しに来て、このままでは帝都が犠牲になると知って、妖精達に協力してくださいました。妖精王が協力を仰いだ他の方は皇帝陛下に切り捨てられてしまったのに、タリス様をはじめ、他の騎士の皆さんは真っ正面から対立することを選んでくださいました」

「グレイル殿下はいかがでしたか？」

サライは意地の悪い顔をして、グレイルを横目で見た。

「もちろん私は――妖精王から前もって忠告を受けていたからな。同じく忠告を受けた者達とともに父を止めたぞ。だが父が家臣の忠言に容赦なく刃《やいば》を浴びせたのは知っているだろう。独断で妖精達のもとへ向かったタリスが上手くやってくれるのを祈って、妖精達を上手く逃がすぐらいしかできなかった。まさかその結果、天使に取り憑かれ……いや守護を与えていただけるとは」

イーズも同感だった。その上、戴冠式でまた天使を呼び出す羽目になるとは思いもしなかった。

「あの弟はすごい奴だよ。誰もが恐れる父上に刃を向けて、私にはできなかった無血解決を実現してしまった。天使の加護があっても、それができる勇気のある者など他にいなかっただろう」

「いやはや。それだけ聞くとまさに理想の『王子様』ですね。これだけのことをやって、血なまぐささのない話は珍しい」

小妖精を切れなかったというのがタリスが動いた理由だったのだが、それは内緒にすべきだろう。

「ここは血を流すのを控えるべき森です。そういった方でなければ事態は好転しなかったでしょうね。今はせっかくの剣がお飾りになっているのが少し寂しそうですが……」

タリスの場合、よほどのことがなければあの武具を実戦に用いて汚すことはしたくないだろうが。

その時、ふと誰かが背後に立っているのに気づいた。

「ですが、剣で血を流さぬのは理想ですよ。タリス殿下にはそんな姫君の騎士が性に合っているのでしょう」

サライはイーズの背後に視線を向けながら言った。

「でも、それでは腕が鈍《なま》ってしまうのでは？」

イーズの後ろにいた誰か——イリアはそう言って別の場所から椅子を引っ張ってきて、どかりと座った。

「タリスはよく妖精と剣を交えている。うちの妖精も剣は使うし、大地の妖精も優秀な剣士だ。練習相手には十分恵まれている」

妖精王が林檎のケーキを手にして言う。

「イーズの騎士であるタリスが弱ければ、大地の妖精は許してくれない。彼らとの稽古中に徹底的にしごかれているというわけではないから、彼らが認める水準を維持しているという意味だ。だからそなたは心配する必要はない」

「そうね。そんな心配は必要ないでしょうけど……」

イリアは悔しげに唇を引き結ぶ。そんなイリアの前に妖精王は切り分けたケーキを差し出した。

「人間にはさして美味くないかもしれないが、そなたも食べてみるといい。新鮮な林檎を使った、私達妖精にとってはこの世で最も贅沢な品だ」

イリアは妖精王の笑顔を見て、渋々ケーキを手にした。

「こんな庶民的な物をグレイル様に食べさせるだなんて」

言いながら、彼女はケーキを食べた。

「だが、美味しいだろう？　素朴さと林檎の甘酸っぱさがたまらない」

グレイルは書類から顔を上げて、イリアに微笑みながら自分もケーキを口にした。

「はい。とても、美味しいです」

彼女は悔しげに頷いた。

「あんまり美味しいと思っていなさそうだな。いらないんならおれがもらうよ」

「嫌よっ」

イリアはメノの手から皿を遠ざけた。どうやら本当に美味しいと思ってくれているようだ。

「見た目は庶民的だが、材料費はその一切れで銀貨一枚ぐらいかかっているぞ」

その瞬間、イリアは目を見開いた。

「高っ！　ガローニ人はケチなんじゃなかったの⁉　そんな値段の物を日常的に食べてるのっ⁉」

見た目はただの焼き菓子一切れだ。イーズは思わず反論する。

「そんなわけありません。これは妖精用に作った物で、霊薬になる高価な香辛料が入っているから高くなってしまうんです。ですが庶民には手が出ないので、普通は省きます」

「そ、そう。びっくりしたわ。そういうことね」

彼女はほっと胸を撫で下ろす。

「ごめんなさいね。この子もケチなのよ。あ、倹約家ね」

「お姉様が次々と子供を引き取ってくるからじゃない！」

ドリゼナが庇うとイリアは恥ずかしそうに抗議した。だが、ちゃんと面倒を見ているらしい。

「タリスも手伝ってるんだぞ」

「タリス様にそんなことをさせるなんて」

イリアは小妖精を睨み付けた。

「なんでだよー。タリスを仲間はずれにしたら可哀想だろ。人間の男は菓子作ってみたくないの？」

小妖精の問いかけに、子供達は首を傾げた。

「男も作れるの？」

「ったりまえだろ。タリスだって作れるんだぞ。……そりゃあ、見事な包丁捌《さば》きなんだ」

一瞬焦ったが、イーズが睨むと小妖精は剣を振り回すような仕草で言葉を付け足した。

「そういえばタリス兄様は来ないの？」

「タリスは天主の騎士に鎧の自慢中だ。ここじゃ自慢できる相手がいなかったから、きっと大喜びさ。いつでも自慢できるようにぴかぴかに磨いてるんだ」

イーズは男性だけで楽しく語らうタリスを想像する。武具を自慢できて、喜んでいるだろう。

◆◇◆◇◆

タリスは先ほどまでイーズと帯を作っていた暖炉のある広い居間で、なぜか蒼穹騎士達と向き合っていた。騎士団長のロビンと、友人のフェルズ。そして知らない顔があと二つ。ウィドも残ってくれたが、彼は話下手なのであまり口を出さないだろう。

「いいお宅ですね。使用人もいないのに、手入れが行き届いている」

ロビンが部屋を見回しながら言う。

「俺もイーズも綺麗好きで。大地の民に色々と教えてもらったんだ。この家を建てたのも彼らだ」

「器用な種族だと言いますからね」

彼は頷き、切り分けた林檎のケーキを口にする。

「美味いだろ」

レムはロビンの肩に乗って我が事のように自慢した。

「ああ、美味いな。店で売っていたなら常連になっていただろうな。作り方を知りたいくらいだ」

「おっさん、お菓子作れるの？」

「いや。だが聖堂長が作ってくれるだろう」

ほうほうとレムは頷いた。大聖堂にはリリしか来なかったので、知らないのだ。

「可愛らしい妖精ですね。妖精と敵対して心を病んだ者が多数いましたが、その妖精に慰められて立ち直ったとか。気持ちが分かるような気がします」

「ああ、ダチが人間達をおちょくりに行ってたな。楽しかったって」

「楽しかったのならよかったよ。きっと彼らもそう思っている」

妖精は人間をからかうのを楽しみとしている。子供のようなからかい方だから、本気で怒る気にはならない。ちくちくした木の実を首元から入れられたりと、むしろ笑ってしまうようなことばかりだ。

「レムは子供達のところに行かなくてもいいのか？」

「ガキどもとはいつも遊んでるから、外に出ない奴らに譲ってやるんだ。客はもてなさないとな！」

タリスは苦笑する。

「妖精は客人をもてなすのが好きなんだ」

「なるほど。サライ殿の創作もはかどりそうですね」

「あいつのこと、詳しく知っているのか？」

「いえ。ですが、絵本は本気で作っているようですよ。フェルズにまで話を聞きに来るぐらいですから。それに彼の記事も読みました。聖職者から見ても、なかなか素晴らしい物でしたよ」

「なるほど」

自分の役割を忠実に果たしているようだ。

「イーズ姫を貶めるような方ではないのでご安心ください。イーズ姫は彼のヒロインなのですから、無理にでもタリス殿下と幸せになっていただこうとするかと」

あの嫌味は、彼なりにせっついていたからなのだろうか。

「タリス、顔が赤いぞ」

「レム、放っといてあげて」

ウィドが止めると、レムはわざとらしくやれやれと肩をすくめた。

「それよりも、俺に何の話だ？　イーズがいてはまずいような話を？」

彼はタリスの鎧を見たいという話だったが、鎧のある部屋に案内しようとしたらイーズ達が出ていくまでと止められたのだ。

「いえ、おそらく女性には興味がない話ではありますが、聞かれてまずいことではありません。実はグレイル殿下からタリス殿下の鎧は召喚できると伺いまして」

「ああ、できるが……」

鎧ではなく召喚に興味を持たれていたらしい。理解はできるが少し驚いた。

「蒼穹騎士にとっても珍しいのか？」

「もちろんです。物を召喚すること自体難しいのですから」

タリスは立ち上がり、鎧を呼び寄せる。ずしりと身体が重くなり、鎧の圧迫感を感じた。

「なんと、素晴らしい」

「あぁ、なんて素晴らしい輝きだ。団長の鎧とはまた違った味わいの素晴らしい鎧ですね」

「やはり最新の物なのだろう。傷一つない新品だ」

「新品！　これを個人で所有など、うらやましい！」

騎士達は惚れ惚れと鎧を見つめた。

「便利すぎて普通に鎧を着るのが面倒臭くなってしまった」

タリスは肩をすくめて、鎧を元に戻す。鎧が脱げて身体は軽くなり、首を回す。

「これで飾ってあった部屋に戻っている」

「なんて便利なのだろう。服もそのままなら、本当に緊急時にすぐさま武装できる」

蒼穹騎士は人々から助けを求められれば、救うのが仕事である。相手によっては完全に無償で奉仕することすらあるのだ。武装していなくとも、弱者を守るために身体を張る必要がある。

「これは妖精王にかけてもらったまじないだが、レム、分かるか？」

「おう。知ってるぜ。基本は難しくはねぇよ。でも、ものすげぇ制限が厳しいんだ」

彼はロビンの肩の上で立ち上がった。

「鎧を呼び出せるのは祝福、つまりは鎧を主と結びつける契約の魔法を刻み込んだからだ」

「制限とは？」

「個人所有なら問題はねぇけど、他の誰かが着る可能性があるとややこしいんだ。タリスがいつでもイーズを守れるようにするための鎧だから、タリス以外は着ないだろ。タリスが生きている間は何の問題もない。手順を踏めば子孫に受け継がせることもできる。だけどもし正式な後継者がいないのにタリスが殺されたら、鎧は誰も身につけられなくなる」

タリスは聞いていない事実に驚いた。

「もし後継者を立てても、そいつが鎧を手に入れるために画策してタリスを殺したら、タリスがどう思っていても後継者から外れる。正統な持ち主に縛り付けるためのまじないだ」

すらすらと知りたいことの答えが出てきてタリスは少し驚いた。

誰よりも好奇心旺盛でふざけている態度をとるレムであるが、その性格に反して物知りなのは知っていた。だがこうして聞くとまた驚いてしまう。

「レム君、そのように複雑な契約が可能なのか？」

「むしろそうでないと鎧を召喚して装備させるなんてできない。少しでも身体と鎧が重なったら、めり込んで大変なことになる。自分の鎧で身体が真っ二つなんて恐ろしいだろう？」

想像するだけで恐ろしい光景だった。

「融通が利かねぇから、後継者の定義をちゃんとしないと、誰にも身につけられない呪われた鎧になりかねないんだ。タリスのは持ち主が決まってるから別にそれで構わないけどさ」

「では、蒼穹騎士団長と限定すれば？」

「そりゃあ団長限定にすれば、比較的安全な契約が可能だな。けど騎士団長以外は着られなくなるし、騎士団長が前騎士団長を殺していたら着られない」

「殺人犯が騎士団長になっては問題だから、かえってよいのでは？」

「例えばだ。騎士団長が悪人になって鎧を悪用してたとするだろ。それを殺した奴は、次の騎士団長になっても鎧を着られないんだ」

「普通の組織だと、前責任者を討った者がその後釜になるのはよくあるな」

「それで後を継げなくて悲劇が起きたことがあるんだよ。騎士団長じゃなくて王様だったけど、同じように悪い王様を倒したら、王の証《あかし》から拒まれたんだ。タリスの鎧に似た祝福のかかった王杖《おうじょう》だったらしいけど、象徴的なものから拒まれるってのは、心情的にも社会的にもけっこう引きずるみたいで、後半はおまえ達の皇帝ほどじゃないけどダメな奴になった」

「あぁ……」

タリス達にとっては歴史として知っているだけの、既に滅んだ国の話だ。だがレムは同じ時代を生きていた。

「高位の存在がやるとまじないも強くなりすぎるから、個人の所有物以外にかけるのはやめた方がいいぜ。個人所有のもんでも、困った時に売っ払うこともできなくなるし、財産にならねぇ」

現実的な話に、皆はため息をついた。

「……そんな話聞いてなかった」

「タリスの鎧は、売られるぐらいなら大地の奴らが壊しに来るぜ。フェルズの鎧も多少雑な出来だけど似たようなもんだから、まじないをかけてもいいけど、子供のことを考えたら重荷になる。食うに困ってるのに売れない宝ってのは、目の前にあるからこそ厄介なんだよ」

フェルズは残念そうにため息をついた。彼もタリスほどの出来ではないが、大地の妖精から鎧をもらっている。

代々の家宝として残してほしいが、子孫だって好きで財産を売るはずがない。売るに売れず破産して一家心中という話も聞いたことがあるので、決断は難しい。

「レムは本当に見た目に反して賢いな」

「はっ！　おれは可愛いだけじゃねぇんだよ！　おまえらよりも年上なんだ！　敬いなっ！」

彼は肩から飛び立ち、机に乗って胸を張った。

「話を戻すけどさ、どうしても盗まれないようにするぐらいなら、人間にもできるぜ。サライかウイドに相談してみろよ。そういうのはサライの方が得意そうだな」

「サライさんが？」

作家としての彼しか知らない蒼穹騎士の一人は首を傾げた。

「ああ。契約とかそういうのの類いだからな。神霊使いは決まりを守り、隙を見せずに悪魔やら天使やらを使役する、きっちりした奴らだ。つまりおれみたいな奴だな。ウィドはもっと直感的な、つまりゆるゆるっとした、なんとなーくなことが得意なんだ。つまりリリみたいな奴だ」

それを聞き終えると、フェルズは呆れ顔でレムをつついた。

「胸をつんつんはやめろ！　ほっぺたか腹にしろ！　腹ならこしょこしょでも、なでなででもいいぞ！」

「あいかわらず理解に苦しむ要求を」

要求に答えてこしょこしょし始めるフェルズを見て、他の騎士達は微笑ましげに眺めた。

「本当にいい場所だ。タリス殿下が森で満足されているというのも、偽らざる本心なのですね」

ロビンの言葉にタリスは頷いた。

「性に合っている。兄上には悪いが、兄上のように神経がすり減るような生活は好きではない。だが兄上なら、父のように生まれたばかりの息子を母親ごと保護しなければならないような環境にはしないだろうし、俺も安心して俗世を捨てられる」

「はは、ドリゼナ姫もグレイル様に、子供と妻は指で数えられるだけにしておけと忠告なさっていましたよ」

「だがグレイル兄上は、どちらかといえば妻を増やしたがらない純愛好みのお方だ。それにその気のない相手に無理強いはしない。イーズを気に入っているのに素直に手放すぐらいだから、父上とは違う」

手放してもイーズに会えば他の者よりも温かく迎え入れ、態度も柔らかい。イーズに普段のグレイルを見せたら驚くだろう。仕事中は冷たいし、日頃から皮肉の多い男だから。

「そういえば、街ではイーズ姫の美しさが噂になってましたよ」

フェルズがレムを撫で続けながら言った。

「それは……アーヴィか？」

「おそらく。イーズ姫は顔を隠しておいででしたからね。まあ、姫の思惑通りになってよかったんですけど、タリス様はそれでいいんですか？」

「そりゃあ、いいとは思わないが、無理に前に出すと彼女は霊薬に手を出すんだ。化粧なしで人前に出るのを恐れているから、来る時は事前に知らせてくれ」

「あいかわらず拗らせておいでですね。まだ呪いの鏡にひどい顔を見せられたのを引きずっておられるのですか？」

呪いの鏡とは、本来は『見たい自分』が見える鏡で、普通は美化されて見えるのだが、自分に自信がなさ過ぎたイーズの場合は、逆にひどい顔に見えていたらしい。

「いや、妖精王のせいだろう。せめて人間離れした美女という噂がなければな。イーズは普通に可愛いから自信を持ってほしいのだが、さすがにあの噂は……な」

二人きりなら何も問題ない。だが他人が絡むと、どうしても拗れてしまう。

「天使のクシェル様に言われても無駄でしたからね」

「戴冠式も本音では出たくないようなんだ。式が始まったらこっそり隠れようって言い出すぐらい。晩餐会に出ろなんて言ったらまた胃痛で……いや、心労で倒れかねない」

「はは……いざとなったら、度胸のある姫君なんですけどねぇ」

「そんなところも可愛いし、それでも姉上に比べたら説得がずっと楽だ」

ウィドほどではないが、わがままに振り回されたことのあるフェルズは苦笑する。

「姉君と言えば、姉君の義理の妹さんが来ていますが、大丈夫なんでしょうか？　前にイーズ姫に突っかかったとウィドさんから聞きましたが」

フェルズが両手でレムを揉みながら言うと、ウィドも苦笑して頷いていた。

「イリアか。昔っから他人の世話が好きな子だったが、困ったもんだ。俺のことは心配するなと言ってるんだが。だが妖精の郷を見たら、別に未開な森に住んでいるわけではないと理解してくれるだろう」

お転婆な子だから、童心に戻って妖精達と遊んでいるかもしれない。彼女はまだ遊びたい盛りの年頃なのだ。

「えぇ……あの女の子、理解してくれるかぁ？　どうせまた突っかかってるだろ」

「レム、イリアはそんなにピリピリしていたのか？」

レムが首を傾げた。タリスはちらりとしか見ていなかったが、きっと機嫌がいいはずだと思い込んで気にしていなかった。

「いや、そうじゃなくて。タリス様、イーズ姫との関係に、何か進展はありましたか？」

フェルズが言いにくそうに尋ねてくる。

「し、進展……？　いきなりどうしてそんな話に？」

「あ、いえ、グレイル殿下も、そろそろ吹っ切れさせて差し上げた方がいいんじゃないかなぁと」

タリスは友人の言葉ではたと気づいた。

「兄上が落ち着くまではと思っていたが、ひょっとして、生殺しになっていたか?」

「兄君に遠慮して清い関係でいたなら、そうでしょう」

それだけではないが、それも踏み切れない理由の一つではある。

「そうか……」

「まあ、イーズ姫は箱入りですし、焦る必要はないと思いますが」

「そうだな」

イーズも今の生活に満足そうだし、自分さえ我慢できるなら、焦る必要はない。イーズを困惑させたいわけではないのだから。

◆◇◆◇◆

妖精達は、大も小も見たことがないほど顔を輝かせていた。

「すごいわね。とってもとっても上手よ!」

「そうそう、均等にね」

妖精が好む林檎のケーキの作り方を、妖精達が喜んで子供達に教えているので、イーズは特にすることがなかった。小妖精達はいつもイーズがしていることを眺めているから、材料も分量も知っている。ただ自分達では身体が小さすぎて生地をこねられないから作れないのだ。

「ふふ、いつもこうなら楽なのに」

イーズはパン焼き小屋の近くの木陰で、幼い小妖精チェトを撫でながら言う。

「ちっさいこ、かわいいねー」

「チェトも小さくて可愛いわよ」

だからここで大人しくしているのだ。放っとくと生地の中に墜落しそうなので、イーズがこうして構っている。

「イーズが子供を産んでくれたら、毎日幸せなのにねぇ」

リリがふわふわ飛びながら余計なことを言った。

ドリゼナの視線が気になり、イーズはリリをにぎにぎして黙らせる。

リリにはあまりしないが、やらないわけではないのだ。遠くへ投げることだってある。

「イーズ姫にその気はないのですか？」

「え？」

ドリゼナではなく、サライに問われてイーズは戸惑った。

「イーズ姫はタリス殿下と『幸せに暮らす』ことに違和感を覚えていたりするのですか？」

「ど、どうしてそんなことを？」

「いいえ、イーズ姫は何かに引っかかりがあるように見えまして。ひょっとして、押しつけられた物語通りに生きることに、抵抗があるのかと」

イーズは手に力が入りそうになり、リリを手放した。

「そうよね。人に知られない範囲でなら、自由に生きても問題ないわけだし」

ドリゼナがケーキを食べながら言う。彼女はこれだけ痩せているのに、太るのを恐れずかなり食べている。

「タリスみたいな女々しい男より、もっと荒々しい男が好きだったり？」

女々しいというのは、彼を理解しているからこその言葉だ。

「そんなことはありません。タリス様は誠実で、私なんかにはもったいない、素敵な男性です。私のつまらない話も嫌がらずに聞いてくださいますし、頼み事も快く引き受けてくれますし」

「それ、同居人なら普通でしょ」

ドリゼナの言葉に、確かにそうだと頷く自分がいて、イーズはどうするべきか悩んだ。

すると、サライはイーズの手を包み込むように重ねた。

「タリス殿下ではなく、イーズ姫がどうお考えなのかと思っているんですよ」

「おい、こら。気安く触れるな」

書類から目を上げたグレイルは、目ざとくサライの行動に気づいて注意した。

「それを知りたいのはグレイル殿下も同じでしょう。イーズ姫が嫌がっているなら、タリス殿下でなくてもいいはずです」

「そ、そうだな。愚弟が気に入らないなら、遠慮なく言ってくれ」

イーズはため息をついた。勘のいい人には自分達の関係のおかしさがすぐに分かってしまうのは覚悟していた。グレイルやドリゼナが何か知っていたなら、答えが知りたいと思っていた。どうせなら早く楽になりたいと思っていた。

なのに、聞くのは気が重い。

「イーズ姫、以前、私に何か聞きたそうにしていましたね」

「その……」

確かにサライにもっと聞きたいことはあったが、人目が気になって諦めた。

「何か思うところがあれば、タリス殿下の邪魔が入らない今こそ、はっきりさせましょう」

「そうよ。私はなんて言うの、あれよ、はっきりしないのは好きじゃないの。はっきりさせてくれないと、うちのイリアが可哀想だわ」

そのイリアは、最初は反発していたが、すっかりケーキ作りに夢中のようだった。

「タリス様は……私や、今の暮らしに、不満があるのではないかと、思って」

イーズは途切れ途切れに不安を吐き出した。

彼のことは好きだが、不安がその気持ちから目を逸らさせ、イーズを踏みとどまらせる。

「え、そこから悩んでるわけ？」

ドリゼナは露骨に呆れ顔をした。

「妖精王は否定するんですが」

「そりゃそうでしょ。この上なく充実した日々を過ごして、幸せそうじゃない。少なくとも、お父様が無茶していた頃に比べれば、ここは楽園よ？」

「それは分かっています」

イーズはため息をついた。胃がしくしくと痛む。この場合は、胸が切なくなる、と表現すべきだろうけれど。

「タリス様は、友人としては私を大切にしてくださっていると思うのですが、異性としては、私にあまり興味がないように思うんです」

それで周りに子供を産んでほしいなどと言われても、空しくなるだけだ。

「そんなことはないでしょ」

「男女が一つ屋根の下に半年以上一緒に住んでいるのに、何もないんですよ？　私が世間知らずでも、それが意味することぐらい分かります」

「……まあ、それは変よねぇ」

ドリゼナは視線を逸らした。

世間では恋人だと思われているが、何の進展もない。半年というのは諦めるには十分な時間だ。

「タリス様には、好きな……忘れられない女性でも、いるのでしょうか？」

もしいたら、グレイルやドリゼナなら知っているかもしれない。

「いるとしたら、それは本の中ね」

ドリゼナはグレイルを見て言った。

「まあ、確かに、あるとしたらそうだな」

グレイルも静かに頷いた。

「別に恋をしたことがないというわけではなく、そんな相手がいたらどんな理由があれ、イーズ姫のような女性とは暮らさないだろう」

「では、叶わぬ恋は？　人妻とか、最初から諦めているような」

イーズと出会ってから気になる女性ができたというのは、彼の態度からして違う気がしてきた。

そこで考えついたのは、それだった。

「それはないんじゃない？　恋をすれば見て分かるわよ。あの子分かりやすいから。だいたい振られた日まで分かるぐらい」

「彼は振られたのですか？」

サライは意外そうに言った。

「うちの父は、息子の嫁にも手を出してたもの。タリスが好きになるような子が、その噂を聞いて耐えられると思う？　タリスは理由に気づいてなかったけど」

「なるほど」

実にタリスらしい理由だった。イーズもその女性達と同じ立場なら逃げただろう。逃げられなかったからこそ、タリスと理解し合えたのだ。

「私がいない間のことは、あの子の友達に聞かないと分からないけど、他に誰か気になる相手がいるというのはないと思うわよ」

「そうだな。フェルズだったか。タリスの昔からの友人だが、そんな隠し事がある雰囲気はなかったぞ。姫に剣を捧げた時も普通に祝福していた」

姉と兄が言うのだから、好きな人がいるというのは、イーズの勘違いなのかもしれない。

「ですが女性の直感は鋭いですからね。あるとしたら、そう……タリス殿下が物語のヒロインをイーズ姫に重ね合わせているから、自分ではなくまるでそのヒロイン――つまり別の女を見ているように錯覚した、とか」

サライが指を立てて、ずばりと言った。するとドリゼナとグレイルがはっと顔を見合わせた。

「ありえるわ」

「ああ、ありえる。なにせあいつは、普段から林檎姫っぽい可愛らしい服も着てほしいが、きっとイーズは嫌がるとか勝手に嘆いて、本人には何も言わないような奴だ」

遠回しにおしゃれをしないのか聞かれたことはあったが、森歩き用の服の方が楽だと言ったらすぐに諦めてくれた。本当はとても着てほしかったようだ。

「つまり理想の女性像があるということですね。本当は毎日化粧して、着飾っていてほしいと。それを言い出せないから、私に遠慮しているように感じたのでしょうか……」

だから外に出ようと熱心に誘われたのだろうか。もしそうなら嬉しいが、期待されていた分、がっかりされたらという恐怖も大きくなる。

悩んでいると、グレイルが資料を置きイーズの手を取った。

「イーズ姫がタリスに不満があるのでしたら、私の妻になるというのはいかがですか?」

イーズは驚いて彼を見た。最初の婚約者は、最初に出会った時の優しげな目でイーズを見た。

「ふふ、ありがとうございます。グレイル様は、お優しいですね」

「イーズ姫をあの愚弟に譲るのは、惜しいと思っていますから。今なら間に合いますよ」

冗談めかした言葉を笑って流そうとしたイーズは、最後の言葉に驚いた。

「サライ、間に合うの？」

リリも驚いてサライに尋ねた。

「まぁ、間に合うと言えば間に合いますよ」

「どうして？　イーズはもうタリスと結婚していると思われているのよ」

「そこが問題です。嫁入りでたまにあることですが、夫に不幸があった場合、その身内にそのまま嫁ぐというのは一般的です。ですからイーズ姫のお父君も、そういう意味でイーズ姫をこの森に置いていているのです」

イーズは驚いてサライを見た。世間や父からそんな風に思われていたとは知らなかった。

「お父様がそのようにお考えなのですか？」

「想像でしかありませんが、本当に番人をしているだけとは思ってもいらっしゃらないのでは？」

イーズは父から届いた手紙を思い出した。

父は大地の民に話を聞いたらしく、重責を負うことをとても心配してくれていたが、もう二度と戻らないことを前提とした書き方をしていて、少し傷ついた記憶がある。

それが嫁入りしたのだから家に戻れると思うな、という意味なら理解もできた。

「式も挙げていないのに……」

「どのみち私達のお父様も結婚式なんて概念は忘れていたわよ。私も自分が結婚する時に式をして驚いたもの」

　ドリゼナは自虐的に笑う。

「そ、それをタリス様はご存じなんですか？」

「当然ご存じでしょうね。タリス殿下がよそよそしかったとしたら、イーズ姫からは恋人としてすら見られていないのに、周りからは結婚したと思われていると言えなかったからかもしれません」

　つまり手遅れなことだから、言えなかったということだ。胸がしくしくと痛む。

「サライ、でも、それでどうして間に合うの？」

　リリはサライの袖を引っ張って尋ねた。

「簡単だよ。天使の前での誓いというのが、人々の勘違いを深めてしまっているんだ。天使がいれば、どんなに盛大な結婚式よりも正式な誓いになるからね。でも現場には本来の婚約者であったグレイル殿下もいたんだよ」

　リリは「あっ」と声を上げた。

「理解したようだね。正当な婚約者が、姫を信頼できる弟に預けていた、と上手く噂を書き換えればひっくり返せるんだよ」

「そっか！　わぁ、さすがサライね！　とっても悪知恵が働くわ！」

「どうして『悪』がつくのかは理解できませんが――結論から言うと個人的には阻止したい事態ですね。絶対に書き直してなんてやりませんからね」

　サライは爽やかに笑って断言した。

「そうよねぇ。お話としては、タリスの方が綺麗だものね」

「ええ、そうです。イーズ姫はタリス殿下を慕っていらっしゃるのですし。グレイル殿下のような腹黒い男性は、林檎姫の王子様にふさわしくありません」

絵本が大好きなサライに言われると、悪い気はしなかった。

グレイルは腹黒と言ったサライを睨むと、次にイーズに向かって肩をすくめた。

「彼の戯れ言は本気にしないでくれ。まあ、タリスに比べれば黒いかもしれないが、あれと比べたら聖職者でもそうなってしまう」

「だいたいあなた考えすぎよぉ。男は鈍いから、女には気づかれていないと思い込み、それが原因で悩んでいることも気づかないのよ」

イーズは両親を思い出した。父と継母とでもそうだった。父は、女が知る必要がないと判断したことは何も言わない。それは心配をかけないためだが、その状況に気づかれていないと思い込んで、女の気持ちを理解しているつもりになっていた。実際には心配をかけていたのにも気づかずに。

「分かるでしょ。タリスはイリアを子供扱いして、恋心に気づかないぐらい鈍感なんだもの。信頼する身近な人のことほど分からなくなるのよ。気にしてたらおかしくなるわ」

ウィドはドリゼナのことが好きだったらしいが、彼女は気づいていたのか、少し気になった。ウィドが何も告げていない以上、聞けるはずもないが。

「本当に。男というのは愛する女性がそばにいると目が曇るもの。イーズ姫、タリス殿下が及び腰になるようなことを言った覚えはありませんか？」

サライに問われ、イーズは考えたが、記憶になかった。

「藪《やぶ》に引っかかりそうな装身具を身につけるのを断ったことかしら？」

「何を言ってるのイーズ。林檎を植えた直後ぐらいに『結婚しなくてよくて嬉しい』とか『気が楽だから一生独り身でもいい』とか浮かれまくって言っていたじゃない」

リリに言われて、イーズの眉間にしわが寄った。

「え、そんなこと、言った？」

「言ってたわよ。タリスの顔が引きつってたわよ」

イーズは額に手を当てた。

「口に出してたかもしれない」

考えた覚えはあるが、口にしたつもりはなかった。しかし独り言を聞かれていたかもしれない。

「つまりタリス殿下はそれを真に受けて、イーズ姫に嫌われないように距離を置いていたと。馬鹿ですねぇ」

サライが呆れたように言う。

イーズも勘ぐって彼への好意から目を背けていた馬鹿の一人だ。

だが真に受けて、距離を置かれる程度の関係にしかなれていないということでもある。

「なんて言うの、ほら、あの子、昔から事を荒立てるのを嫌がる子だったから、自分が剣を捧げたあなたを煩わせたり、嫌われたりしたくなかったのよ。あの子は究極の浪漫主義なのよ」

ドリゼナは弟を庇うように弁明した。

「浪漫主義なら、もっと積極的になるのでは？　弟君は思春期を拗らせてもだえている未熟な少年のようです」

サライはタリスを推しているのに皮肉を言う。

「理想主義とも言うわね。ここが理想的な環境すぎるから、人間の汚い欲望を排除した理想的な関係でいるために無駄な努力をしているのよ」

「なるほど。清らかなものを守りたい気持ちは分かりますが、男としては分かりませんね。愛ははぐくむもので一方的な理想の押しつけは自己満足ですから」

「自分の理想であるイーズがまばゆくて大切だから、どうしていいのか分からないんでしょう。イーズときたら、私から見てもあの子の理想そのものだもの。だけどそれを肝心のイーズに信じさせてやれないのは情けないわ」

ドリゼナの言うことは少し違う。タリスはいつも褒めてくれていた。それを素直に信じられなかったイーズが臆病で、どうしようもなかったのだ。

「イーズ姫、納得できましたか？」

サライに問われ、イーズは頷いた。

「一緒に考えてくださって、ありがとうございます。ずっと一緒にいたのに、私が馬鹿だったんですね」

相談しなければ、答えは出なかっただろう。

「いいえ、イーズ姫は何も悪くありません。女性が自信を持てないのは男が悪いのです」

サライの場合、女性相手なら何でも男が悪いと言いそうだった。だが、タリスも同じように言うだろう。

「イーズ姫、原因が分かりましたが、どうすればいいか分かりますか？」

サライの問いに、イーズは唾を呑んだ。分かるができるかどうか分からない。恥ずかしくて仕方がない。だが、それでは始まらないのだ。

「や、やっぱり、誤解があったことを言った方が、いいんですよね……」

ずいぶん前のことを誤解だとは、とても言い出しにくい。もし予想が外れていたら恥ずかしいし、彼は困惑するだろう。それでも彼は許してくれるはずだ。

「いいえ。それは最後の手段です。イーズ姫も恥ずかしいでしょうし、こんな話をされていたと知ったタリス殿下も恥ずかしい思いをします。恥ずかしいのは悪いことではありませんが、ここはまず、タリス殿下が着てほしい装いから始めませんか？」

「よ、装い、ですか？」

予想もしていなかった提案に、イーズは自分の服を見下ろした。こんな時のためにタリスが買ってくれた、本物よりも露出が少ない林檎姫っぽい服だ。タリスの望む装いは、おとぎ話の可愛らしい林檎姫に近いものなのだろう。

「そう。他人が見ていないからと手を抜くより、普段から装いもそれらしくしておいた方が、林檎が育つかもしれないと妖精王に言われた、とでもしておくんです。そして、新しく買ってほしいとお願いするんです」

「お……お願い……」

お願いする自分を思い浮かべた。そしてタリスの言葉を思い出す。似合っている、可愛い、綺麗だ。そんな当たり障りのない——そう思っていた言葉だった。

そんな言葉でも、タリスから言われればやはり確かな違いはあった。

「タリス様に、好みの服を選んでもらえばいいんですか？」

「その通りです。以前は厳選して最低限の物だけ購入したようですが、次はタリス殿下の気が済むまで買うんです。きっと喜ばれますよ」

買い物で好きなだけ買わされて喜ぶ人がいるなど、考えもしなかった。

「女性にたくさん買い与えるのは、この国では男らしい行いです。そして似合うかどうか聞いてください。似合うと言われたら、喜んでください。男はそれに弱い」

「それでいいんですか？」

「イーズ姫は似合うと言われても信じないでしょう？　だからこそ、素直に喜んでもらえたら嬉しいのですよ」

イーズは腕を組んだ。

「そ、そうね。喜んでもらえた方が、嬉しいわ」

タリスは林檎姫らしい格好をすると喜んだ。つまりそうすればいいのだ。

「タリス様が私に理想の林檎姫を見ているなら——タリス様の理想に近づけるよう、少し頑張ってみることにします」

好きな人に好きになってもらうよう、容姿を磨き、好きな人の好みに合わせるのは、当然のことだ。誰だってそういう努力をする。

イーズは自分が努力するだけ無駄だと思っていたが、嫌われていないのだから、それは無駄な努力ではないのだ。顔形は変わらなくても、服装や髪型で雰囲気は変わる。好みに近づける。

「こんなことにも気づかないなんて、私は本当に馬鹿だわ」

自分を変えて、気づかれて、気まずくなるのが怖かったのだ。

怖がっていたら誰かがなんとかしてくれるのは、一部のおとぎ話のヒロインだけで、もしかしたら彼女達も知らないところでイーズよりも努力をしていたのかもしれない。

「何をおっしゃるんですか。そういうところも私の林檎姫の可愛らしさです」

サライは本当に絵本が好きで、だからイーズに好意を持っているだけなのを隠そうともしない。イーズが彼の林檎姫だから、慰めてくれるし、励ましてくれる。幸せに暮らしました、と終わらせられるように。

「はい。サライさんの希望に添える林檎姫になれるよう、頑張りますね」

「その意気です」

タリスは彼を嫌っているようだが、イーズは嫌いではなかった。イーズの情けなさを知っても幻滅しないでくれる。無理に理想を押しつけないし、頼りやすい。彼は完璧なお姫様を求めているのではない。イーズの個性を認めて、イーズのためになる助言をしてくれるのだ。妖精王以外は妖精達も彼に親切だ。彼には害がないと判断しているから。

その唯一、彼を害ある者としている妖精王は今、パン焼き小屋で子供達が怪我をしないか監視しているはずだ。

「なぁ、イーズ」

小妖精のメノが、パン焼き小屋から出てきてイーズに声をかけた。

「火加減がよくわかんねぇんだけど、見てくれないか？」

「火加減って、気が早いわね。夕方まで寝かせないといけないのよ」

生地を寝かせるのは知っているはずだ。いつも散々待たせているから。

「分かってるよ。だから妖精王が膨らませてくれたんだ！」

「そんなことができるの？」

「うん。時間が進むのを速めたって」

そんなことができるとは知らなかった。いつも急かすくせに、イーズにそういうことをしてくれたことはないのだ。

不服に思ったその瞬間、がたりと椅子が倒れる音がした。

「発酵させるためだけに、なんて恐ろしい秘術を」

「恐ろしいの!?」

いつも飄々《ひょうひょう》としているサライの焦った表情に、イーズも立ち上がってしまった。それを見てメノが笑う。

「大げさだなぁ。子供達のためなら安いもんだって」

妖精王は落ち着いていると思っていた。だが子供達についていている時点で彼も浮かれていると判断すべきだったのだ。

「妖精の子供好きを甘く見ていたな」

サライは椅子を立てて、パン焼き小屋の表に回る。子供達は人数が多いので外に机を並べて菓子を作っていた。

いつの間に来たのかタリスと蒼穹騎士達もいて、時間を早める様子を見て驚いたのかウィドがひっくり返っていた。

その中で、妖精王がにたにた笑いながら手招きしていた。

「いや、なかなか愉快な顔をしている」

「ウィドさんがひっくり返ってるって、どれだけ危険なことしたの!?」

「危険？　私が失敗するはずがないだろう。妖精王だぞ？」

子供達を喜ばせ、大人達を狂乱に走らせる、妖精にとってはたまらない悪戯に違いない。

イーズはため息をついた。既に膨らんだ生地。オーブンには火が入れられている。

「サライ……これはどれだけ危険なことなんだ？」

タリスがウィドを起こしながら問いかけた。

「周囲にある生物が砂になるぐらい危険です。人間がやったら、ですが」

サライは帽子を被りながら、ため息をついた。

「私は妖精王。人間の魔術師とは次元が違うのだよ」

「わー、妖精王すごーい」

妖精王が子供達に褒められて嬉しそうだった。

「まったく……」

タリスが額に手を当てて、ため息をついた。そしてイーズと目が合うと、馬鹿らしくなったとばかりに笑った。

「久しぶりに振り回されたな」

「ええ。最近大人しかったですものね」

悩み相談をされたがったり、そっとしておいてくれたり、仕事で忙しかったり。その分、小妖精達には振り回されたが。

「あの、タリス様……その、お話は終わったんですか？」

頑張ろうと思った直後だが、特に頑張れることが思いつかなくて、いつもの調子で当たり障りのない質問をした。

「ああ。小妖精達が自慢に来て、怪我とかしないか心配になって来たんだ。林檎のケーキを作るなら、呼んでくれれば手伝った――」

「ほ、本当にタリス様も手伝うの？」

タリスの二の腕を、イリアが掴んでいた。

「もちろんだ。二人で生活しているのだから手伝うのは当然だ。イーズも不慣れな生活で大変なんだ。それにやってみると意外に楽しいぞ。イリアもやってみたなら、楽しくなかったか？」

イリアは瞳を揺らし、頷いた。

「……楽しかったわ」

「妖精達の教え方で理解できたか？　イーズの方が教え方が上手いから、分からなかったらもう一回教えてもらうといい」

「大丈夫よ。妖精達、分からないことがあったらイーズ様に聞きに行ってたもの」

「なら安心だ。でもどうして妖精達が教えていたんだ？」

「秘伝の味を本人が教えるのはまずいだろうから、イーズ様に見ないふりをしていろって言ってたわ」

その時小妖精達は、質問役がリリに耳打ちして、リリが世間話のように聞いてくるという、変なこだわりのある遊びをしていた。

「じゃあみんな林檎ケーキを作れるようになったのか。イーズ、それを聖堂長に教えても問題ないかな？」

「ええ、材料も妖精向けの高価な物は省いてありますし」

それらの材料は妖精達が自主的に用意してくれるから入れるが、ガローニの民が作る林檎のケーキには入っていない。

「聖堂長がお作りになるなら、全部の香辛料を書き出して優先的に削っていい順番を書いておきましょうか。材料の手に入りやすさも違いますし、どれを削って何を足すかで、味に違いが出て面白いですし」

「そりゃあいい。安く作れるならそれに越したことはないしな」

「本物に近づくほど、王侯貴族向けの贅沢品になりますからね。ですが庶民の知恵で安価に済ませたレシピも美味しいとのことで、王侯貴族も取り入れているぐらいです」

ケチと言われようが、妖精に食べさせるのではないのだから美味しければ何でもいいんじゃないかと考えるのがガローニ人である。

「イリア、頼みがあるんだが」

「みんなを連れて、大聖堂に教えに行けばいいんでしょ？　みんな皇帝陛下を気にして、礼拝に行くことなんかなかったから」

「さすがイリアは賢いな。頼りになるよ。お礼に妖精の蜂蜜をあげようか」

「タリス様は、とっても楽しそうね」

「楽しそうに見えるのなら、妖精の郷を気に入ってくれたってことか？　イーズもいい人だろ？」

イリアは舌打ちして、タリスを睨み上げた。

「まったく。タリス様のそういうところ好きだけど、嫌になるわ。気が利くようで、気が利かないのよ。鈍すぎる」

「……あ、蜂蜜は嫌だった？　じゃあ、イリアには別の物を考えておくな」

タリスは今、太るから嫌がったのだと勘違いした。

イリアはちらりとイーズを見て、肩をすくめた。

「一緒に住んでて大変でしょ？」

「そんなことはないですよ。タリス様は乙女心を分かっていないないだけですし」

「え⁉　俺が⁉」

乙女趣味と言われ続けた彼は、乙女心が分かっていないと言われて混乱したようだ。

イーズのことはともかく、露骨に好意を示すイリアにまでこうだと、その事実から目を逸らすことは難しい。

「それよりも、早く焼きましょう。みんな焼きたてを食べたくてうずうずしているの」

「そうですね。火加減が大切なので、よく見ていてくださいね」

イーズは小妖精に持ってきてもらった砂時計を鞄から取り出し、オーブンの準備をした。

四章　おとぎ話の続き

タリスが部屋を覗き込むと、イーズは姿見で自分の格好を確認していた。

林檎色のローブ姿はいつもよりも腰が細く見え、ますます魅力的で思わず唾を呑んだ。

以前のイーズは外を歩きやすい無難な格好ばかりしていたが、最近はタリスが用意した服や装飾品を毎日色々と着てくれるようになったのだ。彼女が面倒くさがるだろうと思っていた、袖のひらひらした服も、林檎の観察から戻ってきた後にわざわざ着替えてくれるほどだ。

彼女がいきなり前向きになってくれたのは、ドリゼナが何か言ったからだろう。

タリスが好みで選んだ服には、実際に着てみたらあまり似合わない物もあって、最初は着られるか否かをイーズが判断するところから始まった。

イーズが嫁入りのために持ってきた服の方が似合っていたりもして、タリスは実際に着てみないと分からないものだと実感し、謝罪した。胸が大きいと腰を絞らなければどうしても太って見えてしまうから、服選びはかなり慎重にならざるを得ないようだ。

ドリゼナのような体型なら何でも着られて、何でも似合うため、そういった悩みを十分理解していなかった。

本家林檎姫が今イーズが着ているローブのように胸元の開いた服を好んでいたのは、彼女もまた太って見えないように研究したからだろうと、イーズも言っていた。

そうして太っていないように見える洒落た服をイーズが着るようになった結果、どうしても彼女の身体の線が気になるようになり、タリスは視線が特定の場所にばかり行かないように苦慮していた。姉のドリゼナではないが、何度もうっかり手が伸びそうになって、悶々としたものだ。

妖精達に、雄の本能に素直になれとはやし立てられたため、逆に冷静になることができたが。

「どうです？　似合いますか？」

以前ならおどおどと聞いてきたのだろうが、今日の彼女は胸を張って堂々と問いかけてきた。

先ほどタリスが仕上げた化粧は今までのものよりも彼女の魅力を引き立てており、その完成度は悔しいほどだった。

「悔しいが、完璧だな」

タリスはイーズが手にしている彩色した絵——化粧の指示書と見比べながら彼女に語りかけた。

褒めると、彼女は恥ずかしそうな仕草をして可愛らしい。

「くそ、あの男の指示通りにするなんて気が進まなかったが、遊び人だけあって見る目がある」

細かに化粧の仕方が描かれた二枚の絵はサライが描いてくれた物で、イーズにはこういう化粧が似合うからと、立派な化粧台と化粧品一式と一緒に妖精達の手で運ばれてきたのだ。

一枚は完成後のイーズの顔、他二枚は細かい指示図だ。

以前着飾った時は衣装で誤魔化していたが、今回は肌の調子も万全で化粧の乗りもよく、送りつけられた化粧品と筆もとても扱いやすかった。やたら細かな指示のあった微妙な陰影もつけやすく、全体で見ても完璧である。

タリスは忌々しく思いながらも、サライの絵描きとしての腕と、的確な指示だけは認めざるをえず、イーズの絵は後でこっそり飾ろうと心に誓った。

「タリスすごいねぇ。指示通りお化粧できるなんてすごいねぇ」

「いや、なんでサライにこんな知識があるかの方がすごいだろ。ある意味女ならともかく、男なのにこのように化粧の仕方を知っているのだ。

「ひょっとして男が化粧を手伝うのは一部では普通のことなのか?」

「それはない」

タリスが呟くと、同時にその場にいた妖精達の声も重なった。

「絵描きだからだろ。化粧も顔に絵を描いてるようなもんだ」

「絵描きじゃないけどな」

「でも絵は上手い」

と、妖精達は本を広げた。挿絵が多く、子供にも読みやすい文章で書かれた真新しい本だった。『妖精の森の林檎姫』と題名が書かれている。

サライの絵本はめでたく完成し、その一冊を届けてきたのだ。

「ちゃんと絵本の私に似てるかしら?」

イーズは絵本を覗き込んで尋ねた。彼女はとても絵本を気に入っていた。完璧な欠点のないお姫様ではなく、弱さもある女の子として書かれていたからだろう。

「そっくりよ！　私は？」

「もちろんそっくり。可愛いわ」

開かれた頁には魔女と小妖精が描かれている。その中で魔女――イーズの肩に寄り添う小さな妖精の女の子は、間違いなくリリだ。

「サライにお礼を言わなくちゃ！」

「ええ、そうね。きっと今日会えるわ」

タリスも礼を言わなければならない。これからイーズが外に出るのにこんなに堂々としているのは彼のおかげだ。

今日はグレイルの戴冠式。二人はそれに参列する。町中に出たりはしないが、同じく戴冠式に参列する者達や、何かしらの事情があれば民衆に姿を見られる可能性もあるのだ。

イーズの身支度は、サライ指定の化粧と赤いローブで身を飾り、杖を持って完成だ。そしてタリスは自慢の鎧を身につけ、姿見に映る姿に満足する。イーズの隣に立って見劣りせず、かといって目立つ赤を身に纏うイーズより目立ちすぎるということもない。

「ようやくイーズと鎧を見せびらかせる」

タリスはイーズの肩に手を置いた。昔ならびくりとされていたが、今日は自然にタリスを見上げて微笑んだ。二人の関係に大きな変化はまだないが、先日よほど突然の訪問客に懲りたのか、それ以来少しずつ、変わっている気がした。自然に手を繋ぎ、語り合えるだけで幸せだった。

「本当に綺麗だ。そのローブ、イーズによく似合っているよ。仕立てたかいがあった」

「タリス様もとっても素敵。鎧も喜んでいる気がします」

「武具は人が身につけてこそ輝くからな」

こんなやり取りがくすぐったい。

今日はこの国が変わる日。グレイルの聖皇としての威光を示す日。口ばかりの他の兄達を黙らせ、これから大きく国を変える日。だからこそ、立役者である二人と妖精達が戴冠式に参列するのだ。

「グレイル様でも緊張なさるのかしら?」

「そりゃあそうだ。顔には出さないが、霊薬の注文が増えたからな」

「晩餐会で出すと聞きましたよ?」

妖精達にはそう言って追加注文したらしい。

「それでたくさん手に入ったから、自分で飲む量も増えているらしい」

「そうですか……。霊薬で耐えられるなら、その方がいいですね」

イーズはグレイルの緊張を想像したのか眉間にしわを寄せて、それも致し方ないと同情した。

「これからも兄上は忙しいからな。むしろ権力を得たことでできることが増えたから、これからが本番だ。国のこともあるし……跡継ぎのための結婚もある」

イーズは何事もないように頷いた。タリスがいない間に彼女を口説いてみたようだが、気にもとめられていなかったとドリゼナが言っていた。本気で冗談と受け流すのは彼女らしい。

グレイルには悪いと思うが、イーズの反応は悪い気はしない。

「愛国心の強いお方ですよね。私にはとても耐えられないわ」

イーズはグレイルの美点しか見ていない。あれでかなりの野心家なのだが、その一面は知る必要もない。彼のおかげで、タリスはこの落ち着いた生活ができるのだから。

「いつかこんな日が来るのは分かってたけど、まさかグレイル兄上が勝利して、俺が引き立て役に使われるとはなぁ。別の兄だったら俺など見向きもされていなかったはずなのにな」

お飾りの『林檎姫の騎士』として扱うのではなく、信頼できる相手として相談や愚痴を言ってもらえるのは、弟としては嬉しいものだ。

「兄上は自らを犠牲にして上に立つ、尊い精神をお持ちの方だ。話を聞いているだけで胃が痛くなりそうな俺とは、覚悟が違う」

あれで負けず嫌いで、高いところから下を見下ろしたいという野心を持っている。気づいている人間は少なく、彼の側近の中でも知っている者は限られているだろう。

ただドリゼナに弱く、タリスはその関係でグレイルの本性を見る機会があった。

「なんで進んであんな面倒な国の王様になりたがるんだろうな」

「不思議ねぇ」

小妖精達は身を寄せ合ってひそひそ話し合う。

「タリス様、式典ってどんな感じなのですか？」

「父上が長く王座に居座っていたから、この国の戴冠式なんて経験がある人間の方が少ない。ただ、古き良き形に戻すらしくて、だから戴冠式を大聖堂で行うんだ。俺達はそこに控えていればいい」

かの皇帝は宗教嫌いで天主教会とは距離を置いていたが、これから皇室行事は天主教会の大聖堂で行うことにした。今日がその初めての行事なので、双方にとって重要な日だ。

「クシェル様は事前に人形に降りていただいて、合図を送られたらイーズがそこに少し力を注ぐだけだ。不安な部分は先にやってしまうのだから大丈夫さ」

タリスは怯えるイーズを慰めた。こういうところは変わらない。

髪を結っているから下手に触れられないため、今日は頬に触れた。

「クシェル様を呼ぶのは、別に妖精王でもできるんだ。いざとなったら任せればいい。気負う必要はない」

「それもそうですね。クシェル様が降りるのに私が力を貸したという形を取ればいいんですし」

戴冠する時、天から声がかかり、イーズが手を貸して天使がクシェルを降りることになっている。

しかし実際には事前に林檎の木を素材にした人形に降ろしておき、小妖精達に紛れ込ませてイーズのマントの中に隠れる。そして頃合いを見て光で目をくらませ、天使らしい姿になってさもたった今降臨したふりをし、祝福をする。クシェルほどの天使は本来人形には降ろせないのだが、それが林檎の木でできているなら問題はない。

今回の登場は演出のための苦肉の策だ。以前のように黄金の林檎の力を使ったことにするのだが、本当にその場で黄金の林檎に受肉させると、肉塊から人の形になる恐ろしい光景を参列者に見せることになる。それではいくら何でも印象が悪いだろう。だから専門家達が黄金の林檎の実物を手に入れられないのをいいことに、このように事前に仕込んで誤魔化すことにしたのだ。

これならイーズがするのは、おもむろに杖を振り上げることだけだ。神から任された林檎の木の番人の彼女なら、大抵の不思議が押し通せるらしい。

「もし失敗するとしたらクシェルだろう」

妖精王が部屋の入り口で、格好つけて立っていた。

「……その格好は」

いつもより光沢のある服を身につけていた。髪にも虹の花を思わせる輝きを放つ、水滴のようなものがついた飾りを纏わせ、いかにも神秘的な首飾りや耳飾りを身につけている。

「妖精王、その目立つ格好で、出席するの？」

イーズが恐る恐る尋ねた。彼は別に出席する必要はないが、何かあった時のためと、グレイルの戴冠式に箔《はく》をつけるための演出の一つとして、本人の強い希望で出席することになった。妖精というのは、基本的に目立ちたがり屋なのである。

「もちろん、この上に一枚羽織って、顔も隠す。その上で、それらしい格好にしようかと」

「羽根を隠せば魔術師っぽいと言えなくもないが」

目立ちたくて仕方がない、という気持ちが露見している。

「では、クシェルに聞いてみよう。どうせ呼び出すのだから、もう呼んでしまおう」

「ええ、今からクシェル様のおしゃべりに付き合うの？　嫌よ」

「早めに呼ばないと、それはそれで文句を言うぞ？　私が相手をしていてやるから。イーズ、教えたようにやってみろ」

妖精王に促され、イーズは人形を机に置いた。それは天使らしい服を着せられており、顔はタリスが作ったので心なしか本人に似ている。その頭に黄金の林檎の欠片を載せた。

「……本当に私がやるの？」

今さらながら確認する。

「一度もやったことがないのに、後でさも自分でやったかのように振る舞って罪悪感を覚えないなら私がやるが」

するとイーズはため息をついた。

「やればいいんでしょ……」

イーズは杖を構えて祈りを捧げるように目を伏せた。タリスは魔術というものに縁がないので、力の揺らぎなどがあったとしてもさっぱり分からない。それでもイーズの髪やローブの裾が、風もないのにそよぐのは分かった。

神秘的で美しい。

「クシェル様」

イーズが呼びかけた瞬間、人形がふわりと浮いて言葉を発する。

「ふむ。ご苦労。しかしもう少し付き合え。これでは首も回せない」

「はい」

イーズは言われるがままに付き合う。前回と違い、肉がうごめいたりはしなかった。植物が育つように少しだけ膨れ上がり、形がより人らしくなっていく。

今回はそれほど気持ち悪くないため、力を貸すイーズはほっとしているように見えた。

しばらくすると彼は小妖精のような小さな肉体を手に入れた。手を握り、腕を回し、首を回す。

雰囲気は以前出会ったクシェルだが、小妖精の中に紛れ込んでいれば羽根の違いでしか気づかないだろう。

「お久しぶりです、クシェル様。いつも兄がお世話になっております」

「皇子か。姫が相変わらず乙女なのは、褒めるべきか叱るべきか悩むところではあるが、そなたが私の見込んだ通り、愚直なほど清い騎士である証《あかし》として褒めてやろう」

「嫌味のようにしか聞こえないが」

タリスが何か言う前に、妖精王が突っ込んだ。

「妖精王は相変わらずだ」

「当然だ」

「ま、変わられても困るがな。どこかで天変地異が起きている証だ」

小さなクシェルは、くるりと回ってさらに身体の動きを確かめ、イーズの前で止まった。

「冗談ではなく、本当だから気をつけろ。森に何かあれば、妖精達は何かしらの影響を受けるのだ」

「そういえば戦争中、妖精達は少し好戦的でしたね。そのような時はどうすればよいのですか?」

「人間は何もしなくてよい。ただ、あまり近づきすぎて怪我をしないように」

イーズはたまに交信しているためか、慣れた調子で会話をしていた。

「準備ができているなら、行こうか。聖堂長に挨拶はした方がいいだろうか」

「浮かれすぎてますね。あなたが挨拶なんてしたら、信仰心がすり減るからだめです。事前にこんな風に降りているのを知っているのは、私達とグレイル様と賢者だけなんですから」

「おお、そうだった」

緊張感のない様子に、イーズは額に手を当ててため息をついた。

「どうだ、イーズ。少し緊張がほぐれただろう?」

「まあ……緊張はほぐれましたけど、別の緊張が生まれました」

「クシェルも愚かではないから、威厳を保つために黙ることぐらいはできるから安心しろ」

妖精王は小さなクシェルの羽根を摘まみ、にたにたと笑った。

「というか、妖精王も相当浮かれているだろう」

「妖精は祭りが好きなのだよ。祭りが成功するに越したことはないから邪魔はせぬぞ? 人々の活気が心地よい。きっと林檎も杖を通じて楽しい活気を感じて喜ぶだろう」

楽しいという人々の感情を美味しいと感じてくれれば、林檎は優しく育つ。

優しく育てなければならない理由は『少し育てやすくなる』程度のものだが、それでも人間としてはその方が望ましいように感じる。

「なあなあ、お菓子はあるかな?」

「聖堂長が用意してくれてるだろ」

「あの女の人? とっても優しい味のお菓子だったのよ」

「タリスの弟が晩餐会に出るから、こっそりついてって、分けてもらうんだ」

小妖精達はわぁっと騒いだ。イーズは愕然として彼らを見る。

「何人来るつもりよ」

「みんな行きたいよ」

「くじ引きね」

イーズが言うと、全員が死刑宣告でもされたかのような顔をした。

「そ、そんな。お祭りなのに！　みんな一緒にいられないのっ⁉」

「大人しくしてるから。見てるだけだから。縄につながれててもいいから！」

「そんな虐待みたいなところ見られたら、私の品性が疑われるでしょ！」

「じゃあ、籠の中から出ないから！」

「いくつ籠を持ち込めと」

「じゃあ、ぼくはタリスの弟にひっついてるよ」

「それずるい！」

今、この家にいるだけで五十人ぐらいの小妖精達がいるし、島全体では数えたことすらない。

「私達が分担して管理するので、ここにいる者達だけでもぜひおともに」

と、妖精王の護衛の妖精達も懇願した。大きさは違えど彼らは仲がよいので、一緒に雰囲気を楽しみたいのだ。

「本当に逃がさない？」

「妖精は約束は守ります。不安でしたら、正式な誓いを立てさせます」

イーズは顔を引きつらせて、タリスを見た。

「今、ここにいるだけなら……」

「わぁい！」

すると認識していたよりも大人数の小妖精が物陰から飛び出てきて、イーズの服に潜り込む。

「こ、こらっ！」

胸元に張り付くのだけはやめろ、という言葉がタリスの喉から出かかった。イーズが引っ摑んで投げたので、何とか呑み込んだが。

「イーズのお世話はわたしの仕事よ！」

イーズを狙う仲間達の前に、リリは身体を張って立ちはだかった。

「リリだけずるい！」

「居残りたいの？」

「わかりました！」

素直に分散した小妖精を見てイーズはため息をつき、妖精王と天使は妙によく似た表情でにたにた笑っていた。

◆◇◆◇◆

大聖堂の控え室で、イーズ達は待たされた。接待してくれた女性はがちがちに緊張していて、イーズは自分達が新しい皇帝と親しい間柄なのだと改めて自覚する。

しかしその緊張は、前皇帝のように恐れられているというよりも、天使の加護を持つ皇帝に対する畏怖《いふ》のように思えた。

そんな彼女に、暇な小妖精達が鞄の中から顔を出して手を振った。彼らをどう隠すか悩んだ時、小妖精達がサライからの贈り物の中に入りやすそうな肩掛けの鞄があったと指摘してきた。鞄など載冠式にふさわしくないのではないかと思ったが、魔術師だから問題ないだろうと、持たされることになった。

それよりも、イーズは今朝のことを思い出し、にやけてしまいそうな顔を引き締めるのに苦労した。

タリスに『完璧だ』と言ってもらえた。それは作品への満足の言葉であったが、『綺麗だ』よりも素直に受け入れられた。

リリの頬をこしょこしょと撫でながら時間を過ごしていたら、やがて外が騒がしくなってきて、迎えが来たことを知った。聖堂長と騎士団長のロビンだ。そしてなぜかサライまでもがそこにいた。

「お待たせいたしました。ろくにお構いできなくて申し訳ございません」

「いや、おまえ達が一番忙しいだろう。それよりも、サライがどうしてここに?」

タリスは相変わらずサライを胡散臭げに見ていた。実力は認めているはずだから、人としての相性がどうしようもないほど悪いのだろう。サライは宿り木の帽子を脱いで優雅に一礼する。

「もちろん私の林檎姫の活躍を間近で拝見するためです。姫の準備は万端のようですから、グレイル陛下がいらっしゃる前に移動いたしましょう」

サライのグレイルに対する呼び方が変わっていて、とうとう、この日が来たのだと実感した。

「イーズ」

タリスはイーズに手を差し出した。サライに何か言われる前にさっさと移動してしまいたいのだろう。サライがいるとタリスはとても分かりやすくて、可愛く見える。

控え室のあった建物を出て、裏から大聖堂に入り、他の参列者とともに側廊に並んだ。先に来ている参列者がどういった立場なのかは、イーズにはよく分からない。グレイルも今頃、絢爛豪華な馬車で、近衛騎士達や他の参列客を引き連れてこちらに向かっていると聞いている。

側廊に並ぶ参列者達は心得たもので、イーズ達に好奇の視線をちらりと向けることはあっても、ひそひそ噂したり、騒ぎ立てたりはしなかった。

「それでは、私は冠の用意がございますので、何かございましたら近くに控えております蒼穹騎士にお申し付けください」

聖堂長はそう言うと、ゆったりと見える身のこなしをしつつ、かなりの早足で去っていった。

イーズはなんとなく周囲を見回した。柱には様々な絵画が飾られていた。前回は一般人の目を避けるためにいちいち近寄らなかったが、じっくり鑑賞したい名画ばかりだ。その中に一際目を引く物があった。

「あれって、グレイル様が描かせていた？」

そう、クシェルがグレイルを通して画家に描かせていたあの絵だ。

「ええ、さようでございます。グレイル陛下が、天使から授かった加護を、人々にも分け与えたいと寄贈してくださったのです」

イーズの呟きを聞いて、近くにいた蒼穹騎士団長のロビンが答えてくれた。

「この絵のクシェル様の存在感がありすぎて飾り場所に困っていたら、画家にここへ寄贈してはどうかと提案されたらしい」

タリスが補足すると、イーズは自分の首元に隠れているクシェルをちらりと見た。

「何？　寄贈など聞いていないぞ」

クシェルは何やらもぞもぞして、フードの下から顔を出して絵画を見た。

「ん……何だろう……違和感が」

「まさか、神々しさが足りないとか言い出しませんよね？」

確かにクシェルの存在感がある。さして大きく書かれていないのに、妙に目に付くのだ。

「そんなことを言うものか。そういうのではなく、何というか……うーん、私は断罪や愛の分野は得意だが、芸術には疎《うと》いのだ」

「愛というのが、定着するといいですね」

こそこそと話しているとロビンにおかしな目を向けられた。クシェルを人形に降ろすのを知っているのは、イーズとタリス、そして妖精達だけ。クシェルも小妖精のふりをしている。が、蒼穹騎士団長ほどになると違和感を覚えるのかもしれない。

「イーズ、グレイルが来たみたい！」

リリがクシェルとは反対側の首元で囁いた。

「おお、とうとうこの日が。急かしたかいがあった」

クシェルが急かしたから戴冠式が予想よりも早かったようだ。

「グレイル様はさぞご苦労なさったのでしょうね」

「ふん。天の加護がありながら、老害どもを黙らせる程度できなくて、このように広大な国をまとめられるものか。この国で権力を持つ前皇帝の息子達は、耄碌《もうろく》した老人ばかりだからな」

皇帝がかなりの高齢だったため、グレイルの上の方の兄はもう老人と呼ばれるほど高齢なのだ。父親がいなくなるのを何十年も待っていた彼らからしたら、自分達の半分も生きていないグレイルが自分達を出し抜いたのは、許しがたい横暴なのだろう。

「そうですね。今まで父親を恐れてずっと息を潜めていたおじいさん達ですものね」

だからこそ押しのけられたのだ。グレイルは若く清らかで勇敢な皇帝だ。話し合いだけでは解決しなかっただろう。刃向かう者を様々な正義の鉄槌《てっつい》で叩き潰していったことだけは、イーズにも予想できた。そもそも彼の高齢兄達は、立ち向かう勇気や知謀など持っていないから生き残っていたのだ。下手に有能で行動力があると、実の父親に始末されていたらしい。

それでも実の兄達を潰したグレイルの心労を想像して、また霊薬を届けようと心に決めた。

その時、天使降臨の絵画の前に、誰かが立った。あれは絵を描いた画家だ。

聖堂内に並ぶのは権力者ばかりに見えたが、彼も中に入ることを認められたようだ。

首元でまたクシェルが動き、イーズは思わず握りしめそうになった。

「くすぐったいので動かないでください。うっかりにぎにぎしかけましたよ」

「まったく乱暴な姫だ」

しかし首元で動かれたら誰だってそうするはずだ。

「イーズ、来たぞ」

タリスに教えられて、意識を出入り口に向ける。

厳かな空気の中、光が差し込み、祭壇へ続く長い絨毯を照らしていた。そこに絢爛豪華なローブを身につけたグレイルが、長いマントを引きずって進んでくる。

いかにも聖皇帝といった威厳があった。背後にはかつてタリスの配下だった騎士がいたが、聖堂内では蒼穹騎士達が引き継いだ。

聖堂内の人々は、波が引くように跪いた。イーズも腰を低くして、クシェルをこっそり手の平に乗せた。

「大丈夫だ」

タリスがぽんと背を叩いた。

「はい」

イーズはクシェルをそっと床に置いた。

そして杖を握り、力を込める。そしてクシェルの声を待った。

「ではやるぞ」

クシェルの合図を受け、光に備えてうつむき目を細めた。

光が広がった。クシェルが小さな翼を広げて飛び上がるのを感じ、イーズは林檎の杖に力を入れ——穴に落ちた。

「えっ⁉」

ふわりと、浮遊感を感じた。落ちたのだ。

しかしそれは長い距離ではなく、すぐに地面に膝を打ってイーズの体は止まった。

「ええっ⁉」

イーズは顔を上げて愕然とした。建物内にいたはずが、湖の畔《ほとり》に座っていたのだ。

綺麗な湖だが、鳥肌が立ち、そこにいるのが不安になって目を逸らした。

「な、何なんだ⁉」

驚愕する声は、グレイルのものだった。グレイルだけではない。

「陛下、殿下、身を低くしてこちらへ」

ロビンと六人の蒼穹騎士、そして——

「イーズ、大丈夫かっ⁉」

タリスがイーズの腰を抱き、周囲を警戒する。彼だけではなく、周囲にいた蒼穹騎士達も剣を抜く。グレイルはタリスの隣に立ち、騎士達は三人を囲んで、現状を把握しようとしていた。

タリスに抱きしめられ、イーズの混乱はすぐに収まっていった。

「なんだここは、気色の悪い気配がする」

グレイルが吐き捨てるように言う。彼もイーズと似たような感覚を受けているのだ。悪寒については林檎の木で慣れているが、林檎から受ける捕食者に対するような恐怖とは少し違うと感じた。

少し落ち着いたイーズは、我慢してもう一度湖を見た。湖の中央には島が見えた。それが何なのか理解するのに、しばらくの時が必要だった。

「まさか、あれって……妖精の郷？」

イーズは湖に浮かぶ島を指さした。確信が持てないのは、似ているようでまったく異なる姿をしているからだ。

「え、妖精の……って、茨に覆われているぞっ⁉」

「うそっ⁉　うわ、ほんとだ！」

人間達の声を聞き、鞄の中やタリスの首元にいた小妖精が出てきて騒ぎ立てた。

「み、みんな無事なのかっ⁉」

「ちょ、待ちなさいっ」

イーズは日頃のお仕置きのたまものか、湖に向かって飛ぶレムをすぐに捕まえることができた。

「で、でもっ」

「あなた達だけで行って何ができるの。そもそもなんでこの森にいるの？　妖精王はっ⁉　クシェル様はっ⁉」

探すも、いるのは人間であるイーズ達と、ひっついていた小妖精達だけだった。

「冗談きっついぜ。妖精王の住処がハゲて茨を生やしてやがる！」

「ハゲとか言うなよ！　妖精王が可哀想だろ！」

「妖精王はハゲてねーよ！」

頭の痛いやり取りをする小妖精達を見て、ケラケラと笑う声が聞こえた。

「ああ、さすが妖精。故郷の無残な姿を見ても、そんなくだらないやり取りができる。死を知らないからこその無邪気さ。素晴らしい」

サライだった。

「あ、いたのか」

タリスはどうでもよさそうに言った。

「タリス殿下、『いたのか』はひどくありませんか？　現状を説明できる唯一の人間に対して」

「説明できるのか⁉」

「もちろん」

サライは帽子から宿り木の飾りを抜き取り、指先で摘まんだ。

「まずはここが黄金の森であるか否か。それはイーズ姫の林檎が教えてくれます」

イーズは指摘を受けてようやく気づき、慌てて林檎の気配を探る。しかし気配はない。

「……林檎がない」

「そう。つまりここは黄金の森ではない。ではあの邪悪な気配がする島は何なのか、ここがどこなのか。それらの答えは先ほどの光景を思い出していただければ、答えは自ずと出てきます」

イーズは目を伏せて思い出す。しかし何も分からなかった。

「まさか……絵か？」

タリスは自信がなさそうにサライに問いかけた。

「そう思う根拠は？」

サライは首を傾げてさらなる答えを促した。

「大聖堂内で黄金の森に繋がりがあるのはあれだけだ。それに、俺が目を伏せる前に、あの画家がいきなり絵を上下ひっくり返して何かしていたんだ」

「それは私も見ました」

ロビンもタリスの言葉を肯定し、他の騎士達も頷く。

するとサライはぱちぱちと手を叩いた。

「さすがタリス殿下。不審者を見逃さず何をしでかしたかを見抜くその眼力、なかなかのものです」

「馬鹿にされているような気分だ」

「まさかまさか。それで、タリス殿下がおっしゃったように、ここは絵の中かと思われます。いえ、この際断言してしまいましょう。ここは絵の中です」

皆、絶句した。

「ちょっと待て、じゃあ何か。あの画家が、そのような大魔術を使える魔術師だったと？」

グレイルが引きずるほど長いマントをうっとうしげに外しながら問う。

「そうなるでしょうね。簡単な術ではありません。かなり高度な術です」

「ならおまえ、どうして気づかなかった⁉」

「タリス殿下がおっしゃったように、ひっくり返したのです。そこで初めて私も気づきました。何が書かれているのか」

「何が描かれていたのだ？」

「隠し絵というものをご存じですか？　絵の中に別の絵を隠す手法です」

「ああ、知っている。女の顔に逆さまの老婆が隠れているような物だろう」

タリスは知っているようだが、イーズは見たことがなかった。

「ええ。あの絵には悪魔の顔が隠されていたのです。ちょうど天使のあたりに。それで陛下もクシエル様の部分に違和感を覚えていたのかもしれません」

グレイルは手で顔を覆った。

「なんで気づかなかったっ⁉」

「気づきませんよ。彼はあの場で、最後の一筆を入れて完成させたので、先ほどまではただの絵だったのですよ。私もさすがに、逆さまに隠された絵を見抜く力はありません。素晴らしい技術でした」

グレイルは今度は舌打ちする。

「陛下こそ、あの画家が怪しいとは思わなかったのですか？」

「思うか。今まで何枚もの聖画を描いている男だぞ。大聖堂にも絵が飾られているような、美術界の権威だぞ。気づくべきは私ではない」

「申し訳ない」

気づくべき側のロビンが申し訳なさそうに謝罪した。

「私は聖画はあまり鑑賞しないのでよく知らないのですが、今までと絵柄は同じでしたか？」

サライはロビンに問いかけた。

「同じように見えたし、先ほど絵をひっくり返したのも間違いなく本人だった」

「似たような画風の者が入れ替わっていたかと思ったのですが、顔も知られているなら入れ替わりは無理ですね。その画家が今回のことで悪魔に目をつけられて操られたか、元々悪魔の使徒だったのでしょう。どちらにせよ、悪魔の力を借りて人を絵の中に閉じ込めるという黒魔術は存在します。特にあの絵は言わば天使と悪魔の対決を描いた場面なので、何かしらの悪魔が力を貸すのは容易なはずです」

サライは湖の中の島に向き直った。

「その悪魔の目的は」

「天使寄りの皇帝の戴冠式の妨害。さらに皇帝と林檎姫を悪魔への生け贄《にえ》にすることで、人々の嘆きを生み出しそれによって林檎の木を育て、林檎と魔の森の問題を解消するつもりなのでは？」

巻き込まれただけだと思っていたイーズは、自分も狙われているかもしれないと聞いて、タリスにしがみついた。

「聞きたいことは色々あるが……悪魔がなぜ林檎の問題を解決しようとする？」

「悪魔からしても、森に暴れられたら困りますから。むしろこれは、寿命がなく永遠に生きる彼らの方が危機感を抱いているのです。森が本格的に手に負えなくなるのは、今生きている人間が死んだ頃でしょうから」

「魔の森が広がる方が、奴らにとっていいことではないのか?」

サライは小馬鹿にするように首を横に振った。

「人間は悪魔とそれ以外の闇の存在を『邪悪』としてひとまとめにしたがりますが、それは狼とネズミを野生動物と一括りにして、同じ群れだと思い込むようなものです。悪魔は人間から畏怖と恐怖を向けられなければ弱ります。悪魔の恐怖を知る者がいなくなる森の暴走は、人間で言えば食糧不足と、そして自らの深刻な弱体化を意味するのです」

クシェルと妖精王から天使目線で同様のことを聞いていたのでイーズ達は受け入れられたが、初めて聞くグレイルや蒼穹騎士達はぽかんとしてサライを見た。

「それに悪魔にとっても林檎は有用です。林檎が手に入れば切り札になるでしょう。彼らも人間を介さずに肉体を得る手段を欲しています。林檎を自分の都合のいいように育てる方法が目の前にあるのですから、中途半端な上級悪魔なら手を出してみようと思っても不思議ではありません」

これもまたどこかで聞いたことのある話だった。

「中途半端? ああ、つまりクシェル様の悪魔版ってことね」

イーズの呟きを聞いて、タリスが小さく噴き出し、サライも口元を押さえて視線を逸らした。

「タリスがウケてる!」

「サライもウケてる!」

「笑いのツボまで同じだなんて、二人とも似たもの同士だなぁ」

小妖精達がイーズの耳元で語り合った。性格は似ていないが、絵本好きなどの趣味の一部がかぶっている。手先が器用で、似ている部分が多い。タリスは否定するだろうが。

「でも、私を巻き込んで失敗したらどうするつもりなのかしら？」

「今でもそれなりに林檎は育ってるし、林檎を育てる方法は他にもあるからいいんじゃねぇの？」

「方法？」

「林檎の栄養にしているのは人間達のイーズへの関心だ。で、イーズを巻き込めば、国民がグレイルに向けてた期待の分も失望として林檎に捧げる力にできる。そうしたらイーズが必要ないぐらいには育ちそうだろ。グレイルが死んだ後も、その関係で生まれた争いの力が集まるだろうしさ」

レムの考えを聞いて、なるほどと小妖精達が頷いた。リリも思案顔で言う。

「つまりグレイルには死んでもらうつもりなのね」

「ああ。保険にイーズぐらいは生かされるかもしれないけど。囚われのお姫様って定番だろ」

「だったらどうしてこんなにたくさん呼び込んだの？　グレイルとイーズだけの方が効果的じゃない？」

「特定の誰かより、絵に描いてあった人間に近い立場の奴らをまとめて無差別に入れる方が簡単だったんじゃねぇの？　別の騎士団だけど、騎士は騎士だし、共通して所属してるフェルズもいる。サライはウィドと同じ魔術師だ。おれらはたまたま接触していたから」

姫と皇子と皇帝と騎士と魔術師。ここにいる騎士達は聖職者でもある。

「そう考えればつじつまは合いますね。あの画家に話を聞かない限りは、本当のところなど分かりませんが、悪魔の真意などどうでもよいことです」

サライはなんとか笑いから抜け出したようで、腹を押さえて小妖精達の話し合いを遮った。

「どうでもいいのか？」

「もちろん。悪魔のことを理解していればいいのは私だけ。主役のお三方は、清く正しく幻想的に。それを維持することが大切です」

サライは宿り木の小枝を指揮棒のように振る。

「正しい悪魔退治というのは、悪魔の正体を暴くことから始めるのですが、それは私達のような卑しい魔術師のやり方です。ですがお三方は物語の主人公。今回は主人公らしい正攻法で行くべきでしょう。悪魔の悪事を逆に利用するのです」

サライはとても浮かれた調子で話していた。悪魔退治をした皇帝となれば、さらに人々の印象はよくなるだろう。何世紀にもわたって名が残る、偉大な皇帝となるのは想像に難《かた》くない。絵本の題材としても最適だろう。

「妙に嬉しそうなのは、追及しないでおいてやる。で、どうやるのだ？」

「正面から悪魔を倒します」

問いかけたグレイルは顔をしかめた。

「それは無謀だ！　今日は儀式用の装備で、悪魔退治にはもっと専用の装備が必要だ！」

ロビンもサライの無茶な要求に異を唱える。それぐらいなら、魔術師の正攻法でやった方が安全だろう。

「ここにいるのは絵に描かれた悪魔。本物の悪魔ではありません。この絵の中の核となっている、偽の悪魔を狩るぐらいは人間でもできるはずです。クシェル様もそれを望んでいるでしょう。クシェル様の加護のもとにある陛下の活躍は、あの方の活躍でもあるのですから」

クシェルならその方が盛り上がると喜ぶだろう。そしてそれを本にするだろうサライも。

「おまえ……クシェル様のお人柄について詳しいな」

タリスは不安げにサライを見た。

「一度、個人的に交信しましたので」

タリスが「やはり」と言ってため息をついた。あの天使を直接知らずに言っていたとしたら、彼はよほどクシェルと思考が似ていることになる。

「特定の上級天使と交信だと？　絵本のためにそこまでするのか」

ロビンは驚いてサライを見る。

「さすがに絵本のためだけではありません。黄金の林檎に関係しているからです」

「黄金の林檎に？」

「そうです」

彼は手にしていた宿り木の枝を見せた。帽子の飾りになっていた、可愛らしい枝だ。

「私のこの杖は、切られる前の林檎の木に寄生していたものです」

杖という単語に、イーズは我が耳を疑った。帽子の飾りになる程度の大きさの枝だ。しかも可愛らしい葉がたくさんついている、そんな末広がりの枝が、実は杖だという。

「黄金の林檎の木の力を吸収し、枯れずに力を受け入れた特別な枝です。兄弟杖とは言いませんが、それに近いもの。この杖の力を知るからこそ、私は親木の杖を使いこなすイーズ姫を尊敬し、親近感も持っています。何というか、親戚の女の子を見ているようで、この道に入ったばかりの女の子を助けてあげないと、というのが一番の理由です。それが物語のお姫様なのですから、好意的にならない理由がありません」

サライはイーズに笑みを向けた。

そんな奇妙な杖との縁があるとは、夢にも思わなかった。

「宿り木の杖……まさか、あなたは金枝《きんし》の賢者か⁉」

杖を凝視してロビンが声を上げた。

賢者。樫木の賢者と呼ばれるウィドは賢そうな雰囲気はあるがぽやんとしていて、できる男とか賢者らしいと思ったことはあまりなかった。しかしサライは彼よりもしっかりして見えるため、賢者と言われると納得してしまう雰囲気があった。

「おや、金枝の杖は無名なのですが、よくご存じですね。さすがは聖職者」

イーズは聞いたことのない杖の名だったが、その理由はあまり物語に登場するような杖ではないからのようだ。だが聖職者の間では有名らしい。

「なぜそんな杖を持つ賢者が出版業を⁉」

「この杖は父方の祖父から。出版業は母方の祖父から受け継ぎました。陛下に力を貸しているのは、陛下が私の杖に気づいたからです。そこで裏の身分を明かしました」

副業と言い切るだけあって、所有者を選ぶ大層な杖に選ばれて得た称号も、裏のものだと本気で思っているようだった。

「金枝の杖は他者の力を借りることが得意な杖です。悪魔や天使の力を引き出して我が物とします。だから悪魔をはじめとする神霊の専門家なのですよ。悪魔を使うのは、粗末に扱っても罪悪感がないからですが」

彼は杖を振りながら湖の上の島を見た。

「専門家が言うのですから今回の悪魔退治は可能ですよ。それとも、悪魔退治の誉《ほま》れが欲しくないのですか？　タリス殿下」

サライは悪魔のように囁きかけた。

「天使の加護を持つ可憐な姫君と若き聖皇を守り、悪魔を退治する。これで血が沸き立たないお飾りの聖騎士など、天主はお許しにならないでしょう？」

タリスと蒼穹騎士達は顔を見合わせた。若い騎士は興奮を隠せぬようで、目が輝いていた。

だがロビンは表情を引き締めて言う。

「そのようなことを口にされると、下心で動くようではないですか。サライ殿は新しく描く自分の本の内容を盛り上げたいだけでしょう」

「ええ、そのためには、悪魔を見事に撃破していただきたいのです。信じていただけますか？」

ロビンは肩をすくめて、ため息をついた。しかし悪い気はしていないような表情だった。

「具体的にどうするのか、案はあるのか？」

「もちろんです、タリス殿下。ですがそれはあの茨を確認してから決めます。むしろそれより問題なのは、どうやってこの湖を渡るかですよ」

皆は一斉に湖を見た。そして筏《いかだ》を作るかなどと話し始めた皆に、イーズは声をかける。

「それなら私がまた凍らせましょうか？」

「ここでもできるのですか？」

「元はと言えばそのために妖精王が作った杖なので、絵の中でも現実のように凍るかもしれません」

サライは目を見開いて杖を凝視した。

「世の中には、まだまだ私の知らないことがたくさんあるものですね。では、試してください」

期待に目を輝かせいつものように写生道具を取り出すサライを、タリスとグレイルはそっくりな冷たい目で睨み付けた。

「えっと、じゃあ、試してみますね」

「おれらも妖精王の代わりに手伝う！」

イーズが湖の畔に立つと、小妖精達が杖の周りに集まる。絵の中だからかそよ風すらなかったが、杖に力を注ぐと冷気のせいで髪やローブの裾が揺れた。

妖精王が杖に仕込んだ術の痕跡を、小妖精達がはっきりと認識させてくれる。

空気が冷たくなる。肌を刺すような冷気が足下を駆け抜けていくように広がり、鏡のような湖面に波紋が広がる。冷気が逃げないよう方向を定め、対岸へ向けて放つ。

イーズの足下が輝き、それは一気に白煙を上げて湖の対岸まで伸び、湖の上に橋を作り上げる。

改めて見ても、自分がやったとは思えない、美しく幻想的な光景だった。

初めてそれを見るサライと蒼穹騎士達は感嘆の声を上げる。

イーズは疲れを感じ、杖を抱き込むように身体を預けた。

「ふぅ……絵の中なのに、現実と同じように疲れる」

「大丈夫か。寒くはないか？」

タリスは手袋を外して片手でイーズの肩を抱き、もう片方の手で彼女の手に触れた。その熱で手が冷気ですっかり冷え切っていたのに気づいた。

「はい。少し疲れただけです。少し冷えますけど、ここは外よりは暖かいですし」

身体を包み込まれ、タリスの熱で身体が温まると、不思議と倦怠感が徐々に消えていく。

「俺達が出会った時は春だったから、ここの季節もそうなのかもしれないな」

「そうですね。同じぐらいなら、渡り切るまで溶けないといいんですけど」

イーズは名残を惜しみながらタリスから離れ、杖で橋をつついた。以前のように上手くできていた。もしもの時のことを考えて、常に凍らせられるように準備する。

「これだけの大魔法を使って立っていられるとは……」

「さすがはイーズ姫。妖精王が術式を入れておいたにしても、お見事です。悪魔退治までの最も大きな困難がこれで解決しました」

蒼穹騎士達が唸り、サライが手を叩いた。

「イーズ姫の杖がそんなにすごいなら、ひょっとしてイーズ姫って新しい賢者になれるんじゃ？」

フェルズが首を傾げて言った。

「姫が望むのなら、私が教えればあっという間に仲間が一人増えることになるでしょう。賢者になるためには、まず杖が必要です。賢者の杖と呼ばれるようになる条件は『杖が持ち主を選ぶ』ようになること。そして賢者の杖にふさわしい『逸話を持つ』こと。選ばれたとは違いますが、おそらく姫の林檎の杖は使い手を選り好みするでしょう。つまり、その杖は条件を既に揃えているのです。そして黄金の林檎に寄生して力を吸い取って枯れなかったこの枝が『金枝の杖』などと呼ばれるのだから、その本体から作られたその杖は、それ以上の力を持っているはずです」

条件を並べられると、確かに資格は有しているように思えたが、イーズは首を横に振った。

「賢者の役目など難しそうですし、私には……」

「イーズ姫ならそうおっしゃると思いました。いつかイーズ姫が杖を手放した時、杖にふさわしい持ち主がいなければ、妖精王が封じるでしょう。だから気にする必要はありません。世に出ない幻の杖というのも、夢があるじゃないですか」

彼は言いながら氷の橋に足を踏み入れた。

「滑りにくくなるような魔術をかけながら進みますので、私の後ろからついてきてください」

「ああ、それはありがたい。実物の湖には、水竜が棲《す》みついているから、ここにも何かいてもおかしくないからな」

イーズは忘れかけていた事実を思い出し、肩に力が入った。前回と違って湖の上で襲われる可能性もあるのだ。だから杖を持つイーズは気を抜けない。

タリスは力《りき》むイーズの手を握り直し、にこりと笑った。

「あの時とは逆方向だな。この道をこの方向に進むことになるとは」

あの時。前皇帝と相対すべく妖精の島からこちらの岸に向かった時だ。

「いつも安全だったあの場所が危険だなんて、嫌な気分ですね」

「まったくだ。美しい妖精の郷がこのような形で穢《けが》されるなんて」

「まったくだ、まったくだ」

タリスが頷くと小妖精がその言葉を復唱する。そうしてイーズ達も橋を渡り始めた。

「イーズ、島に到着したら何があるか分からないから、俺から離れないように」

「はい」

イーズは軽く頷いて、タリスを見上げた。その時、イーズの背後に影が差した。

「なんだっ!?」

タリスが影を作る何かを見上げた。イーズは予想していた存在の登場に、慌てず杖の先端を水面につけた。

冷気が背後に広がり、影が動かなくなったのを感じて振り返った。

「氷の竜?」

「さっきまでは水の竜だった」

竜の形をした巨大な氷の塊を見上げていると、その氷の竜の後ろに、新しい水の竜が生まれるのが見えた。

「また来たぞっ！　急げっ！」

タリスはイーズをひょいと横抱きにして走り出した。見た目よりも力が強いのは知っていたが、お世辞にも軽いとは言えないイーズを、人形を抱くかのように軽々と持ち上げた。イーズは邪魔にならないよう、タリスの首に腕を回してしがみつく。

「急げっ！　落ちるなよ！」

タリスはイーズを強く抱きしめ、皆に命じた。そういう姿を見ると、タリスもグレイルのように生まれながら人の上に立つ皇子なのだと実感する。

転ばないよう、転びそうになった仲間を支え合い、皆は岸を渡り切った。

◆◇◆◇◆

岸にたどり着いて、タリスは一旦立ち止まり肩で息をした。まだ湖に近いが、茨の中をこのまま突き進むよりは安全に思えて、皆も足を止めた。

腕の中にいたイーズを地面に立たせる。彼女のぬくもりを手放すのは名残惜しい。柔らかな身体をずっと抱きしめていたかった。

しかしそうも言っていられない事態だと、彼女から身を離す。

「イーズ、危ないから水から離れて、皆の後ろに」

「え、もしもの時のために、私が湖側にいた方が」

「え、じゃないだろ。今のは明らかに君を狙っていたんだ。頼むから守られてくれ」

イーズが目を丸くした。そんな表情も可愛らしいが、今は見とれている場合ではない。

「私を狙って？」

「見回して、イーズ姫に狙いを定めていました。間違いなく、イーズ姫を狙ったのでしょう」

サライも言うと、イーズは怯えた顔をした。あのままイーズが何もしなければ、どうなっていたか想像すると、胸が締め付けられ、生きた心地がしなくなる。

「大丈夫。必ず守るから、俺から離れないで」

タリスがイーズの手を握ると、彼女は安心したような、穏やかな笑みを浮かべた。その微笑みが可愛らしい。信頼されているのを確信できて、幸福感に包まれる。

「うわっ、でっかいトゲだな！」

レムが先に進んだ蒼穹騎士の肩に乗ってぴょんぴょん跳ねた。トゲとは、島を覆う茨である。

その茨は普通ではなく、細い物でも人間の手首ぐらいの太さがあり、太い物は木の幹ぐらいある。非現実的で、今にも動き出しそうな、おとぎ話に出てくるような代物だ。

それが横たわり、道をふさいでいる。

「でも、どうしてこんな茨が？　こんな物、あの絵に描き込まれていたか？」

ロビンが慎重に剣の切っ先で茨をつつきながら言う。幸いにも、動き出したりはしなかった。これがサライの言っていた、悪魔の正体に関わる手がかりなのだろうかと警戒する。悪魔は明確に正体は言えない段階でも、そうやって自己主張するものだ。

「おれ、見覚えあるぞ、この感じ。色がちょっと黒いけど」

「不思議ね。私もあるわ。色が濃いけど」

レムの言葉に、イーズは頷いた。まさか彼らに心当たりがあるとは思わず、タリスは困惑した。

「イーズ姫、私がお渡しした絵本をお持ちで？」

「……はい」

サライに問われて、イーズは鞄の中に手を入れた。中には小妖精達が怯えて隠れていたが、それをかき分けて本を取り出す。小妖精とは、このように臆病なのが普通で、レムのように勇敢なのが珍しいのだ。

イーズが絵本を開くと、まさにこの場所の絵が描かれていた。

「おお、同じ場面の絵が増えている」

「わぁ、盛り上がってる！」

「サライ、いい絵本になりそうよ！」

サライも本を覗き込むと、小妖精達が鞄の中から出てきて盛り上がる。

タリスはイーズの手を握りながら、イーズとサライを見比べた。

「イーズの絵本に、何かあるのか？」

尋ねるとサライは意地の悪い笑みを浮かべた。

「ありますが、タリス殿下にはご覧に入れられませんよ」

「なんでだよっ⁉」

「この白紙の絵本は己の精神状態を絵として表してくれるので、自分を見つめ直すのに有効ですが、自分の心を見られることを意味するので、タリス殿下には見せられないのです」

「なんでおまえはよくて俺がだめなんだ⁉」

それはつまり、イーズはサライに相談したということだ。タリスはそのような相談を受けたことはない。

「そりゃあ、恥ずかしいからでしょう」

「恥ずかしい⁉」

「まったく、タリス殿下は女心を理解していない。自分の胸に聞いてください」

イーズはなぜかフードを被って顔を伏せた。ちらりと見えた横顔は、真っ赤に染まっていた。

「な、なぜそこまで⁉」

少なくとも友としては上手くやっていると思っていた。信頼し合っていると思っていた。

それがまさかサライに負けていたと知って、タリスは愕然とした。

「タリス殿下は本当に残念な方だ。見た目も、肩書きも、能力も、素晴らしく私の望む『王子様』の基準を満たしているというのに、こうまで言っても気づいていただけないとは。イーズ姫も、少しぐらい拗《す》ねてみせればよろしいのでは？」

サライはタリスを睨み付けながら茨に触れた。他の騎士達は何かを察したような目を向けてきた。おろおろするタリスに、小妖精達ですら慰めるように頭を撫でてくる。だけどタリスには何が何だか分からない。

「この茨、やはりイーズ姫の魔力の気配がします。イーズ姫のこの絵本に描かれた妖精の郷の絵の力が干渉しているのは間違いないでしょう」

「やっぱり……絵の中だからまさかと思ったけど」

「ですがそれとは別に、茨には悪魔の魔力が入り込んでいます」

「どういうことだ？　まさか、イーズ姫に何か害があったりしないだろうな」

グレイルは不安げに問い、サライは首を横に振った。

「逆です。おそらくイーズ姫の茨が奴の邪悪な力を吸い上げているだけでしょう。こんなくすんだ色をしているのはそのためです。巨大なのも、それが理由かもしれません」

「つまり、浄化していると？　だからこの辺りは湖や島の中央に比べてあまり穢《けが》れていないのか？」

「それに近いかと。それならば先ほどイーズ姫が狙われたのも説明がつきます」

サライは立ち上がり、近くにいたフェルズを手招きする。

「これを試しに切ってみてください」

「え、いいのですか？　浄化してるって、おっしゃっていたじゃないですか」

「茨は障害の象徴。絵本の中でも茨は排除すべき対象です。浄化は、吸収した媒体を処分して初めて浄化となり得ます。それに現実では茨の壁を作っている原因が鈍感すぎて排除が難しいですが、これは今、物理的に存在しているのです。こちらを排除してみましょう」

「なるほど。そりゃあタリス殿下に比べれば簡単だ」

フェルズは納得して腕を回した。

「フェルズ、今ので納得するのか⁉」

「タリス、少し黙って、自分の胸に聞いてみろ」

グレイルに止められて、タリスは黙った。

「もしもの時はすぐに助けますので、ざくっと切ってみてください」

サライは指示を出して自分は後ろに下がった。

フェルズが剣を構える間、タリスは言われた通りに心当たりを探してみた。

最近は特に仲良くなり、イーズも積極的に着飾るようになった。タリスはそれを手伝い、イーズは嬉しそうにしていた。

心当たりがない。

そう思った時、手が握られた。

「タリス様」

イーズがうつむいたまま、タリスの手を握っていた。

「あれのことは、気にしないでください。タリス様に言わなかったのは、私の相談事がタリス様には苦手そうで、サライさんの方が詳しそうなことだったからです。それに、恥ずかしくて」

サライが詳しくて、恥ずかしい相談。

イーズが気にしていた痩せ方についてだろうか。しかしそれならタリスにもどうにかなるはずだ。

「だめだ。切れないことはないですが、硬いと言うより弾力があって切りにくい」

フェルズは茨に剣を突き立てながら言った。

「では、イーズ姫。余力があればあれに魔力を……難しいなら凍らせてみてくださいませんか？

表面に霜《しも》が付く程度でいいのですが」

サライに頼まれ、イーズは杖を茨に向けた。茨が白く輝き、白煙が広がる。

「せっかくの美しい氷漬けですが、失礼」

サライは茨を踏み砕いた。さして力が入っているようには見えなかったのに、簡単に砕けた。

「やはりイーズ姫の魔力で干渉したら砕けた。よし、これで進めます」

サライが後退し、グレイルに目を向けた。するとグレイルは頷いて前に出た。

「さて、蒼穹騎士達。ここから先は本格的に悪魔の領域に近づく。頼りにしているぞ。イーズ姫、疲れているところ悪いが、引き続きよろしく頼みます」

「はい」

イーズは快く返事をして、杖を掲げた。

「あと、タリス、おまえはちょっと来い」

グレイルはタリスを手招きした。

「おまえ達、イーズ姫を頼むぞ」

「お任せください。さあ、姫」

ロビンに呼ばれ、イーズはちらりとタリスを見てから、杖を茨に向けた。

グレイルはタリスを振り向かずに、歩き出す。不甲斐なさを叱られに皆から離れるのが情けなく、タリスは肩を落として落ち込んだ。

タリスは兄を追って、皆を見失わない程度の距離を置いた。

姉に叱られるのとは違う、恐怖と無力感に苛《さいな》まれる。

胃が痛い。そんな場合ではないのに、自分のことで頭がいっぱいになり、胃が痛かった。

「タリスは、本当に何も気づいていないのか？」

タリスはぎくりとした。

「……あんな茨が出るということは、やはりイーズは気づいていたのだろうか」

「おまえがイーズ姫を愛していると？　それなら気づかれてない」

ぐさりと胸に杭でも打ち込まれたような気分になった。

「そ、そうじゃなくて……怖がられていたんだろうか」

「怖がられて？　まさか、何かしでかしたのか？」

「いや。まだ何もしていない、はずだ。怖がらせないように自分を抑えていたが、下心に気づいて怖がられていたのではないかと思って」

グレイルは額に手を当ててため息をついた。

「あのな。その無駄な気遣いが、おそらくあの茨の原因だ」

「えっ⁉」

青天の霹靂《へきれき》だった。

「な、なんで⁉」

「本当はこんなこと、私が言うべきではないのだが、サライのように試練を与えるのは、身内として哀れに思うから教えてやる」

タリスは身内として叱りつけようとする兄を見つめて、ごくりと唾を呑んだ。

「逆だ。おまえの気遣いは逆効果だったんだよ」

「逆効果？」

「言葉だけでちやほやして、それ以上何もされないことに彼女が違和感を覚えないはずないだろう」

タリスは首を傾げた。

「おまえは紳士に徹しすぎて、イーズ姫は女として見られていないと勘違いしているんだよ。途中まではおまえの誠意を信じていたが、もう半年以上一つ屋根の下で暮らしているんだぞ？　私達が妖精の郷に招かれた時には、他に好きな女がいるんじゃないかとまで疑っていた」

まるで頭を殴られたような衝撃が走った。

一途にそばにいたのに、そんな勘違いをされているなど、とてもではないが信じられなかった。

「な、なぜっ⁉　他の女の気配など感じさせるようなことはしたことがないのにっ⁉　だいたい、そんな相手がいたら彼女に剣など捧げるわけがない」

「あれは断れない場面だっただろ。それで剣を捧げられた後は、優しくされるがそれ以上は何もされない。出た結論が、結ばれることのない相手を好きになって吹っ切るためにあんなことをしたのではないか、ということだった。赤の他人なら私もその線はありだと思っていただろう」

「なんで⁉」

「誰かに操《みさお》を立てているように見えるからだよ」

そんな馬鹿なと言いたかったが、指摘されるとそんな風に見える気がしてきて、どっと背中に汗が流れる。

「男は何もしないことで大切にしているつもりになるが、あまりに何もされないというのは、時には女性にとって侮蔑的な意味を持つんだ」

「だが、兄上だってイーズに悪さをしたら許さないというようなことを言わなかったか？」

グレイルは大きくため息をついた。

「合意の相手と愛し合うことが悪さになるのか？　あれはケダモノになるな、無理強いするなという意味だ。いつ指一本触れるなと言った？」

当時のことを思い出し、タリスは額の汗を手でぬぐう。

「イーズ姫は最近タリスの前で身なりを気にするようになったのではないか？」

不安げにタリスが用意した服を着るイーズを思い出した。あまりに可愛らしくて、血迷わないよう自分を叱咤する日々だった。

「あれはな、タリスの好みの格好をしようという努力だ」

「そんなっ。あれは客がいつ来てもいいようにということじゃないのか!?」

「それは口実だ。それだけなら、タリスの好みに合わせる必要はないだろう」

自分を律するのにあれだけ忍耐が必要だったのに。

「……俺の忍耐は無駄どころか、害悪だったのか？」

それに気づいてしまうと、悔しくて、情けなくて、いたたまれなくなった。

「抱きしめたり、口付けをするとかで済ませるための忍耐は必要だっただろう。ある意味、何もしないよりもその方が忍耐は必要だっただろうが」

グレイルは舌打ちした。

「今のところは自分のために綺麗になる努力をしてくれたのだと、喜んでおけ。おまえが落ち込んだと知ったら、彼女も落ち込む」

タリスは胸に手を当てた。

イーズは他人の視線を気にしてではなく、自分のために綺麗になろうとしてくれていた。

「むかつくからだらしなく笑うな。相手のことを思いやれ。反省しろ」

「あ、すまない」

顔が緩んでいたのに気づき、タリスは自らの頬を叩いた。

「姫にはタリスは事態が落ち着くのを待っているのだと言っておいた。つまり私の地位が確定するのを待っていると」

「つまり、今日?」

「そうだ。いいか。私はこれ以上のことは言わない。どうすべきか分からないほど、馬鹿ではないだろう」

グレイルは苛立たしげにつま先を揺すった。

「す、すまない。教えてくれてありがとう」

「妖精どもにイーズ姫の健気な姿を報告される私の身にもなれ。むかつくったらありゃしないぞ」

小妖精達はグレイルに二人の関係の進行具合を報告していたらしい。当然、サライも知っていたのだ。

「タリス、元気を出して！　イーズはとってもタリスが大好きなのよ。タリスに元気がなかったら、イーズはとっても悲しむわ」

タリスの鎧の隙間に入っていたらしいリリが首を出してタリスを励ました。

「私達はタリスからもイーズからも内緒にしていてって言われたから話せなかったけど、教えてもらえたなら、今日から頑張ればいいのよ！」

タリスはふと、自分も妖精達に自分の想いを内緒にするよう頼んだのを思い出した。イーズも妖精達に同じように頼んでいたのだ。だからお節介な妖精達の干渉が少なかったのだと悟った。

「わたしたちはいつだって、島のおうちに帰るから！　二人きりになりたい時はちゃんと言うのよ！」

「あ、ありがとう、リリ」

タリスは可愛い協力者に感謝し、ため息をついた。

今すぐイーズのもとに駆けつけて抱きしめて弁明したいが、このやり取りですら本来はそれどころではないところを、見かねたグレイルが強行したものなのだ。

「俺は自分が本当に情けない」

「自覚したなら、情けなくならないように励むことだな」

そう言うと、グレイルは進む足を速めた。

◆◇◆◇◆

タリスはグレイルと話をしてから戻ってくると、何事もなかったように笑い、生真面目にイーズの隣で周囲を警戒した。

グレイルに叱られて落ち込んだり、気まずそうにするのではないかとイーズは不安に思っていたが、当のタリスは不自然なほど生真面目な顔つきだった。グレイルがどんな説教をしたのか分からないので、安心していいのかどうかも分からない。ただリリが言うには、落ち込んでいるとイーズが気にするから気を張っているのだそうだ。そんな気遣いが彼らしい。

少なくともグレイルは、イーズのためにならないことはしない。それを信じて、悩むのはここを出てからにすることにした。

イーズが茨を凍らせ、騎士が踏み砕き、多少の障害ならそのまま跨いで前に進むうち、ようやく妖精王の大樹の家の入り口近くまでたどり着いた。空間を広げた本物の妖精の郷と違い、外から見たままの大きさしかなかったので、進むのに苦労はしたが、最初の予想よりは楽だった。

途中、妖精達の住む村が位置するあたりに来ると、茨は浄化の役割を果たし切れずほとんど枯れ、残っているものも黒く穢れていた。

そしてここまで来ると、なぜ茨がそれほどの邪気を吸い取っていたのか理解できた。タリスが肌で感じると言うほど、邪気が漂っていたのだ。

「空気が足に絡みついて重いな。イーズ姫の茨がこれを吸収してくれていたのか」

グレイルは足の重さにうんざりして、舌打ちした。彼の刺繍だらけの立派な礼服は、荒れた道を歩くうちに、小枝や残っていた茨などに引っかかって、見るも無惨なことになっていた。もちろんそれはイーズも似たり寄ったりで、タリスや蒼穹騎士達の自慢の鎧も泥で汚れていた。

「邪魔な物でも、意外なところで役に立つもんだ。よかったな、タリス」

レムがサライの肩の上で休憩しながらタリスに向かって言うと、サライは笑った。

「あの茨は人間関係の象徴でもあるのだから、邪魔なばかりではないよ。これがない人間は、それを乗り越えることすらできないんだ。イーズ姫のように歪みのない清らかな方の思いは、悩みですら神聖なものなんだよ」

タリスの頬がわずかにこわばるのを、イーズは見て取った。

邪魔な茨を作り出している原因はタリスだが、作ったのはイーズ自身であるため、責められているような気分になった。もちろん誰も責めているわけではないのだが。

「さて、ここまでたどり着いたが、どうするか。イーズ姫は大丈夫か？　魔術を使っていると急に限界が来て倒れることがあるそうだが、まだいけるだろうか？」

グレイルはここまで凍らせ続けたイーズを労り、問いかける。

「私はたぶん大丈夫です。それより戴冠式があるのですから、こんな所からは早く出ないと」

外では大変な騒ぎになっているだろう。なのに足止めをしているのはイーズの茨だった。

「確かにそうだが、茨は悪魔を弱体化させているのだから、姫が気に病む必要はない。大切なのは被害が出ないことだ。外には妖精王とクシェル様もいらっしゃる」

「え、あの天使様がいたのですか？」

グレイルがイーズを慰めると、クシェルを知るフェルズが露骨に不安げな顔をした。

「心配するな、フェルズ。クシェル様がいらっしゃれば、聖堂長や兄上の配下の者達が上手いこと間を持たせてくれるだろう」

「ああ、確かにそうですね。妖精王もいますし、何とかしますよね」

タリスとフェルズの会話を聞いて、イーズは思わず笑った。

クシェルがなんとかするのではなく、それを利用して人間達にどうにかしてもらいたいようだ。

フェルズが屈託なく続ける。

「ですがイーズ姫はさすがですね。天使様を呼んで、橋作って、浄化して、凍らせて。この辺りまで来ると俺にも浄化の意味が分かります」

茨がない部分は嫌な感じがする。それを穢れていると言うらしい。

「今度こそは、私もちゃんと活躍しますよ。前回は気づいたらタリス様が姫を口説いてましたからね。ちゃっかり剣まで捧げて」

「ちゃっかりだと？」

「そうですよ。可愛い姫君のエスコートなんて、誰だって憧れますよ。タリス殿下がいなかったら同行した者同士で争いになってましたよ！」

フェルズはからからと笑い、他の皆も笑いながら歩く。しばらく進み、最後の大きな茨をどけると、とうとう大樹の家の入り口が見えて、皆は口を閉じた。

「とりあえず蹴破るか」

タリス達は頷き合い、扉を蹴破ろうとした。

「乱暴な人間達だな」

上から声が響いた。

蹴破ろうとしていた騎士達は、はっと身構えた。

「……クシェル様」

グレイルが呆然とした様子で呟いた。

二階の窓、よく妖精王が座っている彼の私室の窓に、若く美しい男が座っていた。あの顔立ちは、イーズの知るクシェルによく似ていた。

「私も巻き込まれてしまってな。愛しいそなた達を待っていたのだよ。試練を乗り越え、よくぞここまでたどり着いたな」

よく似ていたが、違う。クシェルは仮にも天使である。彼からは感じたことのない、怖気《おぞけ》が混じる、黒い気配を感じたのだ。

「クシェル様の姿で謀《たばか》るつもりか、この悪魔め」

グレイルもすぐに気づいて睨み付けた。

「何を言うのだ、愛しい我が使徒よ。私もあの場にいたのだから、ここにいても不思議ではないだろう」

「は！　待っていただと？　肉体を得たクシェル様がそのように消極的なはずがなかろう。あの方なら遅いと叱りつけて嫌味をおっしゃるのに、そのような気色の悪いことを言うものか！」

グレイルは鼻先で笑い、断言した。イーズはそのような嫌味を言われたことがないので、相手を見て言っているのだろう――などとは言えず、イーズも頷いた。

「ええ。クシェル様はそのように薄汚い灰色の羽根ではありませんし」

イーズが指摘すると、皆がイーズを見た。

「イーズには灰色に見えるのか？」

「ええ。タリス様には、白く見えるんですか？」

タリスは目を細めてクシェルを見上げた。

「いや、確かによく見ると薄汚い色をしているな。少なくともクシェル様の翼は美しい純白だ」

どうやら人によって見えている色が違うらしい。もしかしたら見えている姿さえ違うのかもしれない。イーズ達はクシェルを知っているから、彼の姿で見えているだけ、ということも考えられる。

「つまり、あれは悪魔で間違いないいか」

「間違いないでしょう。悪魔は天使のふりをすることが多いのです」

グレイルの念押しに、ロビンが目を細めて天使を見上げ、保証する。

「すぐに見破ってしまうとは、つまらないな。これだから本物の力を持つ奴は嫌なんだ」

クシェル――悪魔は肩をすくめた。

「だが、それで、どうするつもりだ？　奇妙な茨の干渉はあったにせよ、ここが我が領域であることに変わりはない」

悪魔はクシェルの顔を邪悪に歪め、すっと手を前に出した。

その瞬間、地面が揺れた。大樹の根がうごめき、伸びていることに気づいたのは、それが檻のように一同を囲った後だった。

イーズが驚いている間に、騎士達が剣で根を取り除こうとするが、その根が触れた剣は見る見る間に錆びてしまった。

「つまり奴はクシェル様とは縁もゆかりもない悪魔であると」

「もちろんですが……」

こんな時まで念を押すグレイルのしつこさに、ロビンは眉間にしわを寄せた。その時、

「つまり、あのクソむかつく顔面を殴ろうと問題ないということだな！」

グレイルはぎょっとするような、しかし妙に理解できてしまうことを言った。

「あれを、殴りたいのですか？」

サライが首を傾げた。

「殴っていいんだろう？　あれを、殴っていいんだろう？　切り刻んでもいいのだろう？　くふふ、あの姿で出てきてくれたことに感謝しよう」

グレイルは笑っていた。目を爛々《らんらん》と輝かせ、剣を鞘ごと手にして笑っていた。

「陛下、どれだけクシェル様に安眠妨害されておられるのですか……」

さすがのサライも、守護天使の姿をした者を殴ろうとして愉悦の笑みを浮かべる新皇帝に引いた。

「幸いにも私が腰に下げている儀式用の剣は、あの天使に作らされた本物の聖物だ。刃は研がれていないが、殴ることはできるはずだ」

「そうか。これを使えば悪魔も殴れるんですね」

イーズは思わず杖を握りしめた。イーズの林檎の杖でも、同じことが可能だ。

「グレイル陛下はともかく、イーズ姫は殴らないでください！」

サライがイーズの杖を持つ手を握って、必死に首を横に振った。

「え、だめですか？」

「それは王子様の役目です。ここはタリス殿下とその他大勢に任せるべきです。そうです。イーズ姫が杖を振り上げて殴る姿は、さすがに許容できません」

どうやらここに来て、初めて彼が求めるヒロイン像から外れてしまったようだ。

「冗談ですよ。そんな危ないこと、タリス様が許してくれるはずがないじゃないですか」

「そうだな。安全ならいくらでも殴っていいと言うところだが、残念ながら悪魔が相手ではな」

タリスも首を横に振った。

「イーズの代わりに俺が殴っておくから」

タリスが爽やかに笑みを浮かべた。彼はさして被害を受けていないが、気持ちが分かる程度にはクシェルのことを知っている。

イーズはくすくす笑って、悪魔を見上げた。悪魔は明らかに呆れた顔をしていた。

「自分の守護天使を殴りたいと。相も変わらず天使というのはどうしようもない」

「それでも悪魔よりはずっと親しみやすいわ。殴りたいと思うのも、親しみの証よ」

クシェルには腹の立つこともあるが、嫌いではない。殴ってやりたい無神経な友人でも、友人は友人だ。親しみがなければ殴りたいなどという生ぬるい感情は出てこない。

「さて、それはどうだろう？　奴らは人を家畜としか思っていない。自分達の得になるなら、そなたの民を見殺しにも、皆殺しにもするだろう」

「それがどうした」

タリスは悪魔を小馬鹿にするように言った。

「人の行いは人が解決する。クシェル様が多少迷惑な存在であろうと、理由のない虐殺がないならそれでいい。少なくとも、俺達の守護天使は悪魔とは違い、包み隠さぬまっすぐなお方だ」

もし妖精王が呼び出した天使が、綺麗事で身を飾る立派な天使であったら、それはそれで感動的だったろう。だが、あの破壊が取り柄のダメな天使には、奇妙な親近感を持っているのだ。

「殴りたくなるが、悪気は感じないな。ただ殴りたいだけだ」

とグレイルも認めた。

「悪魔が騙せるのは無知で欲の深い者だけだ。この場にそのような者などいない。そういうことは、兄上が耄碌した頃に言うのだな」

タリスの言葉に、グレイルは肩をすくめた。

悪魔はあざ笑うように言う。

「残念だ。ならばじわじわと弱って死ぬといい。その錆びた剣のように自らが腐りゆくのに耐えられればいいな」

イーズは言われて、足下から何かにまとわりつかれる感覚に気づいた。

「ようやく気づいたか。どうだ？　腐りゆく感覚は」

悪魔はクシェルの顔を歪めて笑った。まるで醜いヒキガエルのような、まさに悪魔の笑顔だった。

腐りゆく感覚と聞いて、イーズは思わず足下を蹴るようにそれを振り払う。

「言われてみればこの中に入ってから微妙に疲れるな。まあ、どうせ長居するつもりはないから、この程度のことどうでもいい」

グレイルは落ち着いた調子で言い、サライを見た。

「それで、サライ。どうすればあれを殴れるんだ？」

「それは敬愛する守護天使に化けた悪魔に対する怒りとでも解釈しましょうか」

サライはこれから書くのであろう何らかのお話を、登場人物にふさわしい綺麗事にするために言葉を模索しつつ、周囲を見回す。それを悪魔はじっと観察していた。

「サライさん、どうしてあの悪魔は何もしないんでしょう？」

「何もしないとは？」

イーズの問いに、サライは笑いながら首を傾げた。

「絵の外には妖精王にウィドさん、仮にも天使様がいます。だったら、普通は早く済ませようと私達に攻撃を仕掛けるんじゃないでしょうか」

「イーズ姫はよく気づかれましたね。そういう意味でしたら、しないのではなくできないのですよ」

サライは金枝の杖を振って答えた。

「できない？　どういうことですか？」

「理由としてまず一つ目が、茨。姫の林檎が奴の性質と微妙に似た性質を持っているせいか、相殺し合ってかなり力を消耗したようです。だから本当は腐りゆく感覚とやらも、もう少し実感できるはずだったのに当てが外れ、この根の檻も私達を串刺しにして力を吸い尽くすつもりで動かしたのに半端になったのです。あれはそういう悪魔ですから」

サライはあれがどんな悪魔なのか既に分かっているようだ。しかしそれを教えてはくれないだろう。悪魔の知識など、必要ない。知りたければ自分で調べればいいからだ。そして対策を周りに教えればいい。

「もう一つの理由として、ここは絵の中。イーズ姫がおっしゃったように、絵の外に人がいるということです」

「ひょっとしてウィドが何かしているのか？」

タリスが問うと、サライは頷く。

「ご名答。未熟といえどもあれだけの杖に選ばれているので、応用力はあるようです。さすがに大ざっぱな力の使い方が得意な妖精王では無理でしょう」

つまりウィドが干渉しているおかげで、無事でいられるようだ。

「さて、どうすれば殴れるかという質問への答えですが、イーズ姫、タリス殿下の剣に力を注いでください」

「イーズが？　おまえが何かするんじゃないのか？」

「私が何かしては台無しではありませんか。この場合は殿下と相性のよいイーズ姫の方が効果的です。あ、相性と言っても悪い意味ではなくて、いい意味ですよ」

「そんなことは言われなくても分かる」

タリスはサライを睨み付けた。

「そういう訳ですので、イーズ姫はお菓子を作る時の感覚で、力を注いでください」

「お菓子？　お菓子でいいの？」

「ええ。イーズ姫の場合は、それで問題ありません。攻撃的な力の込め方でなければいいんです」

タリスはそれで納得して、剣を前に出した。

「剣は別に俺が持ったままでもいいんだよな。でも、怪我をしないように気をつけて」

相変わらず過保護だなと思いながら、イーズは剣に触れる。そしてお菓子作りを思い出し、杖の時と同じように力を注いだ。

「……特に変わらないんですが」

イーズははっきりとした手応えがないのに不安を覚え、サライに問う。

「魔術に派手で無駄な演出を持たせるのは、私は魔術を使いましたよ、と見せつけるためですからね。目に見えないと信じない無能な権力者に見せるために。あえて効果をつけない限り、魔術というのはかけても見た目は変わらないんです。よくできていますよイーズ姫」

「ああ、感じる」

タリスが珍しく魔術のことで頷いた。

「イーズの優しい感じがする」

そう言うと、タリスは愛おしげに刀身に唇を落とした。イーズはまるで自分自身にキスされたかのような、剣に嫉妬したくなるような、複雑な気持ちになった。

「タリス様は剣ばかり大切にして、妬《や》けてしまいそうです」

「えっ⁉」

思わず本音を漏らすと、タリスは裏返った声を上げた。そして剣を見て、唇を引き結んでイーズを見る。タリスは小さく息を吐くとゆっくりと剣を地面に突き刺し、イーズの肩に手を置いて、ぎこちない笑みを浮かべた。

「もちろん剣よりもイーズを愛しているよ」

タリスは身をかがめ、息を呑むイーズにキスをした。

ほんの一瞬でよく分からなかったが、確かに唇に触れた感触がした。思わず杖を取り落とす。

「俺の愛しい林檎姫。幸運のキスをありがとう。すぐに終わらせるからここで待っていてくれ」

タリスの照れ笑いを見ながら、イーズは目を見開いたまま無言で頷いた。

「やっぱりイーズは、可愛いな」

タリスはそう言うと、イーズに背を向け、突き立てた剣を抜いた。

「さて、やるか」

「タリス、顔赤い」

「黙れ。危ないから下がってろ」

タリスはからかう小妖精を手で払い、照れをも払うように剣を横に薙《な》いだ。

すると剣が触れた木の根は、まるで風化するようにぼろぼろ崩れる。

「わぁ、黄金の林檎の木みたいにすごいな！」

小妖精達がイーズの鞄から顔を出してきゃっきゃと喜んだ。

これが、妖精達の恐れる黄金の林檎の木の力のようだ。

「な、なぜそんな力を、なぜこんな小娘が⁉」

悪魔が驚愕の声を上げた。イーズが黄金の林檎の守り人だと知ってはいても、彼女自身に力があるとは考えていなかったようだ。

「大陸を覆い尽くすという魔の森を抑える木の杖の持ち主が、ただの小娘なわけがないだろう」

タリスが当たり前のように答えた。

いつもなら嫌味に説明するサライは微笑みを浮かべるだけで、何も言わなかった。代わりにイーズが取り落とした杖を手にし、金枝の杖で騎士達の剣に同じように術をかけていく。

「イーズ姫ほどの力はありませんが、林檎の杖が力を貸してくれたので似たような効果はあるでしょう」

「イーズ、しっかり！」

「いいのか、林檎の杖の力をサライに使われてるぞ！」

リリとレムに頬をぺしぺしと叩かれ、イーズは小さく頷いた。

「林檎の木の杖が、自分の力を分かち与えた宿り木の杖の持ち主に力を貸しているのよ。林檎の木には感情はないけど、何を栄養としているのかよく知っているの。私達の今の行動がより大きくなるための栄養を与えてくれると本能的に知っているから力を貸しているのよ。サライさんだからこそよ」

「思ったより冷静に分析してる⁉」

「う、うるさいわね。放っといてよ。タリス様は命がけで戦ってくださっているんだから」

イーズは小妖精達を追い払い、タリスの背を見守った。

悪魔はクシェルが絶対にしない、冷え冷えとした表情で二階の窓に座っていた。

大樹の根元では、根が獣の形を取り、タリスに次々と襲いかかった。タリス達はそれを切り裂き、前に進む。そして大樹の中に入るのかと思いきや後退した。代わりに剣を見て、それを肩の位置で上に向けて構える。

何をするのかと思えば、二階で傍観する悪魔へ向かって槍のように投げたのだ。

しかし距離があるため、その狙いは外れて、窓の枠へと向かっていた。だが、なぜか悪魔は自ら剣へと手を伸ばして、手の平に突き刺すように受け止めた。

悪魔は身を崩しながら剣を大樹の中に投げ込み、腕まで崩れた状態でケタケタ笑う。

「おろかな皇子だ。これほどの武器を手放してどうする」

崩れた身体に周囲から伸びた根が絡みつくと、悪魔の身体は瞬く間に元へ戻っていった。悪魔にとって、肉体など仮初めに過ぎないのだ。だから本来なら剣ではなく、悪魔の正体を見破り、知恵を絞って倒すべきなのだ。

「戻ってこい」

しかしタリスは慌てず、手を掲げて呼びかける。すると剣はタリスの手の中に収まっていた。

「おまえの力が尽きるまで何度も投げるのみだ。おまえの作ったその家の中に入るよりは確実な手段だろう?」

悪魔は舌打ちした。

「……よかろう。相手をしてやる」

悪魔はあっさりと二階の窓から飛び立ち、地面に下りた。一番近くにいたフェルズが、悪魔へと切りかかる。悪魔は刃をその身に受け、笑いながら灰となって崩れた。

「愚かな」

突然フェルズの背後に現れた悪魔は、フェルズの鎧に触れた。

「触れるなっ」

フェルズは背後に向けて突きを放つ。再び悪魔は灰となって崩れ落ちた。

「大丈夫だ。鎧は無傷だ」

背中を気にするフェルズに、タリスは声をかけた。

「なんだ、本物の妖精の鎧か」

誰もいない場所に再び現れた悪魔はつまらなそうに言う。

通常蒼穹騎士団の鎧は、代々伝わる蒼穹騎士団長の鎧を元に、大地の民——ただし純粋な妖精ではなく人間との混血の鍛冶師――が作った量産品である。それに対しフェルズの鎧は、彼を蒼穹騎士にしてやるとのクシェルの言葉を受けて純血の大地の妖精が作った本物の水晶の鎧である。タリスのものほど上質ではないが。

「まあいい。妖精の鎧は、どれだけやれば腐るだろうなぁ」

口が裂けるような笑みを浮かべ、切られたのもこたえていないように見える悪魔。それを見て、騎士達が動揺した。

「タリス殿下、こうしていればいつかは奴の力を削り切れますが、どこかにある本体を叩いた方が早いでしょう」

サライがイーズの隣でタリスに声をかけた。

「本た……後ろ！」

タリスがサライの背後を指さした。振り返ると、どさりと音がして、悪魔が地面に転がった。

「この聖剣では崩れないか」

そう言って悪魔を殴ったらしいグレイルが、動こうとする悪魔の顔面に剣を突き立てると、悪魔は雷を放って消し炭になった。クシェルの剣らしい、すさまじい剣だ。だが悪魔はどうせすぐに復活するのだろう。

「そう、本体です。これだけの力を使うのだから、かなり分かりやすいところに姿をさらしているでしょう。悪魔とはそのように自身を危険にさらすことで、力を強めるのです」

騎士達は周囲を見回した。サライを狙ったからには、彼の助言こそが悪魔の恐れる真実だ。

「分かりやすいところ……」

イーズは目の前の大樹を見上げた。

乗り込もうとしてまだ乗り込めていないのは、悪魔が止めたからだ。そして悪魔はタリスの剣をわざと受けた時、剣は大樹に当たりそうになっていた。

「タリス様、妖精王の家！」

イーズが声をかけると同時に、タリスは目の前にある大樹の幹に剣を突き立てた。


ギギギギギギギギギィィッ！


その瞬間、植物のきしみとも、悲鳴ともつかない不快な音が響いた。

「効いている！　皆、やれっ」

騎士達は次々と大樹へ剣を突き立てた。耳障りな悲鳴が何度も上がる。タリスは突き立てた剣を引き抜き、今度はさらに強く、深く剣を突き立てた。すると剣を刺した部分から、大樹の幹が縦に切り裂かれる。

そしてグレイルも遅れまじと駆け寄り、その刃のない剣を鈍器のように叩き込む。

その瞬間、聖なる雷は大地から空に向かって昇り、悪魔の大樹を灰にしたのだ。

◆◇◆◇◆

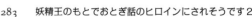

雷が空に落ちるように光った次の瞬間、イーズは赤い絨毯の上にいた。

目の前では絵が燃えていた。先ほどまでいた絵だ。

「陛下っ」

聖堂長の甲高い喜びの声を聞いて、イーズは周囲を見た。

ウィドがタリスに抱きつき、それに続いてタリスの弟妹達もタリスやグレイルに飛びついた。

子供達は載冠式には参列していなかったが、事態を聞いて駆けつけてくれたようだ。

「怪我はないようだな」

イーズには妖精王が声をかけた。その肩にいた人形姿のクシェルは、飛び立ってグレイルの肩に乗った。さすがにその正体が分かったのか、グレイルが声を上げる。

「え、クシェル様⁉　なんですかその小妖精の真似事は」

「タリスが作った妖精の人形に降りたのだから仕方がなかろう」

「タリスが作ったのですか？」

「精巧な人形造りはタリスの方が上手かったのだ。可愛いぬいぐるみ作りは姫の方が上手いのだがな」

「そんなことよりも、近くにいて悪魔の手に気づかなかったのですか？」

「私が交信していたグレイルは穢されていなかったのだから、無茶を言うな。まさかこのように穢れた画家がいようとは。これだけの技術がありながら悪魔に魅入られようとは嘆かわしい」

「技術があるからこそ、より高みを目指して人外の誘惑に負けるのでは？」

「確かに、誘惑する価値がある者しか誘惑されぬからな。奴は残っていた蒼穹騎士が捕らえたから、話は後で聞くといい。予定は狂ったが、悪魔を撃退したのは褒めてやろう。それよりも戴冠式だ」

気の抜けるやり取りだった。その途中で大聖堂の外に避難していたらしき人々が、どっと中に押し寄せて、今度は聖職者達に蒼穹騎士達がもみくちゃにされた。さぞ心配だったのだろう。

「聖堂長、騒がせてすまなかったな。けっこうな時間をかけてしまったが、問題ないか」

グレイルが声をかける。

「はい。小一時間ほどでしたので、避難していただいている参列者の方々も敷地内にいらっしゃいます」

数時間は絵の中にいたはずだが、外とは時間の流れ方が違ったようだ。

「大きな混乱は起きていないようだな」

「はい。クシェル様のおかげで大きな混乱もなく済みました。門の外にいる民衆達は儀式が長引いているものと思っているようですが、勘のよい者は何かあったのではと不審に思っているようです」

「そうか。では悪魔は退けたから、皆を安心させてやるといい。再開しよう」

「かしこまりました」

周りがドタバタし始めると、弟妹を振り払ったタリスが、イーズの手を引いて先ほどよりも奥まった、祭壇に近い場所に連れていった。

「イーズ、もう少しかかりそうだが、疲れていないか？」

タリスは人目から隠すようにイーズの前に立ち、問いかけた。

先ほどのキスを思い出し、イーズは頭に血が上るのを感じた。

「は、はい。タリス様こそお怪我などされていませんか？」

見たところ血は出ていないが、鎧で隠れていない部分も分厚い生地の服に覆われているので分かりにくいだけかもしれない。その服はところどころほつれて、ボロボロになっている。

「切れている部分はあるだろうが、どれもかすり傷だ。イーズは足に切り傷などないか？　せっかくのローブも台無しだ。髪もほつれている」

「私、そんなにひどい格好をしてます？」

「ひどくはないよ。君はいつだって綺麗だ」

男性のこういう言葉ほど信頼できないものはない。イーズは何かに引っかけてほつれた裾を見て、髪に触れる。

「だけど髪は下ろしてしまおうか」

タリスはイーズの髪に触れて、ほつれた髪を下ろし、手ぐしでといてくれた。その最中、ロビンと目が合う。彼は温かい目で頷いた。彼だけでなく、他の蒼穹騎士達も同じような目をしている。

気恥ずかしいが、しばらく一緒にいて、彼らが純粋に応援してくれているのが分かるので、頷きを返した。

「これでいい。君の髪は艶《つや》やかで美しいから、そのままで最高の装飾品だ。着替えは戴冠式が終わってからにしよう」

タリスは元の場所に戻ってイーズの隣に立ち、胸を張って控えた。

「俺達もひどい格好だけど、何事もありませんって顔して胸を張っていれば、誰も恥ずかしい格好だなんて思わないさ。悪魔と戦ってきたんだからな」

「サライさんが嬉々として宣伝してくれますしね」

「ああ。それで俺達のことを薄汚れていたと陰口を叩いた者がいたら、笑いものになるのはその者だ。イーズも堂々としていたらいい」

「わ、分かっていますけど……」

タリスは先ほどイーズにキスをしたのに、涼しい顔をしている。純朴に見えても、皇帝の息子として育ったから、このようにそ知らぬふりをするのも慣れているのだ。

「イーズ、戴冠式が再開されるようだ。先ほどのことは、後で、二人きりになってから」

グレイルと聖堂長が祭壇の前に立ったのを見てタリスは付け加え、少し照れくさそうに笑った。忘れていなかったのだ。

イーズはようやく再開された戴冠式も目に入らず、そわそわと落ち着かなかった。

祭壇の前でグレイルが聖堂長に王冠を清めてもらっている。そこでクシェルがイーズに合図を送り、イーズが力を振り絞って力を送ると、彼は大きな姿に化けて現れた。先ほどまで戦ってた悪魔と同じ顔だから、グレイルも複雑な心境だろう。

悪魔——正確には悪魔に憑かれた皇帝だが——に穢された王冠をグレイルにふさわしいように清める。サライが拍手をして、聖職者が、参列者が、聖堂の外に控える者達がそれに続く。すると聖堂の門の外からは歓声が聞こえた。

これで近いうちにクシェルの名は帝都中に知れ渡るはずだ。彼の野望は果たされたのだ。

妖精王はフードで顔を隠し、小妖精達も鞄の中に収まって、みんな借りてきた猫のように大人しい。彼らはお調子者だが、空気を読むことはできる。読んだ上でふざけることはあっても、クシェルを激怒させると分かっているこの場では大人しい。

よく我が雷の力を使いこなしただの、間違いを犯し再び罪のない者の血を流さぬようにだの、クシェルのありがたい忠言が途切れ、誰もが戴冠式の終わりを予感した。

これが終われば、いよいよ——

「クシェル様、我が守護天使。最後に一つお願いがございます」

「我が愛し子よ、願いとは？」

クシェルが帰ろうとしたその時、グレイルが彼を呼び止めた。

「共に守護を受けた我が弟のことです」

「タリスのことならば、話を聞こう」

タリスの名が出て、イーズ達はぎょっとした。ただ見ているだけのつもりが、このような形で巻き込まれるとは思ってもいなかった。

「弟はイーズ姫と愛し合っているのに、清い関係を貫いております。それは神と人々の前で誓いを立てるまで続くでしょうが、国の大事があればそれすらも後回しにしてしまうでしょう。ですから、どうかこの際、恋人達の守護者でもあるクシェル様が二人に祝福を与えてくださいませんか。それが何よりも確かな誓いとなります」

「それは素晴らしいことだ。清き恋人達に祝福を与えよう」

イーズはぽかんと二人のやり取りを見た。

つまり、放っとくと先延ばしにするから、とっとと結婚させてくれという願いだ。

「二人とも、こちらに」

グレイルは振り返り、大人しく見守っていたイーズ達を促した。優しげな笑みは、弟を労る優しい兄の顔だった。

イーズはタリスを見上げた。彼は小さく頷き、イーズの右手を引いた。

祭壇前に二人で並んで両膝をついて指を組む。イーズは右隣で祈りを捧げるタリスを横目で見た。彼もちらりとイーズを見て、嬉しそうな、照れくさそうな、複雑な笑みを浮かべていた。

どうしてこうなった、という気持ちはある。だが、これはイーズがどうにかして、最終的にたどり着きたかった結末だ。

「イーズ、よくとっさに私を呼び、悪魔を討ち滅ぼす力を騎士達に授けた。これからも見守り、育てる者であれ。タリス、兄を助け、よく悪魔を退けた。これからも愛する者の剣であれ」

事実が天使の都合のいいように改ざんされるのを目の当たりにし、イーズはもう好きにしろと思った。

それよりも——

「二人が愛し合う限り、祝福を授けよう」

イーズが心の中で急かすのを察したからか、誓うかどうかも聞かれなかった。クシェルらしいこんな分かりやすさは嫌いではない。

光が二人に降り注ぐ。右手の甲に熱を感じ、指をほどいて確認する。そこには横三本、縦一本の線が交わった天使を思わせる印――天主の聖印が刻まれていた。

タリスはしげしげと自分の左手の甲を見ていた。そこに、イーズと同じ印があった。

「これからも手を繋いで生きるといい」

相手と繋ぎ合う手に、印を与えたのだ。

いいことをした、とばかりの満足げな笑みを残し、クシェルはふっと光となって消えた。

彼を降ろす媒体となっていた人形は、次の瞬間には灰となって祭壇の上に落ちた。

タリスは印をもらったばかりの手でイーズの手を握り、立ち上がる。

「後で話をする予定だったけど、必要がなくなってしまったな」

「話をする必要はありますよ。一つ話題と手間が減っただけです」

「そりゃそうか。話は後でたっぷりしよう。俺達には時間だけはいくらでもあるから」

「はい」

森に戻って林檎の世話と、生きるための家事をやれば、後は自由だ。

小妖精達も遠慮してくれるだろう。彼らは空気を読めるから、新婚夫婦を二人きりにする配慮ぐらいは持ち合わせている。

「だけど先にこれだけは」

タリスは笑い、イーズの肩に手を置いた。

「愛してるよ」

彼の笑顔が近づいてくる。今度はイーズも目を伏せた。

サライの新しい絵本は、『幸せに暮らしました』と締めくくられるのだろう。

◆◇◆◇◆

皆の前でイーズにキスをすると、イーズは最初よりは余裕を持ってタリスを見上げていた。頬を赤く染め、瞳を潤ませた彼女はとても綺麗で、タリスはまたキスをしたくなる。

だがその前に、小妖精達が「おめでとう、おめでとう」と言いながらイーズの鞄から飛び出した。突然始まった結婚式に皆が拍手喝采し、タリスの弟妹達は特に熱心に手を叩き、ウィドなどは泣きながら手を叩いていた。

弟妹らの保護者であるドリゼナとイリアは呆れ顔で、はしゃぐ子供達を押さえていた。

その後、グレイルの指示で聖堂長に連れられて聖堂を出て、子供達も全員入れる食堂のような場所に通された。

イーズもさすがに疲れたようで、椅子に座るなりくにゃりと身体が溶けるように脱力した。人前に出るのを嫌がっていた彼女が、ここまで付き合ってくれたのだから、奇跡のように思えてしまう。

「お疲れ様でした。さ、温かいお茶を」

イーズは聖堂長に出されたお茶に手を伸ばし、小妖精達は菓子に群がった。

「イーズ、さすがに疲れたようだね」

「ええ。絵から出てきてからの方がどっと疲れました」

イーズはカップをいじりながらため息をついた。

「俺もだ。まさか兄上が土壇場であのような……」

よほどじれったく思っていたのだろう。

ああしてもらわなければ、結婚式などもう少し先の話になっていたはずだ。

「ですが、グレイル様は本当にいい方ですね。お仕事が忙しかったのに、私の悩みも聞いていて、解決してくださいました」

イーズはカップを置き、タリスを横目に見て、照れくさそうに言った。

彼女はこれでまたグレイルを信頼するようになっただろう。それが義理の兄への、また皇帝への信頼だとしても、少し面白くないが。

「兄上には頭が上がらないな。悪魔退治までしたのに、これから新皇帝として町中を引き回されて、さらに晩餐会だ。明日まで休むこともできないのに、不出来な弟のことまで気にかけてくださるとは」

こんなことで嫉妬するタリスでは、難しい決断だっただろう。それどころか、気にかけるような精神的余裕すらなかったはずだ。

「グレイル様はこれからが本番なんですね。本当にあの格好のままでいいのかしら？」

イーズは茨に引っかけて裂けた赤い袖を見る。せっかく作った可愛い林檎の魔女のローブが台無しだ。それ以上に凝った衣装を着ていたグレイルはもっと悲惨なことになっている。

「それなら問題ありません。あれは名誉の負傷です」

心配するイーズに、目を赤くしたウィドが答えた。

「人々には既に、皇帝陛下が林檎姫と騎士達と共に戴冠式に乗り込んだ悪魔を退けたと噂を流しました。綺麗な格好よりも説得力があって、人々の心にも残るでしょう」

「なるほど……仕事が早いですね」

「こういうことは、今までの件で慣れていますからね」

黄金の林檎関係のせいで、グレイルとその配下達は民衆に噂を流布するのに手慣れてしまっているようだ。グレイルは、前皇帝とは別の意味で、恐ろしい皇帝になりそうだ。

「また林檎の木が育ちそうだな」

タリスはイーズの手を握った。するといつの間にか消えていた印が、一瞬浮き上がる。

「言葉通り、手を繋ぐと出てくるんですね。クシェル様、なんか気の利いたことをしてやったぞって顔してましたけど、こういうことですか」

イーズもくすくす笑って聖印を見た。離すと消えて、触れると現れる。それが面白いのか、柔らかい手が何度も離れては触れてくすぐったい。弟妹達もうらやましそうに見ている。

「新婚生活に興奮してるところ悪いんだけど」

ドリゼナが繋いだままの手をじっと見ながら声をかけてきた。

「悪魔に連れさらわれたと思ったら、いきなり結婚してるんじゃないわよ。あんたへのお祝いなんて用意してないじゃない」

「いや、そう言われても、まさか今日結婚するなんて」

「腹が立つからだらしのない顔するんじゃないわよ」

タリスは苦笑する。

「お祝いなんていいよ。でも、どうしてもって言うなら林檎でいいよ。林檎酒とか。あとは、山羊とかでもいいいな。飼ってみたいなって思ってたんだ」

ドリゼナの婚家は林檎の産地のはずだし、山羊もたくさんいるだろう。

「じゃあドリゼナお義姉様が林檎酒、私から林檎、お兄様から山羊ということでいいかしら」

イリアが腰に手を当て、仕方なさそうに言う。

「まったく、天使様まで出てきたら、ちゃんと祝福しないわけにはいかないじゃない。時間さえあれば、もう少し気の利いた物を用意できるのに」

「ありがとう。でも、それだけもらえれば十分すぎるよ」

イリアはつんけんしているが、優しい娘なのだ。いずれ小さな弟妹達が次々と結婚していく日が来るから、兄のタリスがこれぐらいの用意しやすい物を要求しなければ後で困るのが想像できるくらい、律儀でいい娘なのだ。

「じゃあ、おれらはなにをあげよう」

「邪魔しないでさしあげればいいと思うよ」

暴走しそうな小妖精達を、ウィドが穏やかに宥めた。

「それは当たり前だろ。おれたちは赤ちゃんと遊び……いやいや、こういうことは口にしない方がいいんだよ」

ほぼ口にしたが、イーズは聞かないことにしたのか、見向きもしなかった。彼らの場合、赤ん坊がいたら、間違いなく下手に近づいて握りしめられて楽しそうに泣きわめくのだろう。

「おやおや、賑やかですね。イーズ姫、お疲れ様です」

何をしていたのか遅れてやってきたサライが、まっすぐにイーズへ向かってきた。彼は見るからに上機嫌だったが、それは結婚を祝福してのことではないのは容易に想像できた。

「いかがでしたか？　ご自身の物語が再び終わってみて」

「サライさんはこれ目当てですよね」

イーズは彼が何を求めているか察して、鞄の中から問題の白紙の絵本を取り出した。

「さすがイーズ姫。これですよ！」

サライはにやついた顔で絵本を開き、内容を確認する。しばらくするとサライは突然震え始め、絵本を高く掲げた。

「は……はは……はははははっ」

サライは壊れたように笑いながら踊り出した。

「なんて素晴らしい、素晴らしいんでしょう！　私はタリス殿下を甘く見ていたようですね。終わりよければ全てよし。なんて素晴らしい終わり方！」

サライは絵本を掲げて喜んだ。狂気に満ちたその瞳に、ついてきた弟妹達がどん引きした。

きっと彼の理想の絵本ができたのだろう。彼の歪んだ笑顔からはとても想像できない、綺麗で、可愛い絵が。

「サライ殿、それをどうなさるのですか？」

皆が一歩引いている中、ウィドが問いかけた。

「もちろん、もうイーズ姫には必要ないでしょうから、次に渡すべき悩める主人公が現れるまでは、私が保管しておきます」

「いや、そのイーズ姫の絵の部分はどうするのですが？　誰かに渡すなら白紙にするのでしょう？」

「ははは。それは参考にしますよ。林檎姫のもう一つの物語の絵本を出すに当たって」

「だから、その後」

「それでは私の林檎姫、私は晩餐会に呼ばれておりますので。ウィドさん、あなたもそろそろ行かなければならないでしょう。本来なら今も皇帝陛下のおそばに付いているべきなのですから」

「え、でも、もう少しお祝いを」

「今支えるべきは、幸せでにやつきっぱなしのタリス殿下ではなく、現実と戦っている皇帝陛下です」

タリスは無意識ににやついているのに気づき、頬に触れた。

「タリス殿下、無茶はしないと信じていますよ。それでは失礼いたします」

何を――

そう言葉をかける前に、彼はウィドを引っ張って浮かれた足取りで去っていった。

「いいのか、イーズ。あの本を引き渡して」

最後は中身も確認していなかったので、少し心配になった。

「だいたいどんな場面が追加されたか予想できるので、これ以上持っているよりも返した方が」

「確かに。新婚生活を記録されるのは嫌だな」

早く手離すのが双方のためだという、イーズの判断は正しい。

「さて、そろそろ周りも落ち着いたでしょうし、行きましょうか」

ドリゼナが立ち上がり、小妖精と追いかけっこをしていた弟妹を呼び集める。

「もう行くのか？」

「そうよ。この子達も何人か晩餐会に出るから、用意しなくちゃ。これからこの子達は自分の居場所を作るために大変なのよ。あんた達は早めに森に帰ってしまいなさい」

タリスはイーズを見た。イーズもタリスを見た。

「このまま帰ってしまおうか」

「そうですね。妖精王、お願……あれ、妖精王は？」

妖精の小道に頼らず森に帰れるのは彼だけなのだが、その姿がなかった。

「グレイルが暗殺されないように見張れってクシェル様に頼まれたから、ここにはいないわよ？」

リリがイーズの肩に乗り、聞いていなかったの？　とばかりに首を傾げた。

どうやらここから宮殿の妖精の間まで自力で帰らなければならないらしい。

終章　林檎の花

森の木の家には、今日も妖精達が集まっていた。その数、大きい妖精ですら十人を超えている。小妖精の数は、数えるのも馬鹿らしい。

鳥の鳴き声を聞きながら、イーズは人肌まで冷めた乳を容器に移す。それを今か今かと妖精達が待っている。

（さすがにちょっとうっとうしいわ）

そんなことを考えたまさにその時だ。

「イーズ！　赤ちゃんが泣きそう！」

イーズは集団で訴えに来た小妖精達を見た。その直後、赤ん坊の鳴き声が家中に響いた。

「イーズ、大変よ。もう泣いてるわ」

「赤ちゃんは泣くのが仕事よ。泣かない方が問題だわ」

「そっか。そうよね！　何かしてほしいから泣くんだものね！」

妖精達の子供に対する過保護っぷりは知っていたが、自分では何もできない赤ん坊だと、さらに過保護になると最近知った。

「おしめは？」

「タリスが見てくれたよ」

「きっとお腹空いたんだよ！」

つまりイーズを急かしに来たのだ。

「ちょっと待っててね」

容器の飲み口に布をかぶせながら元物置部屋に向かう。妖精の遊び場だったゆりかごには、一人の赤ん坊が横たわって泣いていた。その前には、外したおしめを戻し終えたタリスがいた。

「イーズ、急かしてごめんな。少しぐらい泣いても大丈夫だって言ってるのに」

タリスは慣れた手つきで赤ん坊を抱き上げて手を差し出す。イーズがタリスに用意した容器を渡すと、彼は三人がけの椅子に座って、布をかぶせた飲み口からゆっくりと乳を飲ませる。

「うん。飲み口の形を変えたから、飲みやすそうだな」

必要になってすぐにあり合わせの道具でこのほ乳瓶を作ったのはタリスだ。おしめも、肌着の換えも、タリスがささっと作ってしまった物である。

「タリスは本当に慣れてるなぁ」

「まあ、赤ん坊が常にいる状態だったから。久しぶりにやると楽しいな」

言葉の通り、タリスは子守を楽しんでいる。

イーズは杖をベッドに立てかけるとタリスの隣に座り、腕にもたれかかって赤ん坊を眺めた。

「赤ちゃんを可愛がるのも当然ですけど、新妻のことも忘れないでくださいね？」

「なんだ、拗ねているのか。もちろん可愛い新妻を忘れるはずがないじゃないか」

タリスはイーズの頬にキスをした。最近、このぐらいなら妖精達の目を気にしなくなった。彼らについては、観葉植物だと思えばいいのだ。

「しかし、まさかこんなに早くに子供の世話をする羽目になるとはなぁ」

タリスは複雑そうに赤ん坊の顔を見る。

「仕方ないだろ！」

「子供は授かり物よ！」

「意味が違うわ」

はしゃぐ妖精達を見て、イーズはため息をつく。

「イーズは慣れないことで疲れてるだろう。ゆっくりしてていいよ。洗濯も、山羊の世話も、妖精達ができるから」

「つまり私達がすべきは、妖精達の仕事を監視し、無闇に甘やかそうとする妖精からこの子を守って、あとは林檎の様子を見に行くだけね」

「そうそう。そろそろ妖精王が戻ってくるから、着替えも持ってきてくれるはずだ。そんなに心配してなくても大丈夫だよ」

タリスがおっとりしているので、イーズもゆったりした気分で赤ん坊を見る。頬が緩むほど、可愛らしい。しかしイーズは赤ん坊など今まで抱いたことがなかったから、タリスがいなければ妖精達と一緒におろおろしていたはずだ。

「しかし、まさか結婚祝いでもらった山羊がこんな形で役に立つとはなぁ」

山羊の乳は栄養価が高く、よく人間の母乳の代わりに使われるらしい。そしてイーズはそんなことも知らなかった。

「イーズのお乳が出ればよかったのにねぇ」

「無茶なこと言わないで。山羊のお乳も美味しそうよ」

「そうね！　とっても美味しいものね！　人肌の温度がわからないから用意できないけど」

妖精達は温度に鈍感らしいので、温めた山羊乳で口をやけどさせてしまうだろう。

「人肌は分かりませんが、夜泣きをしたらいつでもお呼びください」

アーヴィが膝を抱えて小さくなりながら、赤ん坊を眺めて挙手した。上から覗き込むなと言って以来、こうして小さくなって顔を覗き込むようになったのだ。

「呼ばなくてもこっそりたくさん集まってたわよ」

「夫婦生活の邪魔をしないように命じていたのですが、何かしでかしましたか？　今夜は私が見張りますので」

つまりアーヴィも一晩中、赤ん坊の寝顔が見たいようだ。赤ん坊の面倒を見てくれるのは助かるが、あまりに構い過ぎて、先行き不安になる。

「アーヴィ、この子はすぐに手放さなきゃいけなくなる可能性があるのよ。情が移りすぎると後で悲しくなるわよ」

イーズが忠告すると、皆は同時に首を横に振った。

「もう手遅れです。手放すことになったら泣きます」

真顔で言われると、真顔で泣く彼の姿しか思い浮かばず、笑ってしまう。

「この苦労の元凶はまだ戻ってこないのかしら？」

「元凶など、ひどいことを言わないでください。妖精王が保護していなければ、この赤子がどうなっていたか」

アーヴィは痛ましげに赤ん坊を見つめた。

「だからって、育児経験もない私に、拾った乳飲み子を押しつけようってのは間違ってるわよ。タリス様がいなかったらどうなっていたことやら」

この赤ん坊は、先日妖精王が拾ってきた赤の他人だ。

イーズにとって赤ん坊は未知の存在で、自分で産むことになったら調べたり、経験者に聞いたりしただろうが、まだ先の話だと思い込んでいたので、どうしたらいいのか分からなかった。そうしたらタリスが端切れを使っておむつを作り、適当な材料でほ乳瓶を作ってしまったのだ。

タリスがタリスでなければ、赤ん坊を渡された瞬間、忙しいと分かり切っているグレイルに、すぐさま泣きついていたところだ。現在も、これから何とかできる人を紹介してもらえるようグレイルに泣きつくべく、妖精王を行かせているのだが。

赤ん坊が食事を終えると、タリスは縦に抱き、背中をさすってゲップをさせる。

「可愛い……」

妖精達が同時に呟く。その中に、いつの間にか妖精王が交ざっていた。

「……っ妖精王、帰ってきたなら挨拶ぐらいして？」

「ああ、すまない。挨拶しようと思ったら、あまりにいたいけで」

タリスはため息をついた。

「それで、この子はどうすることになったんだ？」

タリスは妖精王を見上げて尋ねた。すると彼は、荷物を差し出した。

「着替えと、おしめと、育児書と……絵本たくさん。サライさんからの手紙、その他たくさん」

荷物の中身を確認したイーズは、ここで育てるために必要な小物の数々を取り出した。

「で、預け先は？」

「赤子の引き取り先を探すのはすぐには難しいと言われた」

「やっぱりか」

タリスはため息をついた。

「どうしてむずかしいの？」

リリがタリスの肩で首を傾げた。

「俺達から頼まれたという価値と、妖精達の加護を受けているという価値があると思われかねないからだ。妖精の子供好きはサライのせいで有名になってしまったらしい」

「その原因になったと思われる絵本もここに」

イーズは妖精の絵本を取り出した。サライが先日出版した、妖精の生態について書いた本だ。

「どうしてサライさんがこんな本を？」

「たまたまサライが林檎姫の絵本の続編と、グレイルの本を新たに執筆する相談に来ていてな。赤ん坊がいると知ったら喜んで用意してくれた。育児書はわざわざ本屋まで連れていかれて、祝いだと購入してくれたのだ。妖精王を書店に連れていく魔術師など後にも先にもサライだけだろう」

と言いながら、彼は挿絵を印刷した物を見せてくれた。相変わらず可愛らしい絵柄で――

「それは見せなくていいわ」

絵本の中で思い悩む女の子の絵は可愛らしいが、自分自身だと思うと直視するのが恥ずかしかった。話を変えるために、イーズは赤ん坊に視線を向けた。お腹がいっぱいで眠くなったのか、うとうとし始めている。

「これはやはり、このまま私達が育てることになるんでしょうか？」

「まあ、覚悟はしていたが」

「でも山羊の乳だけで大丈夫なんですか？」

「離乳食を始めれば大丈夫だろう。育児書に作り方が書いてないか？」

「あ、あります。さすがサライさん。これなら私にも何とかなりそうです」

サライの用意のよさにイーズは感心した。

「はじめての離乳食記念ね！」

妖精達は奇妙なことで騒ぎ出す。

「いや、いくら可愛いからって何か新しいことをするたびに記念日にしていくつもりか？」

「先に言っておくけど、勝手にお菓子なんて食べさせちゃだめよ。下手したら死ぬからね」

「えっ⁉」

イーズが忠告すると、彼らは驚いた。やはり妖精に子育ては無理そうだ。

「いいか妖精達。離乳食の意味を、イーズの持っている本を読んでよぉく学べ」

タリスはレムを摑み、顔を引きつらせて言い聞かせた。彼が一番、内緒で何かやりそうだったからだ。

窒息死は防げても、肥満を防ぐためには長期間の監視が必要そうだ。

先が思いやられるとため息をついた。その時、いきなり林檎の杖が震えた。

「えっ、どうしたの⁉」

イーズは立てかけたそれに触れる。そこから感じるものは、例えるなら歓喜だ。結婚した時のよ

うな、歓喜が流れ込んでくる。

「林檎の木が喜んでる？　私、ちょっと見てくる！」

イーズは杖を背負って家を出た。

「待て、俺もっ」

タリスは誰かに赤ん坊を任せて、走って付いてきた。

森を抜けて広場に出ると、イーズは異変を探して林檎の木を見上げた。

結婚式を終えた頃から再び成長して、見上げなければならない程度には育った。しかし今日は目

に見えて分かる変化を感じない。だが――

「イーズ、あれ。ほら、あそこ」

タリスは林檎の木の枝の先端を指さした。そこには確かに、わずかにほころび、白い花を咲かせようとしている花のつぼみがあった。

「は、花⁉　林檎に花⁉」

「やったじゃないか！」

タリスはイーズに飛びついて腰を掴むと、軽々と抱き上げてくるりと回った。

イーズはそのままタリスの首にしがみつき、夢ではないことを確認する。

「夢じゃないんですね！　ああ、まだ数年は無理だと思っていたのに、もう花が咲くなんて！」

「杖が教えてくれるわけだ」

「さすがにこの花の数じゃ、花が咲くだけかしら。林檎って自家受粉しにくいのよね」

「それでも花が咲いたんだ。数年のうちには小さな実がなるかもしれない」

イーズは足を地面につけて、二人でつぼみを見上げる。

「かわいいねぇ。近くで見たのはじめて！」

リリが好奇心でイーズの後頭部に張り付きながら花を見た。相変わらず、それ以上近づこうとはしなかったが、もし黄金の林檎の木でなければ、目の前まで飛んで匂いを嗅いでいただろう。

「花は普通に林檎っぽいんだなぁ」

「金色の花が咲くんだと思ってた。少しピンク色なんだな」

レムとメノもやってきて、好奇心のままに花を見上げる。他の妖精達は広場の入り口から近づいてこないが、それでも珍しく首を伸ばして見ている。

「クシェルに知らせてやらないと。おまえは幸運を運ぶ妖精のようだな」

妖精王がイーズ達のそばまで歩いてきて、抱いていた赤ん坊の額にキスをする。

「でも、大きくなったのは戴冠式があったのと結婚したからで説明が付くが、これは何があったんだろう？」

「絵本の続編の予告でもしたのかしら？」

タリスと一緒に可能性を探して悩む。それぐらいしか急激な変化をさせるような材料は残っていないが、どれも時期的に違う。

「ああ。それなら心当たりが」

妖精王がにたりと笑った。

「何か出版したのか？」

「いや。サライと育児に関する書物は扱っていないかと、書店巡りをしていた時な」

「まさか、あいつが何か言いふらしたのか？」

「いや。母親のいない女性が、目上の女性もいない森の奥で子育てをするので、何かいい本はないかと馴染みの店主達に聞いていた」

「言いふらしてるようなもんだろうそれ！」

理解した。なぜ今日、今、このように育ったのか理解できた。

「間違ってないけど、間違った認識をされるじゃない！　しかも噂がすごい勢いで流れてるでしょ、これ！」

「まあまあ。結果よければ全てよしと、賢者も言っていたではないか。育てるつもりなら、実の子も養い子も同じだろう。子育てに平等さは大切だぞ」

「そうだけどっ！」

サライは確実に狙ってやったのだ。

イーズがため息をつくと、タリスが肩を叩いた。

「サライのことだから、訂正は後でいくらでもできると思ってやったんだろう。落ち着いてから、訂正するような記事を書かせればいいよ」

「そうですけど」

「こんなに育ったってことは、噂を聞いた皆は喜んでくれたんだろうし。歓迎される練習だと思ってさ」

タリスの前向きな言葉に、イーズは苦笑した。

練習があるなら、本番もあるということだ。

「そうですね。世間のことは忘れて、今夜はお祝いしましょうか。家族が一人増えた歓迎会もかねて。林檎のすり下ろし汁で歓迎してあげましょう」

「そうだな。それがいい」

その方が、心優しい林檎姫っぽい。

何もかも、絵本が好きな金枝の賢者の手の上で転がされたような気がしないでもないが、幸せがある方へ転がされるのなら、それも悪くはない。

子供向けの話に出てくる物語の魔法使いとは、そういうものだ。

「ちょっと予定とは違うけど、幸せに暮らしましたっていう結末の、一つの幸せの形かしら？」

「サライは慌てて絵本を描き直すことになるが、泣いて喜ぶだろうさ。いっそ名付け親にしてやろうか」

「あら、それはいい考えね。賢者様なら、きっといい名前を考えてくださるわ」

自分こそが名付けたいとわがままを言う妖精達を振り切って、イーズはタリスと手を取り合って家路についた。

妖精王のもとでおとぎ話のヒロインにされそうです２

著者　かいとーこ

2017年8月5日　初版発行

発行人　芳賀紀子

発行所　株式会社Ｊパブリッシング
〒101-0051　東京都千代田区神田神保町2丁目7
芳賀書店ビル6Ｆ
TEL 03-4332-5141　FAX03-4332-5318

製版　サンシン企画

印刷所　中央精版印刷株式会社

ISBN：978-4-86669-014-8
Printed in JAPAN